# 靠近你，淹没我

焦糖冬瓜 著

（中册）

kao jin ni yan mo wo

目录

中

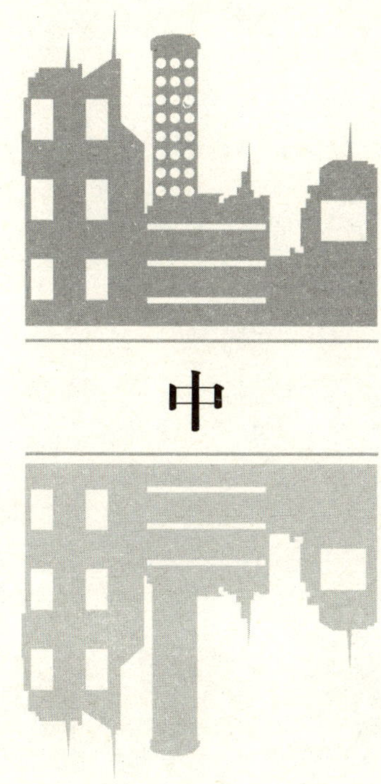

# 中

# 第九章 魔鬼与猎人

哎哟……你想包养谁不好，怎么会打我的主意呢？

真够想不开的啊！

宁韵然摸了摸下巴，开始同情莫云舟了。

本来可以种种什么名贵的花，却不知道吃错了什么药，要把她这根狗尾巴草种花盆里，多憋屈啊！

宁韵然刚起身，就收到了莫云舟的回复：跟着我纸醉金迷的意思难道不是跟着我有钱挣？

晴天大霹雳，宁韵然完全焦了……

她都想了些什么有的没的啊……甄晴真是误导人！

宁韵然囧了半天，想了想，厚着脸皮回答对方：哎呀！包养也可以用来形容员工跟着你挣钱啊！你真是一点都不幽默！

自己胡思乱想之后，还强硬地倒打一耙，想想自己还真是不要脸。

不过，不要脸的事情她做多了，不差这一回了！

宁韵然扯了扯嘴角，画廊里的人知道莫云舟今天不会回来都走光了，宁韵然正打算随大流也收拾东西回家的时候，收到了莫云舟的回复：那好，等我回来包养你。

宁韵然的眼球仿佛被屏幕烫到了一般。

她从来不知道“包养”也可以是这么认真的词。

那天，她没有提前回家，而是坐在自己的电脑前，回顾着江淮的作品。莫云舟说过要给江淮办画展，宁韵然相信他一定会做到。至少在她离开画廊回到队里之前，她想为他做点什么。

她第一次希望，时间能够过得慢一点，让她在这个地方留得久一点。

周末的早晨，宁韵然在公园里晨跑。

路过长椅的时候，看见穿着运动衣、手揣在口袋里、戴着兜帽的凌睿面无表情地坐在那里。

宁韵然拿着矿泉水瓶，在椅子的另一端坐下。

她不动声色地拧开矿泉水瓶的盖子，给自己倒了一大口之后，听见凌睿用低沉的声音开口问："你颈部的伤，怎么样了？"

"已经好得差不多了。我看见新闻上说，大毒枭秦冕落网了，速度快到让人无法想象。"宁韵然也压低声音问，"你们怎么抓到秦冕的？"

"兵贵神速，我们利用了梁玉宁的手机。之前梁玉宁给秦冕发的所有短信都是密码。我们将这些短信交给技术部门的同事，让他们破解了梁玉宁藏在短信中的密码，然后以同样的密码发短信给秦冕，说梁玉宁会将自己的网银密钥放在商场的储物柜里，让秦冕派人来拿走。这样秦冕就可以通过网银将赃款汇去海外。缉毒队的章队长跟踪来拿网银密钥的人，顺藤摸瓜，找到了秦冕。"

虽然只是轻描淡写的几句话，但是宁韵然知道能在这么短的时间内迅速布下这样的陷阱，真的不一般，甚至是惊心动魄的。

"但这些，都是以画廊洗钱案的侦破为先机。你做得很好。"凌睿回答。

宁韵然低下头来，笑了笑："运气而已。我……是可以回队里了吗？"

忽然想到莫云舟所说的江淮的画展，她内心渴望着想要等到这个画展结束。

"你先不要告诉其他人你的身份，但可以从画廊辞职了。"凌睿点了点头。

那一刻，宁韵然的眼前浮现出的是出租车上，莫云舟靠向她，看着她的目光。

所有的一切都在他的眼中沉浮。

她忽然不知道自己是舍不得画廊的这份工作，还是舍不得这种终日与艺术为伴的生活，或者是舍不得有他的日子。

宁韵然收拾起自己的心情，回答了一声："好，我知道了。"

就在这个时候，凌睿的电话响了。

他站起身来，远离宁韵然之后接听了电话。

“喂？你说什么？你不要着急，慢慢说。”

凌睿的表情是很严肃的。

手机那边，传来的是和宁韵然同期进入经侦队，但是后来却又离开的刘雨的声音。

“我找到了！我知道纵合万象是怎样替秦氏兄弟中的大哥秦耀做账的了！纵合万象有三分之一的业务和网络科技有关！但是网络科技业务许多都是虚拟服务，没有实体，无法估计服务的真实价值！秦家的老大以空壳公司向纵合万象支付高额的技术费用，然后纵合万象再做账，以购买境外空壳科技公司的方式替秦家老大将这笔钱支付到海外！”

“你拿到这些公司的名字了吗？”

“我拿到了！虽然是空壳公司，但是赵婳栩可谓用心良苦，给这些空壳公司都准备了流水和账目！哪怕是外部审计都没那么容易发现！我……”

只听见手机的那一端传来了一声剧烈的碰撞声。

凌睿的眼睛在那一刻睁得很大，背脊僵直。

看着他背影的宁韵然知道，和凌睿打电话的人出事了。

凌睿立刻拨打电话给局里：“我们有一个同事可能在执行任务的过程中出事了！我现在就发她的手机号给你们！你们立刻定位她的位置！”

宁韵然站在原处，她有一种深深的预感。

梁玉宁的案子，并不是结束，而是另一个开始。

凌睿挂了电话，回头看了她一眼，目光示意宁韵然先按兵不动。

宁韵然点了点头，凌睿便转身快步离去了。

到底发生什么了？

凌睿电话里到底是在跟谁讲话？

宁韵然一整晚都在床上翻来覆去。

画廊已经暂时停业了。

莫云舟承诺会在一个月之后让画廊重新开业，愿意留下来的员工薪水待遇会在之前的基础上上涨百分之二十，而停业这个月的薪水照常支付。

当人心不定的时候，画廊员工们收到了莫云舟新聘请的财务支付的工资，不少人都决定留下来继续观望。

第二天的早晨，宁韵然坐在地铁上，旁边的一个中年上班族正在看晨报。

宁韵然斜着眼，入眼的第一则社会新闻就是：高级白领被摩托车撞伤后不治身亡。

而报纸上登出的受害者照片，正是刘雨！

宁韵然的呼吸被掐住，到底怎么回事？

她问对方说："我可以看一下这则新闻吗？"

"哦，可以。"

对方把那一页报纸递给宁韵然。

一打开，映入宁韵然眼中的就是刘雨的大学毕业照。

宁韵然的眼眶湿了，她和刘雨说过的话没有几句，只记得这个女孩子很活泼，化妆很漂亮。

报纸上说，刘雨现在在本市最著名的纵合万象集团的财务部门担任助理会计，前途无量。她在下班途中，正用手机打电话，被一个骑着摩托车的人直接撞飞，刘雨伤重不治，当场死亡。

肇事者目前仍旧在逃逸。

宁韵然捏紧了报纸，她隐隐察觉到，刘雨离开经侦队很有可能也是凌睿一手安排的。

她们都刚毕业，在社会上没有背景，是新鲜的面孔，比起已经做了许久经济侦查工作的老队员，她们更容易获得调查目标的信任。

刘雨和自己一样，都是刚进入经侦队的年轻人。刘雨的情商高，很容易与人打成一片，而宁韵然的记忆力超强，所以凌睿根据她们俩的特点将她们分派去了不同的侦查目标那里。

宁韵然的手指触上报纸上刘雨带着笑容的脸庞，一切恍如隔日，心中百感交集。

凌睿现在一定很自责，也很难过。

想到梁玉宁谋杀蒋涵，又对她痛下杀手，宁韵然忽然觉得刘雨的死应该也不是意外。

昨天刘雨好像有什么重要消息要告诉凌睿，就立刻出事了。

纵合万象集团，到底有什么大秘密？

而顾长铭到底有没有参与非法交易？这一切都是他指使的，还是他也只是受制于人?

思前想后，这让宁韵然差一点坐错站。

画廊也因为高峻的事情，客源大量流失，在书画界的口碑一落千丈。

宁韵然仍旧用心地做着江淮的画展策划，她希望能在自己离开前，为这位命途多舛的画家多做一点事。

江婕在微信里对宁韵然说："最近这几天，莫总也没在画廊里，听说他要全资收购我们的画廊，他这几天都在和律师探讨相关事宜呢。"

宁韵然愣了愣，问江婕："真的吗?"

"当然是真的。到时候画廊的名字会改掉，也会有新一批由莫总发掘的画家和我们签约，到时候可有的忙了!"

得知画廊不会倒闭，宁韵然心里松了一口气。

"莫总和高峻还是不一样。"

"哪里不一样?"

"莫总的钱都是干干净净的。高峻那家伙就难说了。这也是为什么传出莫总要买下画廊的消息之后，忽然就没有人辞职了！你要知道，莫总的身后是云晟集团!"

听到这里，宁韵然的心中释然了不少。

她想要做出一个完整的画展方案交给莫云舟，然后遵照凌睿的指示回到警局。

就在她聚精会神的时候，有人在她的桌角上放了一杯热咖啡。

"谢谢。"宁韵然以为是哪个同事，一抬头，发现对方竟然是赵婳栩!

整个人就僵在那里，宁韵然的面前浮现出报纸上刘雨的车祸现场。

大脑深处一阵绞痛。

镇定，宁韵然，镇定。

赵婳栩不可能知道你是谁。

赵婳栩靠着桌边，微笑着看着宁韵然："我只是路过，听说画廊的员工大多都回家等消息了，只有你还照常来上班。坐在家里领钱不好吗?"

宁韵然露出受宠若惊的表情。她知道，在赵婳栩的面前一定要有好演技。

只是像赵婳栩这样的大忙人，每一分钟都价值千金，竟然会上来看自己？为什么?

以及……和赵婳栩说的每一句话都要万分小心。

“莫总说，等他回来想做江淮的画展。我很喜欢江淮，所以想提前准备他的画展方案。”宁韵然回答。

赵婳栩拉开一把椅子，面对面坐在了宁韵然的面前。

“每个人都会有放不下的事情，这位画家的画展对你来说就是吧。不过我更欣赏的是，当所有的人都离开了以后，你还愿意留在原地等待。你很忠诚。我喜欢忠诚的人。”赵婳栩笑着说。

“我……并不是忠诚于谁，只是纯粹喜欢，不想留下遗憾而已。”

“纯粹因为喜欢，那也是忠诚于自己，不是吗？”

“赵总，谢谢您特地来看望我，还有安慰我。我没事。”

“高峻涉嫌洗钱，本来跟你就没什么关系，你当然没事啊。”赵婳栩撩了一下长发，笑着看了看宁韵然屏幕上的英文文案，“虽然我英语不是很好，但还是感觉你写得很流畅，语句严谨而地道。”

“谢谢您的夸奖。”

能看出我的英文文案流畅地道，怎么能说自己英语不好呢？

这到底是谦虚还是虚伪？

这样的话，宁韵然当然没有问出口。只是她忍不住一遍又一遍地想起刘雨。

报纸上说刘雨是纵合万象集团总部的助理会计，而赵婳栩又是财务总监，刘雨的死，会不会和赵婳栩有关？

宁韵然顿时紧张了起来。

“宁小姐，虽然莫总不希望我挖他的墙脚，但我还是要把我想要说的话对你说清楚。可能在你的眼中，我并不是一个好相处的女人，社会上也有不少偏见说像我这种做到高管的女人都已经不是女人了。但是我们顾总对你很有好感，他信任你。”

提起顾长铭，宁韵然紧绷的神经略微放松，但很快又绷了起来。

几次相处，宁韵然感到顾长铭不是坏人，但好人不一定就不会干坏事。

“顾总也好，我也好，都希望身边的人靠得住。不需要有惊天的才华，但绝不能欺骗我们，所以我想到了你。之前蕴思臻语画廊的前景看似很好，我也不方便横刀夺爱，但现在不同了。你是不是该考虑一下自己的前途了？”

宁韵然完全没有想到赵婳栩会再一次朝自己伸出橄榄枝。

她的意思真的是表面上的意思吗？

“可是，你们顾总也说过，画廊更适合我。他应该是不希望我去你们那边的吧。”宁韵然小心翼翼地回答。

赵婳栩顿时笑出了声：“只能说你太不了解顾总了。他是一个很含蓄的男人。他欣赏什么或者喜欢什么，是不会伸手去拿的，而是会等着那个东西或者人心甘情愿来到自己的身边。”

如果是之前，宁韵然还会斩钉截铁地拒绝。

但是自从得知刘雨出事之后，宁韵然就不确定自己是不是要拒绝赵婳栩了。

毫无疑问，跟着赵婳栩就能了解许多纵合万象集团不为人知的内幕。

但自己远不如刘雨八面玲珑，在人际关系中如鱼得水，很容易就会被赵婳栩拆穿吧？

看着宁韵然低头思考的样子，赵婳栩笑了。

“别急着给我答案，因为这真的是最后一张船票了。你可以先把你喜欢做的事情做完。如果要来我的身边，我也希望你没有任何遗憾。”

说完，赵婳栩就起身离开了。

宁韵然的心绪久久不得平静。

她一个人坐在电脑前，直到夜幕降临。

这件事情，她必须要报告给凌睿。

她拿出手机，直接拨打了凌睿和她联系的保密号码：“老大，我有重要的事情跟你汇报。”

“什么事？你要买鞋，或者你要我发红包之类的都不算。”

“赵婳栩来找我，要我跟着她。”

“那就拒绝她。”

凌睿的声音果决，没有丝毫的犹豫，这也从侧面验证了宁韵然对刘雨的猜想。

“老大，你想清楚了再回答我吧。赵婳栩身边的情报有多宝贵，你比我清楚。”宁韵然吸了一口气。

“你根本不知道赵婳栩的手段！我们已经有同事出事了，你不能再有任何事，你明白吗。”

“老大，这件事你是不是应该汇报到局里面，让上级领导来做决定呢？”

宁韵然的声音是平静的。

而凌睿在手机的那一端也沉默了。

良久，他才开口道：“你很想去吗?”

“我不喜欢复杂的人际关系，你知道的。所以从前你让我远离赵婳栩，我就远离她。只是，老大，你曾经问过我，明明是一个海归毕业的会计学硕士，无论去什么样的企业都能得到高薪，为什么会选择经侦。”

凌睿回答：“是因为你的父母。”

“对。赵婳栩也调查过我，她看见的只是表象。我的亲生父母意外而死，那个意外是他们开车经过某个高楼下，一个洗钱集团的会计来不及处理电脑里的数据，将主机从高空扔下来，正好砸在我父母的车顶。”

“小宁，你不用说了。”

“请让我说完。我的养父之所以会选择自杀，是因为他替人担保，出于他的善良和对朋友的信任。可是他的朋友却参与了非法集资，携款逃跑了。他用毕生的积蓄去还债还是不够，于是他选择了自杀。他站在高楼上，在手机里对我说，无论如何要完成学业，因为那样我才能看明白这个世界金钱运转的法则。手机里的风声很大，我听得不那么清楚，但那却是他留给我的最后一句话——这个世界金钱运转的法则。也许我的养父指的是更深层次的东西，但对于我来说那个所谓的法则就是做人的底线，即是与非，也许这样的话在你听来很幼稚，所以你才会说我是傻瓜一号……但我确实是这样想的。”

“我知道，小宁。而且，我从来没有觉得你傻。”凌睿的声音跟着暗哑了起来。

“凌队，赵婳栩说她和顾长铭曾经也有过非常艰苦的过去。他们受过的磨难，我不懂。但我知道一个道理，有的人，被恶魔折磨也会成为魔鬼；而有的人，被恶魔折磨，会成为猎人。赵婳栩也许是魔鬼，但我有其他的选择。”

宁韵然一字一句，清清楚楚。

凌睿沉默了。

他也许一直把她当成孩子，但她其实远远比他想象的要坚定得多。

“我明白了。我会如实向上级汇报。一切听从上级的指示。在这段时间，你要小心手机短信、电话、微信、邮箱等等，一切通信方式都有可能在赵婳栩的掌控之下，不要忘了，他们是以科技公司起家的。”

宁韵然明白，刘雨出事，很有可能就是当她和凌睿联系的时候，被赵婳栩的人给监控了。

"上面的决定下来的时候，我会通知你。"

说完，电话就挂断了。

宁韵然呼出一口气来，还好，自己一直是用队里发的手机和凌睿联系的。

她很明白，在这件事上，凌睿承受着巨大的压力。

她绝对不能成为第二个刘雨。

就在这个时候，她的手机又响了起来。

屏幕上闪现的那个名字惊得宁韵然差点把手机摔碎了。

——顾长铭。

他怎么会打电话给她?

难道是因为赵婳栩的邀请?

宁韵然咽了下口水，让自己的心绪平静下来，然后接通了手机。

"顾总，您好。"

顾长铭带着凉意的声音响起："我看到画廊的新闻了，想要知道你怎么样了。而且刚才婳栩说去找过你，我正好开完会，也想跟你聊两句。"

宁韵然有点蒙，为什么赵婳栩找她谈完了，顾长铭又找她?

"可以啊。顾总您在哪里？您那么忙，事情肯定多，我去找您吧?"

"我就在蕴思臻语画廊对面。"

宁韵然差一点咳嗽出来。

这个顾长铭怎么说来就来?

宁韵然赶紧走到窗前，果然看见画廊对面的马路上停着顾长铭的黑色奔驰。

"那我……马上下来!"

宁韵然赶紧背上背包，冲了出去。

她看也没看，就准备过马路的时候，看见对面靠着车的顾长铭朝她的方向伸长了胳膊，做了一个"不要动"的手势。

眼看着一辆车就从自己面前开了过去，宁韵然的冷汗都从背上冒出来。

顾长铭回到车上，将车绕了一圈开到了宁韵然的面前，说了声："上来吧。"

宁韵然点了点头，上了车。

"走路不看车，就算牺牲了，也做不了烈士。"

顾长铭的音调很平，却在宁韵然的心中惊起一阵波澜。

他这句话到底是纯粹批评她不看车，还是暗示知道她的身份了？

“我可不想做烈士。”

“是吗？”

“做了烈士，发的抚恤金我也领不到。”宁韵然耸了耸肩膀，尽量让自己看起来和平常一样。

顾长铭轻笑了一声：“你自己知道就好。以后，过马路的时候要小心。”

“那个，顾总……您亲自来看我，我有点受宠若惊。我是个直肠子的人，您不如直接告诉我您找我到底想谈啥？”宁韵然摆出她一贯的大剌剌的态度来。

“不是谈情说爱，就不能找你谈正事了？”顾长铭侧过脸瞥了宁韵然一眼。

他的眸子本来就冷，看不出深浅。

但“谈情说爱”四个字从顾长铭的唇间说出来，总有那么几分……禁欲的暧昧。

“一向没人愿意和我谈情说爱。”宁韵然自嘲地说。

“为什么？”

“因为我没意思吧。”

“我也没意思。”顾长铭回了一句。

“那我们两个聊天，不是会冷场？”宁韵然忽然冒出一句。

顾长铭轻笑了一声：“你比我有意思一些。”

宁韵然无奈地看了一眼窗外。

是不是很多人都把她当成消遣呢？

顾长铭在T市已经是商界名流了，他的生活有一定的品质，宁韵然正在想象，他会把车开到什么高级会所里请她喝下午茶，但没想到车却停在了一家猪血粉店前。

“啊？猪血粉？”

“你不是喜欢吃吗？”

宁韵然蓦地想起上一次画展自己因为早餐吃猪血粉吃到急性肠胃炎，最后还是被顾长铭送去医院的，真是……

“可是现在有猪血粉吃吗？”

“没有猪血粉，但是有蛋挞和丝袜奶茶。”

“您也会在这样的地方吃下午茶？”

顾长铭将车停到了路边，和宁韵然一起走进去。

“婳栩没有对你说过，我们并不是含着金钥匙长大的吗?”

“她说过。”

“这种小店里吃的，比什么高端酒店里的东西要好吃。”

顾长铭走了进去。

明明他一身高端定制西装和这家店里简陋的装潢格格不入，但是他拉开椅子坐下的时候，宁韵然忽然觉得整个小餐馆的格调都得到了质的提升。

他要了蛋挞和奶茶，还问宁韵然吃不吃猪血肠。

连猪血肠顾长铭都知道?

真是接地气啊!

宁韵然立刻点了点头。

小桌子上立刻放满了食物。

而顾长铭很熟练地拿过一次性筷子，掰开，然后将竹筷子上的倒刺摩擦掉，递给宁韵然。

“我给你提一个非常真诚的建议。”顾长铭说。

“什么建议?”

“请不要称呼我为‘您’，有时候礼貌是一种距离。”顾长铭正在给宁韵然烫碗，“我以为我们是过命的交情。”

“啊?”

“难道不是吗? 我哮喘发作，药用完了的时候，没人知道我是怎么一回事，只有你跑去药店帮我买了药，救了我一命。”

宁韵然没想到顾长铭竟然还记得这件事。

“而你肚子不舒服疼得脸色发白的时候，我送你去的医院。”

“对啊，还有人生第一次的公主抱……”宁韵然说完，又想咬掉自己的舌头了。

“公主抱?”顾长铭蹙了蹙眉头，似乎在问那是什么。

宁韵然有点想笑，学着顾长铭一本正经的样子说：“你看过台湾狗血连续剧没有? 就是女主角不小心崴了脚，男主角就跟女主角得了不治之症一样，把她横抱起来。多有王子抱公主的范儿啊! 这就是公主抱。”

“这也没什么啊。”顾长铭回答。

“没什么? 在现实里是很难做到的。”宁韵然很认真地敲了一下桌面。

“怎么难做到?”

“一个女生就算再轻，八十多斤总还是有的吧。这么横抱起来，是很需要臂力和腰部力量的！更不用说你还能把我从画廊里一直抱到停车场!”

“你不止八十多斤。”顾长铭回答。

宁韵然的膝盖中了一箭。

“不用你说，我知道了。”

宁韵然夹起猪血肠，一大口放进嘴里。

“小宁，虽然你们画廊现在被要求停业接受有关部门的调查，但是据我所知，莫云舟很有手段，将有问题的部分剥离了，而且他很有可能会全额买下画廊，更名之后继续营业。莫云舟的背后是新加坡的莫家，还有马来西亚的云晟集团，这足以让你现在所在的画廊屹立不倒。”

宁韵然睁圆了眼睛，看向顾长铭。

“真的？原来他背景雄厚不是放屁……不是吹牛?”

“所以，作为你的过命之交，我觉得你留在画廊里，会比跟着婳栩更有前途，而且能做你喜欢做的事情。我听婳栩说，其他人都不来画廊了，只有你还在画廊里继续准备江淮的画展。”

顾长铭的目光是坦荡的。

而且，宁韵然能从顾长铭的声音里听出来他对莫云舟的欣赏。他不认为莫云舟只是有背景的富二代而已。

可为什么莫云舟却暗示过她，他和顾长铭之间存在“较量”呢?

“我也可以告诉你一个业内人士都知道的消息，莫云舟在下半年就会出任云晟集团中国分部的CEO。你跟着他，无论前景还是未来，都会比跟着婳栩要妥帖。”

宁韵然愣住了。

顾长铭的这番话，完完全全是站在宁韵然的角度为她考虑的。

毕竟，如果顾长铭是真的不想她进纵合万象集团，可以有很多其他的理由。比如纵合万象的人际关系复杂，比如她进来了纵合万象内部也是人才济济，她这个没背景的新人也出不了头，等等，但是顾长铭选择为宁韵然提供一个更广阔的方向。

“顾总……是觉得如果我进入纵合万象集团，会让你不太方便吗?”

宁韵然很认真地问。

顾长铭很坦荡地点头："七分的原因，是你继续留在画廊或者跟着莫云舟，前途不会差。三分的原因，是一旦你进入了纵合万象，我会忍不住要照顾你。这不利于你的职场生涯。"

宁韵然愣住了，指了指自己说："你会照顾我？你要怎么照顾我？"

"纵合万象集团内部有着错综复杂的势力关系，一不小心就会掉进去，我得拽住你。"顾长铭直视宁韵然的眼睛。

"如果你走在我不希望看见你走的路上，我宁愿死死地按住你一辈子不出头，而且我说到做到。所以，你进入纵合万象，不一定会有你想要的前途。"

他的目光里有一种如洪水摧毁千里堤坝的力量，涌入宁韵然的脑海深处，挤压走所有的缝隙，逼迫她正视他的每一句话。

宁韵然第一次感到一个人能凭借话语，让人直不起腰来。

顾长铭口中"不希望看见你走的路"是什么路？

是指刘雨吗？

一旦顾长铭发现她和刘雨一样都是经侦队钉入纵合万象集团的钉子，他也会像解决刘雨一样解决掉她吗？

"顾总，你这么说，我会吃不下的。"宁韵然放下了筷子，"而且我也没有决定怎样回答赵总的邀请。我自己也知道自己没有经验没有人脉，跟着赵总，也不一定能学到东西，说不定去个普通的会计师事务所会更实在。但是如果我决定答应赵总的邀请，肯定也是经过了深思熟虑，那个时候……请顾总看在我们有过命交情的分上，能公平公正地给我机会。"

"好。"顾长铭点头。

然后他低下头来，开始吃猪血肠。

宁韵然看了一眼他吃东西的样子，不紧不慢，而且不会发出什么声音。

莫云舟的教养是从小到大被培养起来的。

而顾长铭的，宁韵然相信他是后来逐渐注意到的。

"怎么了？"大概是感受到了宁韵然的视线，顾长铭抬起眼来。

"我觉得顾总你上得了天，也踩得了泥，能进能退。"

"你这个马屁拍得情真意切，我很受用。"顾长铭给宁韵然又夹了一块猪血肠。

吃完了小吃，到了快六点的时候，宁韵然又点了猪血粉。

“你还吃得下？”顾长铭问。

“当然吃得下。”

而且这一顿顾长铭买单啊！这家的猪血粉比别家的都贵，自己难得可以借着顾长铭腐败一下。

“嗯，这样看来你这体重不是没有道理的。”

顾长铭回答。

宁韵然差一点破口而出——你和凌睿是不是亲兄弟啊！去验个基因吧，大哥！你们俩损人的路数是一样的！

顾长铭没有吃猪血粉，而是直着背脊，很有耐心地看着宁韵然哧溜哧溜地吃着粉。

“大哥，你这么看着我，我会消化不良。不然你再点碗猪血汤？”宁韵然歪着脑袋问。

顾长铭微微顿了顿。

“怎么了？”

顾长铭忽然伸手在宁韵然的脑袋上面轻轻地碰了碰，但是他很快就将手收回来了。

宁韵然忽然想起了那天顾长铭送自己去医院的时候，他也是这样轻轻地揉了揉自己的头顶。

“没什么。如果你真的跟着婳栩，就不能叫我大哥了。”

哪怕是粗神经的女汉子，宁韵然也会觉得莫名地心疼。

“吃你的粉吧，这种悲天悯人的表情不适合你。还要不要打包一份带回去做夜宵？”

顾长铭的表情已经恢复到和平日里一样，仿佛谁都不能靠近。

“可以吗？”宁韵然很认真地问。

“当然可以。只是你下次再得什么急性肠胃炎，应该没人能抱得动你了。”顾长铭回答。

“这个理由并不能动摇我。”宁韵然举起手来，“老板，再来一碗猪血粉，打包！再加个虎皮蛋！”

顾长铭将宁韵然送回了南山公寓。

下车的时候，宁韵然有些不好意思。

因为猪血粉味道很重，顾长铭的奔驰车里都是那股味道。

“谢谢你，顾大哥！”宁韵然站在车窗前挥了挥手，然后拎着猪血粉上楼了。

赶紧地，看一集《犯罪现场调查》，那血淋淋的场面，和猪血粉很相配！

顾长铭侧过脸来，看着宁韵然的背影，眉头蹙了起来。

几分钟之后，他才开动车子，回到了纵合万象大楼。

一进入自己的办公室，就看见赵婳栩抱着胳膊坐在他的办公桌前，似乎等待已久。

“你去哪里了？秘书说你文件还没批完就走了。”

当顾长铭走近时，赵婳栩蹙起了眉头。

“你身上什么味道？”

“猪血粉。”顾长铭在办公桌前坐下，打开文件，开始批阅。

“猪血粉？”赵婳栩忽然明白了过来，“你去找那个宁韵然了？我刚告诉你我跟她谈过，你就迫不及待了？”

顾长铭的神色一凛，将文件夹合上，发出“哗啦”一声，他抬起眼来直视赵婳栩：“我记得我跟你说过，我不希望你把别人再拉进来！”

“是不希望我把别人拉进来，还是不想我把宁韵然拉进来？她救过你的命，所以她是你心头的白月光……不对，是猪血粉，楚君也喜欢吃猪血粉，你把她当成楚君了？顾长铭！楚君已经死了！我们会掉进这个旋涡里，都是为了楚君，可是楚君是怎么回应我们的，她从综合医院的楼顶上当着我们的面跳下来！”

“不要说了。”顾长铭握紧了拳头，指节泛白，目光凌厉到仿佛穿透了赵婳栩，“我没有把她当成楚君。”

“那么到底为什么？我们每年招聘了那么多研究生博士生，为什么宁韵然不可以？”

赵婳栩双手撑在顾长铭的书桌前，冷冷地看着他。

“因为她和我们不是一路人，道不同不相为谋。”顾长铭回答。

“什么叫作不是一路人？”赵婳栩继续逼问。

“好，你一定要我说为什么，我现在跟你说清楚。你调查过她的背景资料，那么你知道她的亲生父母和养父母都是因为什么死的吗？”

“我知道。她的亲生父母是因为警方突击追捕一个洗钱的地下钱庄，钱庄会计来不及处理硬盘，就直接把电脑主机从楼上扔下来，正好砸中了她父母开的车。”

“她的养父呢？”

“她的养父是因为合伙人参与非法集资卷款携逃，留下了巨额债务，她的养父选择自杀。”

顾长铭狠狠地瞪视着赵婳栩：“你既然知道，就该明白她对一切违法的金钱交易一定会充满厌恶。你想带着她学那些台面下的东西，她会去学吗？”

“那是因为她不了解金钱的真正的力量！我和你，就是最好的例子。掌握了怎样处理资金，就掌握了别人的命脉。就好比秦大老板，他难道不知道我们不愿意受制于他？但是他却无法下手除掉我们，因为我们抓住了他的资金。这就是力量！真正的权力。从害怕金钱，到掌握权力，任何人都会变。她也一样。”

赵婳栩回答。

“那好，我现在告诉你，她救过我的命。而我报答她的唯一方式就是，让她永远学不会你的那一套。”

顾长铭的声音里带着咬牙切齿的意味。

赵婳栩愣在那里。

不知道从什么时候开始，她已经读不懂顾长铭的情绪了。

他将自己隐藏得越来越好，也越来越深。

但因为一个女孩，他裂开了一条缝，赵婳栩感觉到了顾长铭的决绝。

“好，如果她不答应我的邀请，我不会再主动找她。但是如果她答应了，我们就看看，她和我们到底是不是一路人。”

赵婳栩转过身去。

那一刻，她强忍了许久的眼泪泛滥开来。

因为她太清楚了，将宁韵然隔绝到他们的世界之外，是顾长铭对她最大的爱护。

而这样的爱护，赵婳栩已经很久没有从顾长铭那里感受到了。

而此时的宁韵然一边吹着口哨，一边打开电脑，然后将猪血粉打开，虽然米粉糊了一点，但好像更入味了。

宁韵然又开了一罐可乐，学着广告的口气说了一声："看电视剧的时候，猪血粉和可乐更配哦！"

就在这个时候，宁韵然的手机振了一下。

她滑开一看，是莫云舟发来的：你的脖子好了吗？

宁韵然立刻回复：好了好了！吃猪血粉都没问题了！

她没想到莫云舟竟然还记得自己的伤势，忽然觉得又感动，又内疚。

正当她准备将通讯录里的"抖 M"改成"莫云舟"的时候，对方发来一条短信：你真是鸟为食亡，要吃不要命。

宁韵然翻了个白眼，心想你还是继续做抖 M 先生吧！

在关闭短信的那一刻，她看见了和莫云舟上次的聊天记录。

他说：等我回来包养你。

宁韵然的眼眶瞬间热了起来。

手指下意识地按在了那条短信上。

如果局里不同意她去纵合万象集团，她可以在回到队里做回正式的经侦员之后，好好和他解释这一切。

但如果局里认为她应该进入纵合万象的话……那么当她离开画廊的时候，莫云舟会怎样看待她呢？

等等，宁韵然！

你想那么多干什么啊！猪血粉都要糊掉了！

因为保安将画廊完全关闭了，宁韵然也不可能再回到画廊使用电脑，只能用自己的笔记本电脑继续完成她对江淮画展的构思。

就在这个时候，她的手机响了。

"宁韵然吗？有你的快递！"

"快递？我没买东西啊！"

"是一个叫甄晴的买的。"

"唉？甄晴的东西怎么寄到我这里来了？"

宁韵然一头雾水，打开了房门，看见了快递小哥。

她还没来得及说话，快递小哥就将快递交到了她的手上，而快递的盒子上放着的是一张证件，对方是一个技术侦查员！

宁韵然顿了顿，对方示意自己是不是可以进去，宁韵然立刻点头。



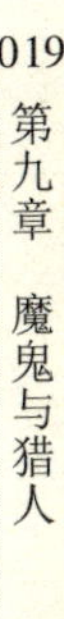

快递小哥进入之后，立刻取出设备，似乎是在确定宁韵然的小公寓里面有没有任何监听设备，然后小哥点了点头，就离开了。

技侦员都来了，宁韵然几乎可以肯定局里的决定是什么了。

她打开那个快递盒子，发现里面只是一张女子会所的体验券，到期日期就是今天下午的三点。

宁韵然立刻收拾自己，打车去了那个会所。

会所的前台人员将她请入了汗蒸室。

宁韵然换了汗蒸服进去之后，发现里面一个人都没有。她坐在里面快五分钟了，都没有人进来。

这让她有些忐忑。

该不会这一切都是赵婳栩试探她的方式吧？

宁韵然已经蒸出了一身的汗，这时候汗蒸房的门终于打开，一个身形高挑的女子走了进来，那一瞬间，宁韵然还以为对方是赵婳栩，吓得魂都要飞出来了。

但是当对方在她的对面坐下的时候，宁韵然才发现自己太草木皆兵了。

“你好，我是省厅经侦的特派员，江锦书。”

省厅来的，宁韵然立刻直起了背脊，觉得眼前的人真是“高大上”。

“什么特派员？”宁韵然随即警觉了起来。

看着她的表情，江锦书笑了：“你们凌队长跟我说，你总想问他要红包，买鞋子，他不是不给你发红包，是他不能用微信和你联系，所以没办法给你发红包。”

这些话是她用专线手机和凌睿聊天的记录。凌睿提醒过她，顾长铭是做网络科技起家的，而他的人不乏监测高手，很可能通过某种技术手段得知这段谈话记录。

“凌队长是谁？”宁韵然笑了笑，“姐姐，你是不是认错人了？”

江锦书捂着嘴巴笑了：“你有这样的警惕心，真的很难得。和你们凌队说的你心太大不一样，他对你保护过度了。”

宁韵然还是一脸“我不知道你在说啥”的表情。

“那我再说一件有意思的事。有一次，你惹恼了新来的同事，你问凌队长该怎么办。凌队长说：‘你还是多多去打拳击吧。’你问：‘为什么？’凌队长回答：‘脑子多被揍一揍，也许能清醒一点。’你说：‘那也有可能变成脑残啊。’”

宁韵然眨了眨眼睛，这段话是她刚去凌睿那里报到的第一天的对话。绝对没有在短信或者电话里提起过，除了她和凌睿，也不可能有别人知道。

“他怎么连这个都告诉你?”宁韵然怒了。

这简直就是让她在其他同事面前没格调啊!

“他说，这是他对你的第一印象。他永远忘不掉，你应该也忘不掉。”江锦书回答。

宁韵然的心中有一群羊驼呼啸而过。

“为什么选女性会所?这样凌睿就不能进来和我们一起蒸桑拿了啊!”宁韵然心想，那个专门拆她台的混蛋肯定是故意选这里，不敢来!

“首先，凌睿从事经侦工作已经很多年了，我们的目标人物顾长铭和赵婳栩肯定会对凌睿的动向非常关注。赵婳栩刚决定要招你进入纵合万象，她这段时间就一定会盯住你，看你有什么动向。如果你这段时间和凌睿见面，就必然会暴露身份。”

宁韵然点头:“我明白了。”

“第二，这里是女性会所，赵婳栩认为你到这里来见上线的可能性也会比较低。”

宁韵然再度点头，忽然有一种自己在演谍战剧的感觉。

以及，从此刻开始，她觉得一切都变得小心翼翼起来了。

“你一直没有经过最专业的训练，但是不专业恰好也能避免你身上有太多经侦员的特点，这也能让赵婳栩降低对你的防备。你对纵合万象集团的了解应该不多吧?”

宁韵然点了点头。

“其实我们了解的也不多，除了这个集团在为大毒枭秦氏兄弟中的老大秦耀转移资金之外，我们知之甚少。赵婳栩是一个厉害的角色，而顾长铭也比较低调。上面决定以纵合万象集团为突破口，以洗钱这种下游犯罪逆行追踪上游毒品犯罪的罪魁祸首秦耀。这里面的危险性很大，上面不想刘雨同志的牺牲重蹈覆辙，这一次投入了大量的人力和物力来支持你的行动。刑侦、经侦还有技侦将会联合起来，形成合力。而你要做的，就是一步一步走近纵合万象的核心。但是，一旦有任何暴露身份的迹象，行动将会终止，你的人身安全将会被放在首要位置，明白了吗?”

“明白。”宁韵然点头。

“过几天，南山公寓的对面将会入住技侦的同事。既然顾长铭和赵婳栩擅长反侦查，我们就派出精英来协助你。他的名字是杜若，目前的身份是某个IT公司的技术员，大多数时间在家里工作，就是你们年轻人经常说的‘宅男’。你们好好相处。如果你有任何的消息，可以通过杜若来传递，尽量减少和其他人的联络。”

“明白。”

江锦书又对宁韵然说了许多需要注意的细节，让她深刻地感受到，这一次真的是大手笔的行动了。

最后，江锦书嘱咐宁韵然，无论是离开画廊，还是答应赵婳栩的邀请，都要尽量做到自然。

然后她们两个躺在桑拿房里，一起做了一个脸部保养。

宁韵然站在镜子前，看看自己的脸，觉得又白又嫩，像剥了皮的鸡蛋一样。

“哇，下次我们见面还会选这里吗？”

“当然不会。”

江锦书说完，就收拾收拾离开了。

宁韵然感觉有点孤独。

上面来的人都这么说来就来，说走就走？

宁韵然回到了自己的公寓里，打开了笔记本电脑，继续完成她的画展策划方案。

她总想要留一点什么东西给莫云舟。

虽然她做的方案曾经被莫云舟说“太天真”，但哪怕天真，她也想给他看。

当宁韵然完成方案之后，她闭上眼睛，吸了一口气，确认自己的情绪平静之后，她打了一个电话给赵婳栩。

这个时候的赵婳栩正在和顾长铭商讨一个技术项目的预算，她看了一眼手机屏幕，对顾长铭说了一声：“宁韵然的电话，应该是要给我答案了。你觉得会是怎样？”

顾长铭握着笔的指尖下意识地用了力。

“喂，小宁，你主动打电话给我，应该是告诉我你的答案的吧？”

“是的。我觉得赵总之前对我说的都很有道理，我本来就是学会计出身的，现在在画廊这块，确实白费了我之前学的东西。我很想回归我本来学到的东西，而赵总是这方面的翘楚，如果真的想要提升自己，我觉得我还是应该接受您的邀请。”宁韵然对着同事早就替她写在纸片上的东西，用万分真诚的语气说。

她觉得再过一个月，自己就可以成为影后了。

“行。那么你什么时候处理好和画廊那边的关系，就告诉我一声，我会亲自安排你入职。”赵婳栩侧过眼来看着顾长铭，用眼神示意对方“这一局，我赢了”。

顾长铭紧握的手指缓缓松开。

等赵婳栩离开顾长铭的办公室，顾长铭向后靠着椅背，闭上眼睛，长长地呼出一口气。

几天之后，莫云舟从外地回到了画廊。

听到消息的员工纷纷赶了回来，大家聚集在画廊的会议室里。

座椅不够用，许多人就直接站着。

宁韵然也站在人群里。

她看见莫云舟走进了会议室，背脊挺拔，步伐中带着一种从容和自信。

“大家好久没见了，心里面多少也有些忐忑吧。今天就把我的决定和大家说一下。”

所有的人都面露紧张神色。

只有莫云舟依旧宠辱不惊。

宁韵然知道这个男人很好看。当初自己画他画得那么用心，她以为自己是为了挣那每张五十块的钱。现在她终于明白，那是因为这个男人的气质。

那不是伪装出来的淡然，而是他真的无论面对什么都能云淡风轻地应对。

当莫云舟说执法机构还在评估画廊因为高峻洗钱案的资产时，所有的人都很紧张。

但是画廊并非所有的交易都是非法的，在进行清算之后，莫云舟会全资注入画廊，更换名字，重新来过。

但手续上还需要几个月的时间，莫云舟承诺愿意留在新画廊的同事这几个月照常发薪，如果觉得不确定的，可以联系新来的人力资源经理办理解除劳动手续，同样可以领到本月的薪水。

莫云舟的条件是优渥的，不少同事都决定回去考虑。以莫云舟的财力，就算他们都走了，他也能在几个月之后招聘到精英人才。

当会议结束后，莫云舟回到了自己的办公室。

宁韵然也走到了他的门前。

还有好几个资深经理人正在和他谈论画廊未来的发展，宁韵然独自站在门外，一直等到晚上十点多他们都走了，她才敲了敲门。

书桌前的莫云舟正仰着头，闭着眼睛。

“进来。”

宁韵然很紧张。

她这辈子都没有这么紧张过。

哪怕是第一次见到凌睿的时候，都没如此忐忑。

“莫总。”

莫云舟睁开了眼睛，看见宁韵然的时候，略微有些惊讶。

“这么晚了，你怎么还没有回家？”他的声音轻轻的，比起和画廊里其他员工说话的语调，有些不同。

“我……有事情想跟你说。”

宁韵然觉得喉咙像是被哽住了一样。

“你先过来。”莫云舟朝她招了招手。

宁韵然向前靠在了桌子上。

莫云舟的唇角勾起好看的笑：“你再过来一点。”

宁韵然直接撑着桌面，将脑袋靠向莫云舟。

难道莫云舟有什么悄悄话要对她说？

“你是傻瓜吗？”莫云舟坐着转椅侧过身，示意宁韵然绕过桌子走到自己面前来。

“哦。”宁韵然绕过桌子，来到了他的面前。

莫云舟的手指伸了过来，轻轻地拎着她衬衫的领口，将不是很整齐的领子拉平，然后仰着头，看着她。

还是那样很深、很远的目光，像是要将她封闭在另外一个世界里一样。

他轻轻地笑了。

“你的脖子真的好了。你等到这么晚，是要我请你吃夜宵吗？”

看着他的笑，宁韵然的眼泪就快要忍不住了。

她必须要一鼓作气，否则她会说不出话来。

“我想向你辞职，离开画廊。”

莫云舟在那一刻愣住了。

他看着宁韵然，她第一次看到了他的惊讶。

“怎么了？你是担心我没办法接下蕴思臻语吗?”

“不是的，我觉得一直在画廊工作和我学的东西不相关。要是继续做下去，我怕我花了那么多年学习的东西会全部都忘掉，所以我想换个行业。”

莫云舟目光里恢复了平静，他点了点头：“你说的也很有道理。留在画廊，确实大材小用。那你想好去哪里了吗?”

“我想跟着赵总。她说她会带着我。”

宁韵然话音刚落，莫云舟的眼底涌现的不是惊讶，而是不可思议。

就好像一直以来的平静终于裂开了一道口子。

“你说什么？你要跟着赵婳栩?”

“是的。赵总是有名的财务官，跟着她……”

“你听着，你想要做这一块，我可以给你联系大把的公司企业，甚至大型跨国集团，只是赵婳栩绝对不可以。”

莫云舟的视线太凌厉，直接锁死了宁韵然所有的思考能力。

“我知道你有人脉，我也听说了你很快就要去做云晟集团在中国分部的 CEO 了，但是我想要学真真切切的东西。你介绍我去的那些地方人才济济，我根本出不了头的!”

“跟着赵婳栩你也出不了头。”

这还是第一次，宁韵然在莫云舟的眼中看到了毫不掩饰的压迫感。

仿佛宁韵然如果继续这个选择，莫云舟就会将她抽筋拔骨，挫骨扬灰。

“赵总把我当自己人，我一个刚毕业的研究生，她给我开了三十万的年薪，真的很有诚意。如果她不愿意用心教我，或者我在那里得不到我想要的，我会……”

“你想要出头，我也可以带你走。”莫云舟伸出手，摁住宁韵然的脸颊，强迫她直视自己，“我会带你去云晟集团，我会让比赵婳栩更有资历的财务总监教你更有价值的东西！如果她给你开三十万的年薪，我也一样可以开给你!”

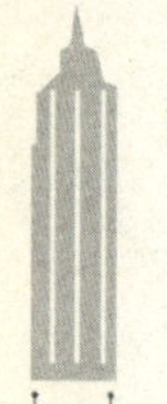



宁韵然完全惊呆了。

她完全没有想到莫云舟会对她说这些。

莫云舟会如此反对她进入纵合万象集团，绝对是因为他知道赵婳栩有问题。他肯定是不想自己误入歧途。

如果是从前，宁韵然会大剌剌地说一句：不好意思，我的良心被狗吃了。

但是她说不出来。

长这么大，除了已经失去的父母，这是第一次有人这样在意她。

“说话啊。”莫云舟这句话说得很轻。

“……你为什么对我这么好？”

宁韵然红着眼睛问他。

莫云舟也看着她，他的沉默让人心跳加速。

忽然之间，他将她拽向自己，他的唇撞了上来，宁韵然吃痛了，正要推开对方，莫云舟却摁住了她的后脑勺儿，她感到了他温暖的舌尖，带着不顾一切的气势，掠夺她的一切。

宁韵然越是挣扎，对方的力气就越是大，直到宁韵然站不住快要摔倒的时候，对方终于放开了她。

她惶然地看着他，从没有想过有一天这个男人会对任何一个女人这样失控。

但是他的目光是理智的。

理智到他很清楚自己要的是什么。

不达目的决不罢休。

“这就是我为什么对你这么好的原因。”

莫云舟一字一句地回答。

宁韵然觉得就像有一股力量迎面而来，将她冲垮。

她向后踉跄了两步。

唇上还留着莫云舟压上来的力度感。

那是亲吻。

宁韵然的心脏如同脱缰的野马狂跳，万千思绪呼啸而过，她什么也抓不住。

莫云舟的意思是，他喜欢她吗？

可是他为什么会喜欢她呢？

“宁韵然，我莫云舟一向自信于自己的眼光。你可以不喜欢我，但如果你让我失望，我会百倍奉还。”

宁韵然看着莫云舟的眼睛，仿佛自己的喉咙被对方死死咬住，又像是被对方一点一点剥开她的思想，要将她所有的小秘密都拖曳而出。

“我只是选择自己想走的路，我真的没有想过离开这里是对你的背叛。”

“上一次在医院里，我对你说过的话，你已经全都忘掉了。你是不是觉得我是个男人，不会跟女人计较？你觉得我会为了看起来有风度，让你轻松地走？那么你要清楚，我们莫家能走到今时今日，靠的从来不是风度。如果你不喜欢我，就不该招惹我。”

莫云舟的表情此刻已经平静了下来，明明说的话很有力度，但语调却平静得很。

宁韵然知道自己伤害了这个男人。

她想起那天他们坐在出租车上，他告诉她，他想要给江淮办一场真正的画展，他的眼神是纯粹的，没有任何目的的。他信任她，才会把自己最单纯的想法告诉她。

然而她却要背过身去，离开他。

她想要告诉他真相，但是这是不允许的。

“莫云舟，你记不记得我曾经问过你，如果掉入黑暗深渊了该怎么办？”

宁韵然看着莫云舟的眼睛，很认真地问。

“我回答你，那就化身为光，将深渊照亮。”莫云舟看着宁韵然回答。

“莫云舟，因为你说的每一句话我都相信，所以现在，我就要照着你说的答案去做了。我想要你像我相信你一样，相信我。”

“什么？”莫云舟看着她。

“再见，莫总。你不用开支票给我了。”

宁韵然说完，就转身离开了莫云舟的办公室。

她觉得自己就像逃难一样。

她是个不善掩藏的人，再和莫云舟多待一秒，她怕自己会把所有的秘密都说出来。

莫云舟怔在那里，几秒之后忽然站起身来，快步冲了出去。

他奔跑着，寻找着宁韵然。

他必须要弄清楚，宁韵然到底为什么会忽然决定去跟着赵婳栩。

当他追上宁韵然的时候，他发现她一边走向地铁站，一边颤抖着肩膀。

她在哭。

如果她那么想要跟着赵婳栩的话，为什么要哭呢？

莫云舟没有上前去拽她回来，只是跟在她的身后。

她已经走过了地铁口却不自知。

还在傻兮兮地继续向前走。

莫云舟远远地跟在她的身后，望着她的背影，就这样看着她走过了好几个路口之后，宁韵然终于意识到自己错过了地铁站。

她抬手，招来一辆出租车，坐了上去。

莫云舟眯起了眼睛。

他不是傻子，宁韵然最后对他说的话是什么意思？

什么叫作按照他给的答案去做？

他取出手机，拨通了一个电话。

手机的另一端，传来了冷峻的男性声音：“您好，我是顾长铭。”

莫云舟的唇角扯起一抹冷笑，声音却很平静：“顾总，你的财务总监真是好手段。”

此时的顾长铭仍旧在加班看文件，他放下了手中的笔，向后靠着椅背说：“莫总，没想到难得接到你的电话，就是兴师问罪。婳栩怎么了？”

“她来把宁韵然挖走了。我刚要接任云晟集团中国分部的CEO，你们就来挖我的人，这是下战书还是示威？”莫云舟的声音里带着笑意，但顾长铭却听出了他的寒意。

“只是一个刚毕业的留学生而已，莫总你真的想多了。我们本来还打算在房地产和航运领域的投资方面和云晟集团合作，怎么可能会故意挖你的墙脚呢。如果莫总真的介意，我会跟婳栩说，劝宁韵然回你那边去。”

“她的心去到你那边了，我留下也无用。不过这一笔，我记下了。”莫云舟将手机挂掉了。

他回到画廊取车，回到自己的办公室里，他看了一眼自己放在桌面上的笔记本。

里面夹着的那张卡片露出了一个小角。

莫云舟捏着那一角将卡片缓缓地抽了出来。

上面是龙飞凤舞一点没有女孩子娟秀气质的字迹——你莞尔一笑，璀璨了我的一生。

那是莫云舟刚来画廊的时候，行政部送花时误把宁韵然写的卡片插在了里面。

他早就忘记了这张卡片的存在，可偏偏此时此刻又让他看见了。

“没有人能骗到我，你说想跟着赵婳栩……明明是假话。”

莫云舟用手指将那张卡片摁回了笔记本的纸页里面。

# 第十章 世上还有莫云舟

当宁韵然回到家的时候，她很茫然。

从没有想过，第一个亲吻自己的人，会是莫云舟。

她还记得他靠近自己那一刻决绝的姿态，他眉眼的轮廓，他睫毛弯起的弧度，他嘴唇的触感，他舌尖的力度，那是无声却强悍的入侵，她用力捶了捶脑袋，想要将莫云舟赶出去，可是……

她的记忆力太好了。

越是想忘掉，就越是鲜明。

莫云舟喜欢她，这是真的吗？

怎么可能是真的呢？

宁韵然还记得江婕她们聊八卦的时候说起过，莫云舟最欣赏的电影明星是凯特·布兰切特。

那种优雅知性又有高度的女王范儿。

自己与凯特·布兰切特……云泥之别。

莫云舟的亲吻就像某种蛊惑，拖曳着她。

她以为这世上自己最在乎的人都已经没有了，其实不是的。

还有一个莫云舟。

那不是因为巧合，也不是因为他脑子不清醒才会在梁玉宁袭击她的时候挡在她的面前，才会在她望向梁玉宁的尸体时遮住她的眼睛，才会说只要她不去赵婳栩那里，他可以给她更多的选择，包括跟着他去云晟集团。

听到那句会带她去云晟集团的话，宁韵然知道他为了挽留她，已经不惜放下自己的原则了。

莫云舟这样的人，公私分明。能让他说出要带她去云晟集团，是他要用云晟这个平台将她留下，这几乎是来自莫云舟的请求了，但是自己却离开了。

是啊，她怎么给忘了。

江婕所八卦的关于莫云舟的一切背景都是真的。他是天之骄子，是云晟集团中国分公司的CEO。

从前，宁韵然翻完甄晴那些霸道总裁和小绵羊的小说，总会嗤之以鼻。但莫云舟却是真实存在的，只是他们之间的距离看起来很近，但其实很远。

比如她不知道莫云舟和顾长铭之间有什么样的“战争”，他会在她的病床前要求她绝对不要挤进他和顾长铭之间；而她也不可能告诉他——我是一名经济犯罪侦查员，我将要开始调查顾长铭和赵婳栩，也许……你也会成为我的调查对象。

宁韵然无奈地笑了笑。

她知道，她和莫云舟之间的故事是不会照着台湾言情小说的剧本来发展的。

只是，她还是惊讶于他会在那么多出众的人里面，看到了她。

“我要成为一个怎样的人，才值得你那么喜欢呢？”

等等……他……亏他在所有人面前一副有教养的样子，完全不在乎她的感受就亲上来！

这是不按流程办事！

正规流程不应该是先表白，再牵手，然后接吻的吗？

表白呢？

一句正儿八经的表白都没有！

宁韵然摸了摸自己的嘴唇，忽然觉得亏了。

还有以前自己耍的所有流氓，都太“矜持”了！

宁韵然第一次有了捶胸顿足的感觉。

他说他喜欢你，他说他想带你走，他还吻了你。

但是你喜欢他吗，宁韵然？

她无法回答这个问题。

在她看来，所有的“一见钟情”都是荷尔蒙作祟，而真正喜欢一个人是绝对需要时间的。

她不知道自己喜不喜欢他。

但是有一点，她很肯定……如果是莫云舟差一点被梁玉宁杀死，她也会毫不犹豫地挡在他的面前。

宁韵然打开笔记本电脑，将自己做好的江淮画展的策划案，包括英文版的一起发到了莫云舟的邮箱里。

当屏幕上显示“发送成功”的时候，宁韵然第一次有了“遗憾”的感觉。

请你一定要好好的。

就在这个时候，宁韵然听到了走廊里传来了行李箱拖动的声音。

她看了一眼时间，我的娘啊，都凌晨一点了！

外面竟然还会有人在拉行李箱？

该不会是用行李箱弃尸吧？

宁韵然从床上翻身起来，走到门前，从猫眼中望了出去。

只看见一个瘦高的男人，穿着灰色的卫衣，帽子遮住了半张脸，但是从他挽起袖子露在外面的胳膊来看，这家伙很白净，好像终年不见日光一样。

呃……不会真的是鬼吧？

宁韵然咽了一口口水。

等等，记得在汗蒸房里和她联系的江锦书曾经说过，上面会派一名专业的联络员住到她的公寓对面，她跟在赵婳栩的身边有任何需要传达的消息就告诉这名联络员。

所以……这个瘦高个其实是她的同事？

为谨慎起见，还是再观察一下。

对方取出钥匙，打开了对面的门，将行李箱拖了进去。

那走路的姿势还有拖动行李箱走走停停的样子看起来懒洋洋的，真的一点都不像个警察。

是不是搞错了？

就在宁韵然狐疑的时候，对方忽然又把门打开了，手揣在口袋里来到了宁韵然的门前，抬起手哐哐哐叩了三下。

这都已经凌晨一点了！这个家伙怎么还会来敲自己的房门？

这家伙真的是她的联络人？

万一是坏人呢？

等等，自己一拳能把糙汉子的门牙打下来，还会怕这个细胳膊细腿儿的瘦弱男人？

宁韵然应了一声："大晚上的，谁啊！"

"有方便面吗？我饿了。"

男人冷冽的声音隔着门响起。

没有一点人味儿，难道真的是鬼？

"我……我没有方便面，而且我睡觉了！"

就算能打碎糙汉子的门牙，她也打不着鬼！

"喂！如果不是凌睿亲自打电话给我，我是不会接下这个任务，提前结束休假回来帮你这个白痴。如果没有方便面，你就给我下一碗面！"

对方的声音一点都不客气，还暗含怒意。

但是听到"凌睿"这个名字的那一刻，宁韵然是要多安心有多安心。

门那边这个像鬼一样的男人，就是凌睿给她搬来的救兵，就是她最坚实的后盾！就是她与组织最亲密的联系！

就算是鬼，也是可爱的鬼啊！

宁韵然乐颠颠地将门打开，看见对方的那一刻，愣住了。

"对……对不起，姐姐，你大老远地赶过来，辛苦了！"

宁韵然很少见到五官这么精致的人。

刚才一直被帽檐遮住半张脸，所以宁韵然没有看清，对方长了一双轮廓相当细腻漂亮的眼睛，眼睫毛也细密纤长，高挺的鼻梁，鼻尖细致，再加上皮肤白净，就显得更漂亮了。

"姐姐？你哪只眼睛看出来我是姐姐了？"

那双漂亮的眼睛忽然瞪圆了，低沉的声音响起，宁韵然这才意识到，对方第一有喉结，第二没胸部，第三真的比一般的女模特都要高，目测有一百八十多厘米……不可能是个小姐姐。

"对，对不起……"宁韵然的气势完全被对方给压下去了。

对方的手直接扣在门上，以难以抵挡之势将门打开了。

宁韵然忽然觉得刚才那个感觉能把对方一拳打倒的自己真是天真可爱。

对方直接打开了她的冰箱，拿出了她的酸奶，然后指了指放在茶几上的农心拉面说："我要吃那个。"

"哦，我去给你烧水!"

"农心拉面要煮的才好吃。"对方用鄙视的眼神看了她一眼。

宁韵然指了指自己，不确定地问："你要我给你煮?"

"对啊。我又不会。"

对方那理所当然的语气让宁韵然真想煮一碗拉面扣到对方脸上去。

"我也不会。我只会泡面。"

宁韵然也理所当然地回答对方。

"那算了。你都会什么?"

"煮鸡蛋。把鸡蛋放到电热水壶里，按下按钮，水开了，鸡蛋也熟了。"

对方与她对视，两人的目光就这样毫无起伏地交接在一起，好像在比谁先眨眼睛。

宁韵然实在比不过对方的漠然，就这样败下阵来。

"那你就用电热水壶给我煮两个鸡蛋吧。"对方在宁韵然的沙发上大剌剌地坐了下来。

他的腿长，折起来的时候正好抵住了茶几，这家伙毫不客气地用腿将茶几顶了出去。

宁韵然一边找鸡蛋一边在心里抱怨。

最近到底怎么回事?自己遇到的男人都是长腿欧巴，比如凌睿，比如陆毓生，比如顾长铭，还比如这个不知道名字的家伙。你们腿这么长，不如凑一桌打麻将啊!

还有她好不容易忘记不到五分钟的莫云舟。

宁韵然站在电热水壶前，等待着水沸腾。

她想起了自己第一次遇到莫云舟，在那样的尴尬之下，他的那一丝浅笑，以及他唇角陷落的深度，唇线弯起的弧度，就像被刀刻出来一般，好像一伸手就能摸到。

"喂，你是故意要饿死我吗?"

"什么?"

对方的胳臂伸了过来，将烧水的按钮摁了下去。

“啪嗒”一声，宛如敲打在宁韵然的神经之上，令她迅速回过神来。

“你在想什么?”

“没什么。”

我在想莫云舟，你又不认识。

对方不满地挑了挑眉，用公式化的语气开口道：“你平日里家长里短，拉屎放屁那些事儿我没兴趣关心。但你的思想状态，你遇到的事情，是什么影响你的心情，我需要知道。”

宁韵然顿了顿，低下头说：“今天我向画廊提出了辞职。”

“那你应该高兴。”

“高兴什么?”

“明天你又不用去下一个地方报到，可以睡懒觉了。”

“可是，在那个画廊里有一个非常出众的人，向我表白了。”

“哦，你也喜欢他?”

这家伙一边说着，一边又把宁韵然买的威化饼干给找了出来，嘎吱嘎吱地吃着。

聊天的气氛全没了。

“我不知道我喜不喜欢他，但是对方在我最需要的时候帮助了我。”

“那他要感激你的不知道喜不喜欢了。”

“为什么?”

“一个只会用电热水壶煮鸡蛋的女人和一个你口中被描述为出众的男人？他有多出众我不知道，但是眼光明显有问题。”

宁韵然被狠狠地打击了一下。

这回她是彻底动摇了。

果然，高岭之花是不会和狗尾巴草长在一起的。

“好嘛，我知道了。你不用继续打击我了。”

“不过凌睿跟我说过，你的审美有问题。”

“啊?”

“你看《火影忍者》的时候不觉得佐助是帅哥就算了，你觉得小李特别帅。”

“……”这位新同事，我们并没有很熟，好吗?

“比起凌睿，他好看，还是凌睿好看?”

“老大和他是两种风格的，好吗？”

“那如果凌睿能得十分，对方有几分？”

“十二分。”

“我会如实跟你们队长汇报。”

“……”

“那气质呢？如果凌睿十分，你给他多少分？”

“也十分吧。”

“其实你也是想打十二分的吧？怕我跟凌睿说，所以降到了十分。”

这位仁兄，我跟你真的不熟……

“照你这样形容，对方确实很出众，但是就算他现在喜欢你，如果你们两个总是站在不同的高度，最后也会分道扬镳。所以，我给你的忠告就是——为了他，你要让自己变得出类拔萃。这样就算你错过了他，也会遇见另一个像你一样出类拔萃的人。”

对方一边说着，一边将鸡蛋从电热水壶里捞出来，敲碎了，剥蛋壳。

“谢谢。”

宁韵然忽然心底发热。

是的，不管下一次自己是在怎样的时间和地点见到莫云舟，她都希望自己出色和优秀，让他从不后悔喜欢过她。

“我还不知道你的名字呢。”宁韵然盯着对方的手指。

他的手指很长，而且相当灵活。

“杜若。T 市公安局技侦支队。”

对方头也没抬一下，继续专心致志地剥着鸡蛋。

宁韵然愣了愣，然后凑到了对方面前：“师兄，出外勤的感觉怎么样？”

“麻烦。”杜若一口咬下去，半个蛋就没有了。

他的声音很冷淡，宁韵然把“你那个蛋好像有点疼”咽在口中没有说出来。

杜若吃完了鸡蛋，又问：“你对顾长铭和赵婳栩有多少了解？”

“我知道的是顾长铭和赵婳栩都是从农村来到城里，他们是同村人。顾长铭虽然高考拿到了全省状元，但却没钱读书，原本打算放弃，后来得到了某个富商的捐助，勉强大学毕业。而那个时候赵婳栩在 T 市打工。顾长铭要勤工俭学，把钱寄回去给自己的父母和妹妹，经过赵婳栩的介绍，在一家餐厅打工。后来顾长铭毕业之后，建立了一个小型IT公司，差一点被吞并，幸亏又得到了某个富商的赞助，他的IT公司逐渐发展起来，成为纵合万象集团的前身。”

这些都是能在网上查到的资料。

杜若吃完了鸡蛋，表情还是跟宁韵然欠了他二五八万一样。

“赞助顾长铭的IT公司免予被收购的，就是大毒枭秦氏兄弟中的老大秦耀。”

杜若的话就像一颗重磅炸弹，在宁韵然的耳边炸开。

“是因为这样……顾长铭才受制于大毒枭秦耀吗?”

“根据我们的调查，还不止于此。顾长铭的妹妹顾楚君病了，检查出来是心脏衰竭，需要进行心脏移植手术。但是一直找不到合适的心脏，如果继续等待下去，顾楚君一定会死。”

杜若低着头，他这个人看起来冷心冷面，但宁韵然能感觉到他对顾长铭的同情。

“秦耀帮顾楚君找到的心脏?”

“是的。但是顾楚君在接受后续的适应性疗养的时候，从医院的顶楼跳楼自杀了。”

宁韵然的肩头颤了一下，她不敢想象那个场景。

“但不管怎么样，秦耀算是将顾长铭给拴住了。不过，如果你抱着同情心去接近顾长铭，表现得像个圣母一样，我觉得他会讨厌你。”

“我明白了。”

“以及，在整个纵合万象集团里，假设你真的跟在赵婳栩的身边，除了顾长铭与赵婳栩，你还需要注意两个人。”

“哪两个?”

“等你去了，再告诉你。我看你的样子，觉得你脑子不太好用。说得多了，估计你会不记得。”说完，杜若就离开了宁韵然的房间，走回对面房间去了。

“我说你该不会是想睡觉了，所以故意吊着我的胃口吧?”

宁韵然站在门口问。

杜若一边开门，一边特别坦然地回答：“是啊。”

宁韵然无言以对。

第二天早晨，莫云舟坐在沙发上喝着咖啡看着《金融时报》。

陆毓生穿着睡衣，打着哈欠来到了莫云舟的旁边，懒洋洋地坐下。

“小舅舅……你今天还要出门吗？”

“是的，画廊的事情还需要和律师商谈。”莫云舟的声音听起来淡淡的，但是隔着报纸，陆毓生看不清他的脸。

“我说小舅舅，那个宁韵然都辞职了！你还去搞那个画廊干什么？”陆毓生像是忽然清醒了，连背脊也坐直了。

莫云舟微微蹙了蹙眉，缓然开口道：“我想这个画廊继续经营下去，和宁韵然有什么关系？”

“你……你不是想她留在画廊里？如果你不接那个画廊，她就要失业了啊。”

“她失业跟我有什么关系？”莫云舟反问。

不知道为什么，陆毓生觉得小舅舅的目光很薄凉。

“因为……我还以为……你挺喜欢她的……”陆毓生的声音越来越小。

“你从哪里看出我喜欢她？”莫云舟继续反问。

“因为你……每次只要有她在的地方，你就会朝她的方向看两眼。”

“还有呢？”

陆毓生咽了下口水，有一种被小舅舅审问的压迫感。

“还有……你把她画你的素描就摆在你的床头柜上。”

“你怎么看见的？”

“我这不是进去拿了你一套西装穿吗？那套阿玛尼的……”

“以后没我允许，不能再进我卧室。”

莫云舟的声音里带着警告的意味。

“我不会进去了……”

“还有吗？”

“还有什么？”陆毓生一脸雾水的表情。

“你觉得我喜欢宁韵然的原因。”

“还有……你一直放不下这个破画廊……”陆毓生叹了口气，“我们能不继续这个话题了吗？”

“她跳槽去赵婳栩那边了。”

说完，莫云舟再度翻看了报纸。

“哈？纵合万象集团？”

但是莫云舟没有再回答他一个字了。

陆毓生安静了下来，似乎在思考着什么。

这种沉默持续了十几分钟。

“那个，小舅舅……”陆毓生还是忍不住开口了。

“嗯。”莫云舟发出一声单音节，示意陆毓生可以继续说话。

“小舅舅，不是我说你。你追一个人追得那么隐晦，很容易无疾而终的。”陆毓生很认真地说。

“我从来不是隐晦的人。”

“你知道不隐晦的定义是什么吗——爱要爱得放纵，追要追得气势如虹。”

陆毓生摸了摸下巴，用老司机的语气说。

“你妈妈今天下午的飞机到T市。”

莫云舟冷不丁地开口说。

“什么？你怎么不早说！”陆毓生急匆匆起身，“我去普吉岛度个假！等我妈走了再回来！”

几分钟后就听见行李箱“噼里啪啦”拖动的声音，接着是“砰”的关门声。

正在厨房里忙碌的孟阿姨走了出来，一脸不解地看向端坐在沙发上的莫云舟说：“先生，刚才毓生说想吃沙茶牛腩，我刚给他炖上……他怎么就跑了？”

“小孩子的话，听听就算了。”莫云舟淡声道。

“先生，瞧您说的。您也没比毓生大几岁啊。您说他是小孩子，那您就是大孩子。没多大差别。”

莫云舟笑了：“孟姨真会哄人。”

“我这哪里叫哄人啊。”孟姨摇了摇头，“是先生您心如磐石，不让人哄。不然啊，多少女孩子排着队哄您呢！”

“我拼了命地哄人家，都哄到沟里去了。”莫云舟将报纸折好，站起身来。

吃过午餐之后，莫云舟就开车去了机场。

当他的长姐莫云慧走出来，莫云舟上前接过了她的行李。

莫云慧看着弟弟，挽着他的手笑着问：“我那个不成气候的儿子陆毓生是不是又溜走了？”

“他喜欢玩，就随他去吧。等到分部正式成立，作为监事长，毓生也要承担很大的责任。”莫云舟说。

“你啊。你知道让他去玩，怎么自己不知道放松一下呢？”

莫云舟浅笑了笑，开着车带着姐姐回到市区。

“你那个画廊还在经营吗？我听说前段时间画廊法定代表人因为参与大额洗钱交易被捕了。你知道，对于我们莫家的人经手过的生意，父亲的最大要求就是必须干干净净。哪怕没出息，也不能脏了双手。”

手握方向盘的莫云舟沉声道：“大姐你放心。我心中有数。”

“你啊……明明父亲老来得子，最受宠的就是你。按道理，你要什么父亲就给什么，我还担心会把你宠坏了。可偏偏，我们姐弟几个里面最有分寸的就是你。倒是毓生，我和他的父亲花了多少心力来培养他，他反而永远是不懂事儿的样子。”莫云慧摇了摇头。

“他看起来不懂事，但是心里面像明镜一样。所以，姐姐和姐夫也不用操心了。毓生大事上绝对不会出错。”

“行了行了，不说这些了。我们晚上一起吃饭，然后你陪我逛逛商场，我带来的衣服不太适合这边的天气。”

“好的，我今晚就陪着大姐吃晚饭，逛商场。”

莫云舟陪着姐姐来到了T市一家私人会所。这里很安静，姐弟两个坐在庭院里一起吃着家常菜。

莫云慧一边给莫云舟夹菜，一边用试探性的语气说：“我听毓生说……他觉得你在这里好像看中了一个女孩子？”

莫云舟的手指略微顿了一下，唇上笑了笑：“我看中了人家，人家没有看中我。”

“人家没看中你，就去追嘛。当年我也没有看中毓生的父亲，他还不是追了我好几年，这么几年都不放弃，就算是石头，也焐热了啊。云舟啊，你从小就很有原则，连毓生都说，他的小舅舅是活在玻璃瓶里的标本。看起来完美无瑕，永远都不会犯错一样。”莫云慧停了下来，欲言又止。

“大姐，怎么了？你我姐弟之间，可是无话不谈的。”

“别人的姐姐，可能会希望自己的弟弟永远不要受到伤害。可是我却希望这个世界上能有一个人，摔裂你的玻璃瓶子，哪怕让你难过让你受伤，至少能让你鲜活起来。”

“我的玻璃瓶，已经被她狠狠摔了一下。”莫云舟抬起眼来，很认真地看着自己的姐姐。

“怎么了?”

“她其实有点傻气的，什么都放在脸上，一眼就看穿了。”莫云舟垂下眼睑，想起宁韵然每一个嫌弃自己的表情，他都觉得有趣。

“你喜欢简单的人，大概是因为从小到大戴着面具站在我们面前的人太多了。但简单的人，往往是最难遇见的。”

“对啊。她的要求很少，所以很容易快乐。别的女人需要物质带来的安全感，她只需要一碗牛肉面，就能笑得很开心。”

莫云舟抬起手，捂着嘴，轻笑了一声。

对面的莫云慧看着弟弟的表情，微微一怔。

“她也无所谓失败。应该说，她有胜负欲，也会全力以赴，但如果败了就败了。她能很淡然地接受，输了她也有开心的理由。”莫云舟忽然想起了什么，看向姐姐说，“有一次我跟她去打拳，她自知打不过我，直接躺在地上了。你知道她跟我说什么吗?”

“什么?”

“她说她感谢那些将她打倒的对手。躺在地上多舒服啊。”

莫云慧也笑了。

“而且她看起来有点愣，但是越接近她，越能感觉到她其实有自己的界限，明白什么该做，什么不该做。”

“这样说起来，她和你是一样的。你们都是那种对原则很在意的人。”

“我能感觉到她很喜欢画家江淮的画，很喜欢艺术，所以我才想要把画廊接下来，我想看着她继续做她喜欢做的事情……可是姐姐，她却说她要追求前途，追求高薪……所以要离开画廊。”莫云舟的声音很紧，每一个字都很用力。

“云舟，每个人都有自己的选择。每个人有理想性的一面，也有世俗的一面。对自己不要太强求，对她也不要太苛刻。”

“对，我就是不想对她苛刻。她要前途，要高薪，可以啊……我告诉她我可以带她进云晟集团，只要她努力，总有一天也会成为跨国集团的高管。”

莫云慧终于懂了，她伸手扣住了弟弟的指尖，轻轻地将它们掰开：“你从来不会利用家族的生意来做你自己的事情。你告诉她会带她去云晟集团，是你对你自己原则的妥协。”

“可是有什么用呢？她还是决定要离开。如果她真的是想要追求所谓的前途，为什么我还收到了她完成的画展策划案。很专业，很详尽，也很有理想，很有情怀。她很喜欢画展，既然那么用心，又为什么会放弃呢？明明在她喜欢的领域她也一样能获得成就。”

莫云舟的眉头蹙了起来。

“云舟啊，理想和现实总是互相矛盾的。如果你喜欢她，就去喜欢她美好的部分。人都是会一点一点成长的。也许她会长成你所期待的样子，也许她越成长你就越能放下她了。”

莫云慧看着弟弟的表情，忽然心疼了起来。

“不是的，大姐。我从来没有怀疑过她所吸引我的部分是不存在的，我从来都不会看错人。我大概……大概就是喜欢她直来直去，傻瓜似的样子。可是这个傻子竟然学会了撒谎，而且她还想骗我。”

莫云舟的唇角勾了起来，轻笑了一声。

“所以呢？”

“傻子撒谎能有什么技术含量吗？”

那一刻，莫云慧对自己的弟弟竟然一点都不担心了。

他认定了的事情，就一定会做到。

他爱一个人，会爱到山穷水尽。

“希望下一次，你能带着那个傻姑娘来陪我吃饭。”

“等我知道傻姑娘为什么要撒谎，我会先修理一下她。”莫云舟喝了一口汤，眉梢轻轻扬了一下。

“算了吧。人家保留了一点自己的小秘密，你就难过成这样。等到人家把小秘密告诉你了，你肯定就不计前嫌，把她捧在手心里了。”莫云慧摇了摇头，“我还担心你被人摔碎了。像你这样的坏男人，就是碎了，也得扎得对方心疼。”

莫云舟淡然一笑。

吃过了晚饭，他陪着莫云慧来到了T市有名的综合购物商场买衣服。

“几年没来T市，这里发展得真快。我们选择在T市成立云晟集团的分部，看来是非常明智的决定。”莫云慧一边走，一边感叹。

然后她停留在了商场里的一家照相馆前。

“这个什么最美证件照很流行啊。就连你二姐的女儿来中国玩的时候，也照了好几套呢。”

“是吗?”莫云舟一抬眼，看见橱窗里展出的一套证件照，愣在了那里。

“云舟？怎么了？你在看什么?”

“我就是看看，这个所谓的最美证件照美在哪里。”莫云舟笑着回答。

“就是看着人特别精神，显白净。”莫云慧轻轻拽了弟弟一下，“别看了。再看下去，人家都要怀疑你喜欢照片里的女孩子了。”

“我是挺喜欢啊。”莫云舟回答。

“你哦！你要是把跟我开玩笑的力气花到女孩子身上，还愁人家不把心事告诉你。”

莫云舟莞尔一笑，和姐姐走开了。

几分钟之后，当大姐在试衣间里试衣服的时候，莫云舟对店里的服务员说：“麻烦你，等我姐姐出来的时候告诉她我去打个电话，很快就回来，请她在店里等我。”

“好的，先生……”

服务员话才刚说完，就看见莫云舟迈开长腿奔跑了出去。

他来到了那家拍摄最美证件照的照相馆，看着橱窗里展出的照片，然后快步走了进去。

“先生，您想要照相吗?”

“不，我是想要问你们，外面那个女孩的警官照你们展出来的时候，有经过当事人的同意吗?”莫云舟压低了声音说。

照相馆的服务员愣住了。

尽管莫云舟的声音不大，但他的气场和一般进入店里的学生及刚进入社会的年轻人完全不同，完全压制了她思考的能力。

“这……这个我不清楚……”

“那就叫你们店长出来。”

莫云舟神色一凛，店员顿时有一种不好的感觉。

“好的……请稍等。”

莫云舟架着长腿，坐在沙发上。

店长走出来，只看了对方一眼，就下意识地咽了一下口水。

“这位先生，请问我们有什么能帮到您?”

“你们橱窗里展出的那张证件照，是我女朋友的。”莫云舟单刀直入。

他的视线向上一抬，店长就越发紧张了。

“您女朋友……啊，对不起啊！真对不起!”

“我很确定你们没有征得她的同意，以及你们这种行为侵犯了她的肖像权。我是不是应该请律师给你们发律师函呢?”莫云舟的目光很凉，声音里也带着寒意。

“先生！真的对不起！我们立刻将照片换下来!”店长亲自动手，将照片从橱窗里取了下来。

“还有电脑里，我要看着你们删掉。”

“是的！是的！您来看，我们马上删掉。”

店长当着莫云舟的面，连回收站都删得干干净净的。

“真的对不起，您女朋友的照片又正气又有精神，所以我们也没多想就当作范例贴在窗子上了，真不是故意的！您看，都删掉了，洗出来的照片也还给您了！您贵人事忙，请不要跟我们计较。我们保证不会再有下次。”

店长对着莫云舟冷厉的视线，双腿都快撑不住了。

“下不为例。如果再让我在别的地方看到我女朋友的照片，我会让你到哪里都吃不上饭。”

莫云舟说完，就将那四张一排的证件照收进了自己的钱夹里，起身走了出去。

看着他离去的背影，店长的身形晃了晃，旁边的店员扶住了他。

“店长，店长你怎么样了？你没事吧?”

“没事……本来觉得不会有人在意那份照片，今天早晨刚选出来贴上……本来想给照片的主人打电话，可是联系不上，就想先用了再说……没想到差一点惹出这么大的事来……”

莫云舟回到了服装店里，见莫云慧还在挑选衣服，微笑着来到了她的身边。

“你穿这件会好看。”

莫云慧瞥了他一眼，然后靠近他，仔仔细细地看着他的眼睛：“云舟啊，我怎么看你出去打了个电话回来，人就变了。”

“怎么变了?”

“变高兴了。”莫云慧压低了声音说。

莫云舟没回答她，只是将那套衣服摁进了姐姐的怀里："赶紧进去试一试，让我看看漂不漂亮。"

"啧，转移话题啊。看来被我说中了。"

莫云慧拿着衣服进了试衣间。

莫云舟坐在沙发上，从外套里面的口袋里将钱夹拿出来，打开来，看着蓝底的证件照唇角缓缓勾了起来。

照片上的年轻女孩，端庄中又带着一丝灵动，笑得灿烂，但隐隐又有一丝狡黠。

晚上，他载着莫云慧回自己的复式公寓。

莫云慧一路上都撑着下巴看着弟弟的侧脸。

"莫女士，你再这样继续看着你弟弟，他的下巴可能会掉下来。"莫云舟的声音里没有起伏。

"莫先生，你知不知道你笑得唇角都要到耳朵根了？"

"不可能，我没有笑。"

"你现在没笑，刚才笑得可闷骚了。"莫云慧说。

莫云舟眯着眼睛看了自家大姐一眼："莫女士，你从哪里学来的'闷骚'这个词？太不文雅了。"

"你那个不成器的外甥一直在我耳边说小舅舅每天有多闷骚。听得久了，就学会了。"

"是吗，毓生还说什么了？"莫云舟一边从容地继续开车一边问道。

"毓生还说，你这辈子想要什么就有什么。就算之前没得到，之后也一定要得到。但如果真的有什么得不到……就会永远在你心里骚动。"

"下次我请个中文老师，好好教教毓生，'骚'这个字到底该怎么用。"莫云舟回答。

"随便你请多少个都行，好好教教他。不过在这之前，你能告诉我，你现在为什么这么骚动？"莫云慧斜着眼睛看着他。

莫云舟无奈地叹了一口气："好吧，好吧……我知道傻丫头为什么要骗我了。"

"为什么？"

“她……有一次她做了噩梦之后问我，如果掉进深渊里爬不出来了怎么办？”

“你怎么回答的？”

“我开玩笑说，‘那就化身为光，把深渊照亮’。”

“我的天啊，你这样子哪个女孩子喜欢你啊！这个时候你就该学学你的姐夫，抱着她，哄着她说，如果前面有深渊，我这么抱着你，你怎么会掉下去呢？还化身为光，你以为自己是飞利浦灯泡呢！”莫云慧抬了抬手，直想在弟弟的后脑门子上敲一下。

“但是她真的想要去做那道光了。”莫云舟的表情在那一刻严肃了起来。

“那你怎么办？”莫云慧感到弟弟在担心什么。

“那我……只好将深渊填平。”

莫云慧在弟弟的侧脸看到了一种决心。

晚上十点，宁韵然还在挑选明早进入纵合万象集团穿的西装。

“我是不是该穿上套裙呢？”宁韵然站在镜子前左思右想，“也许真的穿上套裙……就不会像女保安了？”

就在这个时候，门铃响了起来，摁门铃的人明显没有耐心。

宁韵然将西装一扔，来到了门口，从猫眼里就看到对面的杜若一脸寒霜。

心里咯噔了一下。

这是怎么了？

打开门，宁韵然忐忑地问：“师兄，怎么了？”

杜若的脾性喜怒无常，宁韵然在他搬到自己对面的第一天就体验到了。

“你给我滚过来。”杜若勾了勾手指，转身就走回他的公寓去了。

宁韵然咽了下口水，这还是她第一次进入杜若住的地方。

先前的房客把这间公寓折腾得一团糟，杜若才搬来没多久，就把这里收拾得干干净净。

就连地板都擦得锃亮，足够当镜子照了。

看来杜若有洁癖？

有洁癖的人通常比较自我，不好相处。

此时的杜若抱着胳膊坐在沙发上，两条长腿交叠搭在茶几上，一脸严肃，气势不小。

宁韵然不敢踩脏他家的地板，直接将鞋脱在门外就进来了。

“杜师兄……您找我什么事?”

“我找你肯定不是让你给我煮方便面的。你现在给我好好想想，从你进入局里的第一天起，你有没有做什么会暴露你自己身份的事情?”杜若半仰着脸，目光凌厉地看着她。

“暴露我身份的事情……这个，凌队长早就问过我了啊。我父母已经去了，最好的朋友甄晴也不知道我考过警队啊……刚来警队报到，和队里还没混熟，就被凌队长安排去画廊了。”

宁韵然被杜若看得心慌。

“你再仔细想想。”杜若的姿势都没有变过。

宁韵然歪着脑袋想了半天，摇了摇头：“我真的不记得有啊！难道我暴露身份了，纵合万象集团不打算要我了？这不可能啊？我刚才还收到他们人力资源部的提醒函……”

“凌睿跟我说你记性好，就快达到过目不忘的境界了。你这他妈的是什么狗记性?”杜若说完，一把抄起茶几上的杯子就要往宁韵然脸上砸，吓得她连忙抱住了脑袋。

但杜若还是换了沙发上的抱枕，直接站起身，追着宁韵然一顿好打。

“哎呀！杜师兄你别打我了！别打了！有什么你就直接说吧！把我打傻了我还是不记得啊!”

“你这是要把我和凌睿都气到吐血啊！我问你，你那个什么最美证件照是怎么回事!”

宁韵然可算有点印象了。

“哦，那个啊！就是刚领到制服的那一天，我就穿上去照了个相留作纪念啊！第二天，制服就交给队里了……”

“你是猪吗？这么大一件事你怎么不说!”杜若将抱枕扔到宁韵然的怀里，接着扬起手一副要拍她脑袋的样子。

宁韵然直接将抱枕顶在了脑袋上。

“别打了，杜师兄你直接告诉我出什么事儿了呗!”

“那家照相馆把你穿着警服的证件照当样本直接贴在橱窗上了！那么大个商场，每天来来往往多少人！你就不怕自己被认出来!”

还好杜若不打算继续打她了，只是被气得不行。

“什么？那是我的照片，他们没有权利就这样贴出来的！”

“高峻难道不知道洗钱犯法吗？那他为什么还要洗？”杜若冷冷地反问。

宁韵然一句话都说不出来。

“是……有同事看到了吗？”

“我不知道消息来源，是局里面高层收到的消息。但是提供这个消息的人肯定认识你，不然不可能路过照相馆就一眼认出你。”

“所以……这个任务还能执行下去吗？”

杜若叹了一口气：“本来上面是决定要终止这个任务了。但是至今我们没有人能完全获得赵婳栩的信任，她是个非常多疑的女人。缉毒队和国际刑警那边也丝毫没有关于大毒枭秦耀的消息……目前只有纵合万象集团是最有可能的突破口了。只能通过洗钱这种下游犯罪来逆向追踪上游的毒品犯罪。上面的决定是，你明天照常去纵合万象集团报到，不要刻意去融入赵婳栩和顾长铭的利益集团，一切顺其自然。最重要的是……一旦有危险，或者你怀疑自己暴露了，就必须马上退出。”

“我明白了。”宁韵然点头。

“你刚才在干什么？”杜若问。

“选……西装。我不想再被人说像女保安……”宁韵然抓了抓后脑勺儿说。

“像女保安就像女保安吧。”

“为什么？”宁韵然不解地问。

“显得没有品味也是好事。女人天生就是善妒的动物。如果你的品味显得比她低端，容易降低她对你的防备。”

宁韵然无语了。

自己没有衣着品味这件事……到底是她的运气还是不幸呢？

回到自己的房间，她躺在床上，看着天花板，闭上眼睛，她开始回忆自己在队里都见过什么人。

只有同事有可能见过她。

但是她一进队里就被领入凌睿的办公室了，没有和太多的人讲过话，除了同期的刘雨。

刘雨已经死了……是队里其他同事认出她了？

或者，在蕴思臻语画廊的这段时间里，还有其他同事执行任务的时候见到了自己？

但是想这些都没有用。

杜若说了，自己的“最美证件照”已经被相关同事处理好了。明天就看赵婳栩对自己的态度来判断她到底知不知道自己的身份了。

第二天早晨，宁韵然穿上西装，打了一点 BB 霜，看着镜子里的自己还算精神，就走了出去。

刚一开门，对面的门也开了。

只见杜若倚着门口，看了宁韵然一眼说：“还真有那么点像女保安。”

宁韵然在心中给对方比了个中指。

这个杜若，真是一句好听的话都说不出来啊！

“回来的时候，记得给我带外卖。”

“杜师兄，你不要那么宅……好歹自己出去吃个午饭什么的啊！”

宁韵然发现杜若网购了许多速食面，顿时不明白这位师兄怎么吃着垃圾食品还能长这么高的。

“我宅不宅不用你管。不指望你带脑子回来，但是外卖一定要带回来。”

宁韵然有喷火的冲动，但杜若是她的前辈，而且听说本身就做过卧底，侦查和反侦查经验丰富，自己最好在他面前乖一点。

“知道了。”

祝你不会被方便面噎死。

“喂，女保安。”杜若扬了扬下巴，如果不是长了一张漂亮的脸蛋，宁韵然一定会觉得他很辣眼睛。

“啊？”

“世界不会等你准备好。”杜若缓然开口道。

“什么意思？”

“准备太多反而刻意，也会让你显得可疑。就从你自己的习惯出发，最自然的反应，最不引人怀疑。”杜若说。

“师兄，你是在教我吗？”宁韵然很惊讶，又很感激。

“不，我在教一只蠢猪上树。”

说完，杜若就将房门关上了。

宁韵然在心中疯狂吐槽。

师兄——我又不是百度外卖！

啊，不对！

你与其等我下班给你带东西吃，不如直接用百度外卖呢！

第一天去报到可不能迟到！

宁韵然连早餐都没吃，就直接冲入地铁站了。

一路上，她心情忐忑，心跳比几年前参加入学面试时还要快。

当她来到纵合万象集团的大楼下面时，用力吸了一口气，然后呼了出来。

她曾经无数次路过这栋被誉为T市商业标签的大楼，而这一次，她终于要走进去了。

所有的员工都衣冠楚楚，进入大楼的时候都流露出一种自信。特别是女性员工，她们的脖子上挂着工作牌，有的别在套裙的腰间，穿着高跟鞋，背脊挺拔，让宁韵然感觉像是进入了美剧《欲望都市》的开场。

宁韵然低下头，她的脚上穿着的还是那双莫云舟请人定制的鞋。

这一次……她要努力，像一双低调而合脚的鞋子，让赵婳栩将她穿在脚上，无论去到哪里，都要带着她。

宁韵然走了进去，将人力资源部发送给她的信打印出来，拿给了保安看，保安点头放她进去。

宁韵然刚进去，就错过了一班电梯，只能站在那里等。

纵合万象集团的总部大楼本来就高，好在电梯有好几部，不然的话从上到下真的要等上好几分钟。

这时候，旁边的电梯门开了，一个年轻的男人正要迈进去，宁韵然大喊一声：“等一下！”

她冲了过去，用手摁住了快要关上的电梯门。

“对……对不起啊！”

电梯里的男人穿着干净的白色衬衫，留着刘海，皮肤很白，脸上的笑容有点暖。

“我帮你摁住电梯了，其实你不用那么着急。夹住自己了怎么办？”

男人的声音也是不急不缓的。

"是去十二楼的人力资源处报到吗？宁韵然。"

"……你……你认得我？"宁韵然惊讶地指了指自己。

难道，这就是那个发现她"最美证件照"被照相馆贴出来的同事？

"我不认得你，但是你的资料我看了好几遍。你好，我是纵合万象集团的信息安全部经理周暖。"

这个名叫周暖的男人的笑容和他的名字一样，让宁韵然感觉很亲切。

"您好，周经理。"

这个周暖和宁韵然之前见到的集团的那些男员工不同。

能做到一个部门的经理，而且还这么年轻，但是他的脸上却丝毫没有倨傲，没有高高在上的距离感。

周暖的楼层到了，当他挪动脚步的时候，宁韵然才发现他的左腿好像有点跛。

这时候有人正好进电梯，见到周暖时，非常恭敬地唤了一声："周总。"

宁韵然愣了愣，不是周经理，而是周总。

所以……周暖所谓的部门经理，级别应该相当高。

宁韵然吐出一口气来，电梯到达了人力资源部所在的楼层，宁韵然走了进去，才发现纵合万象集团的人力资源部真的很大。

一眼望过去，至少有五六十名员工。

每一个员工的办公区域都有一张办公桌，被屏风隔开。

虽然才过九点，但是人力资源部已经忙碌起来了。

有的人正在打着电话，有的人正在敲着键盘。

宁韵然来到最靠近自己的座位边，小声说："不好意思，打扰您一下。我是新入公司的职员宁韵然，不知道到哪里办理入职手续？"

"宁韵然？"对方将她从上到下看了一遍，然后起身说，"哦，你跟我来吧。去我们老总的办公室。"

她一个会计助理入职，竟然要去老总的办公室？

宁韵然有点紧张了。

还好，这位人力资源部老总也是公事公办的样子。

宁韵然填完了表格，她便开口说："我带你去赵总那里。"

就在这个时候，桌面上的电话响了起来。

"黄秘书，您怎么想着给我打电话了？啊……可是赵总不是说这个宁韵然是

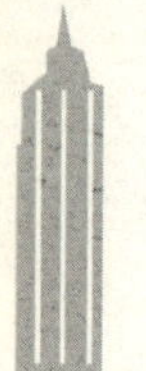


要跟着她的吗？哦哦……好的，当然是顾总说了算。行，行，我知道了。我现在就带她过去。”

人力资源部总经理站了起来，用狐疑的目光看着宁韵然。

“国外留学回来的就是不一样啊，这赵总要你跟着她，董事长办公室又说要你过去。赵总和顾总争着要一个人，我还是第一次见到。”

“什么？我不是要去财务部的吗？”

宁韵然的心里咯噔一声。

难道是赵婳栩发现了她的身份，所以要把她调去相对远离集团核心的地方？

“顾总亲自点名，要你去董事长办公室。”

“为什么？”宁韵然下意识地开口问。

“董事长办公室不好吗？天天都能见到顾总。比起累死人每天都加班的财务部，肯定是董事长办公室更轻松，而且更有前途啊。”人力资源部老总好笑地回答。

宁韵然只能跟着对方乘坐电梯，一路“高升”去到了顶楼。

“黄秘书，我把人给你带来了。说好了的啊，赵总那边，顾总会去解释清楚。”

“当然。”黄秘书点了点头，就示意宁韵然跟着他过去。

所谓的董事长办公室里员工也有不少。

原本宁韵然以为干办公室的大多数应该是女人，但是这个董事长办公室里有三分之二是男性，包括这位黄秘书。

黄秘书站在门口，敲了敲门，朗声道：“顾总，宁韵然来了。”

“好的，让她进来。”

顾长铭特有的清冷声音响起，让宁韵然的神经更加紧张。

她必须仔细观察顾长铭对她的态度，来判断自己是不是身份暴露了。

“顾总。”宁韵然走了进去。

这是一间很大的办公室，三分之二都是落地窗。

T市的景色尽收眼底，仿佛屹立于整个视线的顶端。

地面光洁得让宁韵然更加紧张。

这间办公室的中央，是一张厚沉的黑色办公桌，顾长铭就坐在桌前，他正低头看着文件，表情很专注。

而这间办公室，有一整面墙壁都是书柜。

各种各样的书整齐地摆放着，在日光之下，看起来很有气势。

许多有钱人的书架就是装饰，但宁韵然却有感觉，这些书顾长铭一定都看过。

宁韵然站到了顾长铭的对面，没有听到他说话，她不敢坐下来。

她还记得顾长铭说过，不希望她进入纵合万象集团。

难道这是真的？

顾长铭生气了？

“坐吧。我看完这一点。”

“好的。”宁韵然点了点头，在他对面的椅子上坐了下来。

她有些局促，于是四下观察着顾长铭的办公室。

这里没有任何的装饰品，所有的东西都有实用意义。

从这一点来看，他的办公室风格和莫云舟的很相似。

他们都不会在办公的地方摆放任何没有必要的东西。

这时候，顾长铭合上文件夹，抬起眼来，看着宁韵然观察四周的表情。

当宁韵然转过脸来时，正好对上顾长铭的时候，差点吓了一跳。

“啊……”

顾长铭冷峻的脸上微微露出一丝笑容来。

“你对我的办公室很好奇？”

“我没有见过这么大的办公室。”宁韵然很诚实地回答。

“我的办公室虽然很大，但是一眼就全部看穿了。你在寻找什么？”顾长铭的声音不大，却很有耐心。

“我……”宁韵然忽然想起了今早离开的时候杜若对自己说过的话。

凡事顺其自然，掩饰的少了，更容易得到对方的信任。

“我在找保险箱。”

“你找保险箱？”顾长铭眼底的笑意更深了，“为什么？”

“这里是董事长办公室啊。肯定会存放着整个集团的秘密什么的。电影里不是都有演吗，富豪的办公室里有一个大保险箱，就藏在装饰画的后面。但是您的办公室里……没有名画。”宁韵然说完就抿上了嘴巴。

自己好像一不留神，就又说多了。

顾长铭并不在意，而是缓缓地起身，走到了自己的书架前，利落地将书架拉开。

宁韵然睁大了眼睛，她万万没有想到，书架的后面竟然就是保险箱。

“你说的保险箱，应该就是指这个吧？”顾长铭转过身来说。

“您……就这样告诉我保险箱的位置好吗？”

“这没有什么。你只知道保险箱在哪里，没有我的密码是打不开的。”顾长铭回到了自己的办公桌前。

宁韵然总能感受到对方周身流露出来的坦然态度。

“是不是很好奇，为什么明明是婳栩把你挖过来的，我却要把你放到董事长办公室？”顾长铭淡声问。

宁韵然点了点头：“是的，顾总。”

“你确实是会计专业毕业的。从专业角度来说，婳栩的财务部更适合你。但是，从我对你的了解来看，你的英语很好，和收藏家高布伦先生的沟通让我感到你的临场应变能力也不错。如果将自己局限于财务部的话，也会局限你自己的眼界，这样就很可惜了。”

顾长铭看着宁韵然的眼睛说。

他的态度很认真，似乎经过了深思熟虑。

但是宁韵然在他那里没有读到一丝一毫对她的怀疑。

“原来是这样。我还以为……顾总您……”

“我怎么了？”顾长铭十指相扣，抬起眼来看着宁韵然。

“我记得……您说过不希望我进入纵合万象集团。我以为，您会对我的选择很失望。”

“那你还记得，我说我为什么不希望你进入这里吗？”

“您说……”

“我说，如果你来了，我会忍不住想要照顾你，保护你。这样你就会在我的羽翼之下。一方面，你可能无法得到你自己想要的成长；另一方面……我也会为了你而分心。”

当顾长铭说“照顾你，保护你”的时候，宁韵然莫名地心绪动摇。

这个男人说的是认真的。

就因为自己曾经替他买过药。

“董事长办公室听起来像是行政部门，但却是上传下达的重要枢纽。而且也是信息的过滤网，什么需要我知道，什么你们自己可以解决，这就需要你的判断。而且它和各个部门都有所接触，也能让你以最快的速度熟悉整个集团的运作。它能开阔你的眼界，让你看清楚，除了财务部，你还有更多的选择，比如运营条线、决策条线、公关部门，等等。”

其实顾长铭不用给自己解释那么多的。

但是他却解释得清清楚楚。

宁韵然原本的不安在此刻消散了不少。

她点了点头，很认真地说：“我知道了，我会好好学习，尽快熟悉这里。”

“嗯。”顾长铭点了点头。

就在这个时候，宁韵然的肚子发出“咕噜”一声，她赶紧捂住，但是顾长铭已经听到了。

他蹙了蹙眉头，低下头看了一眼腕表：“你没吃早餐?”

“我怕迟到，所以没吃。”

“以后要吃了早餐再来上班。董事长办公室其实是很忙的，开始上班之后，你就没有吃东西的时间了。”顾长铭说。

“是的，我记住了。”

“但是如果你真的饿了，可以躲到我这里来吃。”

“啊？什么?”宁韵然愣了愣。

与顾长铭视线相对的时候，才看见他眼底的那一丝浅笑，和之前的严肃认真形成鲜明的对比。

顾长铭伸长了手臂，拉开了自己的抽屉，将一袋燕麦饼干递到了宁韵然的面前。

“吃完了，再出去吧。”

然后将自己的杯子也挪到了她的面前。

宁韵然伸手接过来，却不知道可不可以拆开。

“怎么?你还会不好意思?之前我送你回家，你不是还挥着手说‘顾大哥再见’吗?”

“可是，在这里吃东西，不好吧?”宁韵然问。

“我经常错过吃饭的时间，所以饿了想吃就吃。这里是董事长办公室，只要有本事走进来的人，就有特权。”

顾长铭拿起钢笔，低下头来，继续看文件了。

“但是离开这里之后，你就要仔细地跟着黄秘书学习。”

“是的。”

宁韵然拆开饼干，尽量小声地吃着。

顾长铭的杯子里是热茶，还好不是咖啡。

比起咖啡，宁韵然更喜欢茶。

“不烫吧？”顾长铭没有抬起眼，只是开口问。

“不烫。”

日光穿过落地窗，落在顾长铭的肩头，他整个人冷峻的轮廓都变得柔和了起来。

宁韵然刚吃完燕麦饼干，门外就传来了高跟鞋的声音。

“赵总，请稍等一下，顾总的办公室里有人。”黄秘书的声音响起。

“是宁韵然在里面？”

赵婳栩的声音响起。

宁韵然下意识地一阵紧张。

门被推开了，赵婳栩径自走了进来。

门口，黄秘书为难地看着顾长铭的方向。

“来了。没想到我不过眯了眯眼睛，长铭就把你抢过来了。”赵婳栩笑着将手搭在宁韵然的肩膀上。

顾长铭看向门口说：“黄秘书，把宁韵然带过去吧。让她跟着你学。她的外语很好，这方面的文件你可以多交给她一点。”

“是的。”

顾长铭看向宁韵然，示意她去吧。

宁韵然虽然很想听赵婳栩和顾长铭会说些什么，但是有些事情不急于现在。

她起身，向赵婳栩说了声：“赵总，我过去了。”

“去吧。跟着黄秘书好好学。”

就在顾长铭办公室的门关上的那一刻，赵婳栩脸上的笑容全部消失了。

她冷冷地坐在顾长铭的桌角，伸手直接将顾长铭手指间的钢笔拿走了。

“你这么做是什么意思？”

“这句话不是应该我来问吗？”顾长铭侧过脸，以冷冽的视线看向赵婳栩。

“你什么意思?”赵婳栩反问。

“就在宁韵然向莫云舟辞职的当天晚上，莫云舟就打电话给我了。婳栩，他马上就要接任云晟集团中国分部的CEO了。你挖谁不好，一定要挖莫云舟的人?”

“……人我已经挖了。你把她放到董事长办公室，难道莫云舟就会觉得你给他面子了?”赵婳栩用“你真荒谬”的眼神看着顾长铭。

“你对宁韵然做过调查了吗?”顾长铭冷冷地问。

“我当然做过调查！蕴思臻语是她回国后的第一份工作，她父母早逝，养父母也不在了，孑然一身，很适合跟着我学！最重要的是，周暖亲自调查了她的手机通讯记录，从短信到微信再到邮箱，没有任何可疑之处。”

“你让周暖黑掉了她的手机?”顾长铭的声音更加冰冷了。

“当然！我想要留在身边的人，当然要调查清楚！我绝不能容忍第二个刘雨!”赵婳栩十分认真地说。

“你到底为什么那么执着于宁韵然?”

“这个问题，你之前就问过我，而我也告诉过你答案。你说她和我们是不一样的，而我只想向你证明——她和我们是一样的。”

说完，赵婳栩就走了出去。

这时候的宁韵然刚被黄秘书分配了一张办公桌和电脑。

赵婳栩来到宁韵然的身边，笑着用手指在她的桌面上敲了一下。

宁韵然抬起头来，看见赵婳栩的笑脸。

“好好干啊，别让我丢脸。”

“是的，赵总!”

当办公桌前终于只剩下宁韵然一个人的时候，她的心脏开始狂跳了起来。

她从赵婳栩的财务部被调到了董事长办公室。这看起来确实去了一个更轻松更有前途的部门，但同时也意味着距离自己的目标越来越远。

这到底是顾长铭发现她有问题所以要“就近看管”，还是纯粹是他和赵婳栩的意见不一致?

杜若说过，禁止她使用手机和邮箱等联系方式与他交流信息。目前她的情况，只能等回到公寓里再和杜若商量了。

# 第十一章 我暗恋他

黄秘书交给宁韵然的只是最简单的会议安排，就是将近一个月邀请顾长铭参加的会议按照时间顺序整理出来，并且要注明规模大小、会议地点，等等。

而且所有的邀请都是英文的。

这看起来很难，但只要活用 Excel 各种函数以及取数功能，再加上宁韵然的英文阅读能力是一流的，她只用了两个小时就完成了，然后又用了半个小时检查了一遍，然后就通过办公系统发送给了黄秘书。

黄秘书看见宁韵然发来的邮件，轻声说了一句："这么快？"

这时候，黄秘书的助理正好来到他的身边，好奇地说："这个就是那位差一点引发我们顾总和赵总针锋相对的宁韵然发来的？"

"是的。一般熟练的秘书都要一天才能整理出来的东西，她在午餐前就搞定了。"黄秘书蹙着眉头说，"可别白白浪费了时间，让我还要找人重新弄过。"

助理笑了笑："别太较真了。空降来的，说不定是某个董事会成员家的孩子来实习一下的。"

黄秘书将发来的表格打开，从上到下粗略地浏览了一下，然后愣住了。

宁韵然的表格里，将邀请人、会议规模、会议主题、会议地点等等都标注得清清楚楚，而且明晰细致的分类排序，一目了然，便于黄秘书安排和筛选。

"喔……你给她的真的全部都是英文版的会议资料？她的信息筛选能力也太强悍了吧？简直就是一个人型电脑？"助理的下巴颏都要掉下来了。

“人型电脑？她也得全都录入正确了，排序出来的才是正确的。我们见过多少不会信息筛选和连 Excel 最基本操作都不会的高才生了？”黄秘书打印了几份会议资料，拿了一部分给助理。

“来，一起检查一下。”

半个小时过去了，助理摸了摸后脑勺说：“黄秘书……都是对的。而且她的备注是又简练又直指核心，你那边呢？有错误的地方吗？”

黄秘书眯着眼睛摇了摇头：“还真没有。但是一个人是不可能两个多小时就完成这些的！是不是有人帮她？”

“你当我们办公室里的人都有闲啊？你没看人家的学历，美国哥伦比亚商学院毕业的高才生！还是你担心你首席秘书的位置不保？”助理半开玩笑地问。

“怎么可能？不过……至少我明白顾总和赵总都争着要她的原因了。”黄秘书笑了笑，“有台人型电脑，确实能让我们事半功倍。”

这时候到了午餐的时间，几个办公室员工都起身了。

宁韵然虽然脸皮厚，但是他们一个个都那么严谨高冷的样子，她也不好意思上去套近乎了。

那就跟着他们，看他们去哪里吃饭？

就在这个时候，董事长办公室的门忽然打开了，所有的办公室成员在那一刻不约而同止住了脚步。

顾长铭的脸上没有太多的表情，只是走到黄秘书面前说了声：“哪个英语口语好、手上没什么事的，下午跟我去见一下英国来的考斯特先生。”

黄秘书的大脑只运转了不到一秒就立刻回答：“我觉得新来的宁韵然可以。她虽然对我们的业务还不够了解，但是她的英语信息的筛选能力很强大，就是不知道口语怎么样。”

“她口语很好。”顾长铭只留下这么一句，就快步走向走廊了。

宁韵然还想着要不然像个小尾巴一样跟着黄秘书去吃饭。

谁知道黄秘书已经走到了她的面前，沉下声音说：“宁韵然，你跟上顾总，陪他去个商务洽谈。”

“啊？不吃午饭了吗？”宁韵然不假思索就回答。

黄秘书怔了不到半秒之后回答：“空腹有利于你集中精神。还不快去！”

“我知道了！”宁韵然立刻跑了出去。

早餐只吃了几片燕麦饼干，中午连饭都没得吃了，这是纵合万象集团给她的下马威吗？

眼看着顾长铭走进电梯，宁韵然捣腾着两条腿高喊："顾总，等等我……"

站在走廊上的黄秘书露出生无可恋的表情。

"我想把她身上的那套西装扒下来。"

"看不出来你口味这么重？"助理睁圆了眼睛。

"不，是那套西装实在辣眼睛。把我们的格调都掉光了！"黄秘书仰天叹息。

"……你不觉得很威武吗？有她站在顾总身边，保管没有宵小之辈近身。"

"我这里是董事长办公室，还是保安部？"黄秘书反问。

"当我什么都没说。吃饭去吧。"

当电梯的门关上后，宁韵然站在顾长铭的身后，一抬头看见的就是对方笔直的背脊。

明明是宁折不弯的气质，为什么会和秦耀这样的大毒枭扯上关系呢？

宁韵然的心中有一种深深的惋惜。

而对方的沉默也让她不知所措。

她从来不知道跟着一个集团高层，自己应该做些什么。她甚至连怎么走路都不会了。

他们来到了地下停车场，顾长铭还是走路生风，迈向前方。

宁韵然要大步才能追上。

他们来到顾长铭那辆黑色奔驰前，宁韵然四下看了看。

"顾总……没有司机的吗？"

顾长铭微微抬了一下眼皮："没有。"

如果没有司机，那就是秘书开车了？

有谁见过秘书坐旁边，让老总开车的？

"顾总……我开车技术不是很好……您多担待。"宁韵然等着顾长铭把车钥匙扔给自己。

谁知道顾长铭却单手倚着车门忽然说了一句："中午想吃什么？"

宁韵然傻眼了："不是……去和外商洽谈吗？"

"不去啊。那个外商飞机晚点了，今晚才会来。我一个人应付就够了。"顾长铭的脸上明明没什么表情，宁韵然却感觉到了他眼底的笑意。

“我的天，顾总……你骗黄秘书啊！”

“你不想中午吃好吃的？”顾长铭问。

“当然想啊！”

这不早上就没吃好吗？

“猪血粉？”顾长铭问。

“你说带我去和外商洽谈，搞得我老紧张了！猪血粉太亏了！”宁韵然的眉毛都要挑上天了。

“哦，想吃贵的啊。那就不能叫我顾总了。叫顾总的话，就只能带你去见外商，喝咖啡了。”顾长铭眼睛里的笑意收起来了，这让宁韵然搞不准他到底是不是在开玩笑了。

“那……那叫什么？”

“去吃好吃的，叫作翘班。翘班了，说明不在上班。没上班的时候，该叫我什么？”

“顾大哥？”宁韵然不确定地说。

“对了。宁小弟给大哥开车。”顾长铭将钥匙扔了过去。

只看见那一阵金属光芒划过车顶，宁韵然赶紧一把抓住。

“大哥！万一划破车顶的漆怎么办啊？”

顾长铭二话没说，打开了副驾驶座的门，长腿一迈，就坐了进去。

“大哥，你的车真的让我开？我怕我把它撞到电线杆上啊！”

“我买了保险，不知道你买了没有。”顾长铭淡淡地说。

宁韵然只好硬着头皮坐上驾驶席，只是还没开出车库，顾长铭就伸手扣住了方向盘。

“刹车，放手刹。”

“啊？”

“我来开。”

宁韵然如临大赦：“大哥，我就说了啊！我开车的话，会害你英年早逝的！”

“我本来以为男人擅长的技能你都会。”顾长铭回答。

“啊？”宁韵然露出蒙圈的表情。

你还真把我当小弟了？

顾长铭确实没有带她去吃猪血粉，而是去吃椰子鸡火锅了。

火锅的锅底是椰汁，宁韵然本来以为会很甜腻，但是没想到鸡肉柔软鲜嫩，配上滴了柠檬汁的酱汁，宁韵然胃口大开。

顾长铭抬手要了三次鸡肉了。

“好吃吗?”

“嗯嗯嗯……”宁韵然就不停地点头。

“你的食量比我这个男人还要大啊。”顾长铭笑着说。

“没关系，我吃完了不会胖。”宁韵然将筷子又伸进了锅里面。

“好了，吃完这份就停下了，不然胃会撑坏的。”顾长铭说。

“嗯。”宁韵然乖乖地点了点头。

结账之后，顾长铭开车，宁韵然因为吃得太饱，很快就在顾长铭的车上睡着了。

在十字路口等红灯的时候，顾长铭侧过脸来，看着宁韵然歪着脑袋睡觉，忍不住伸长手，揉了一下她的额头。

宁韵然这一睡，睡了一个多小时。

她醒过来是因为一直歪着脑袋，脖子疼了。

刚伸了个懒腰，就发现自己竟然是在顾长铭的车里。

侧过脸，发现顾长铭抱着胳膊，闭着眼睛，也靠着椅背睡午觉。

宁韵然望向窗外，这才发现自己已经到了一个别墅区。

而自己面前的则是一栋很简洁的三层楼别墅。

宁韵然刚解开安全带，一旁的顾长铭就睁开了眼睛。

“醒了?”

“嗯……顾大哥，这里是哪儿啊?”宁韵然歪着脖子问。

“我家。”顾长铭抬起手，将宁韵然的脑袋摁了回来。

他将车开进了别墅的车库，然后走了下来。

“顾大哥，你带我来你家干什么啊?”

“你想知道原因?”顾长铭没什么表情，还是高深莫测的样子。

“想啊。”宁韵然点头。

“那就跟我来。”

顾长铭带着宁韵然进入了他的别墅。

宁韵然站在门口，顾长铭就将鞋架打开，取了一双浅粉色的拖鞋给她，一看就是女士用的。

宁韵然完全没想到，顾长铭的家里还会准备女士拖鞋。

顾长铭的别墅，有一种空旷的感觉。

家具很少，装饰就更少了。

仿佛不是人住的地方。

顾长铭走上楼去，看着宁韵然东张西望，好笑地说："我这里真的没有什么观赏价值。"

宁韵然摸了摸鼻子："简洁也是一种美。"

"我怎么忘了，你以前是在画廊的。"

"唉，顾大哥……真别说，你这别墅挺适合办画展的。低调奢华有内涵。"

顾长铭摇了摇头，说了声："上来吧。"

宁韵然心想顾长铭肯定不是带她来参观别墅炫富的，肯定有其他什么事情。

她跟着顾长铭来到了二楼，看着他打开了一扇门。

那是一间富有女性气息的房间，床上还有浅蓝色天空一样颜色的被子，书桌上还放着关于外语的书籍。

宁韵然立刻就反应过来了，这里是顾长铭已经去世的妹妹顾楚君的房间。

顾长铭打开了衣柜，将一套女士西装拿了出来。

"你要不要试一下？留在这里也挺可惜的。"

当他将衣服递过来的时候，宁韵然愣住了。

"这是我妹妹楚君大学毕业那会儿我给她准备用来找工作面试穿的……后来她病了，就没离开过医院了。你们两个的身高都差不多，我今天看着你，就觉得楚君的衣服，你应该都能穿。"

宁韵然在顾长铭的眼底看到了深深的遗憾。

她不知道该怎样伸手将衣服接过来。

几秒钟的沉静之后，顾长铭忽然明白过来了什么，他将衣服收了回去："对不起，是我唐突了。楚君都过世了，我拿她的衣服给你穿，太不吉利了。"

宁韵然这才醒过神来，伸手拽住了顾长铭的袖子："不是的！我只是觉得这是顾大哥给你妹妹准备的东西，穿在我身上会不会很可惜？"

"可惜什么啊？"顾长铭不解地看着宁韵然。

"……就是可惜了你的心意啊……"

“如果不是看到你，估计这个衣柜……我都不会打开了。”顾长铭轻笑了一声。

那里面有多少落寞，宁韵然忽然有点感同身受。

“那我试一试吧。不过要是像女保安，顾大哥不能笑我。”宁韵然很认真地说。

她已经承受不了再有人嘲笑她穿着西装像女保安了！

顾长铭顿了顿，然后开口说：“我一直就觉得你穿着套装有哪里不对劲，可是一直想不到合适的形容。女保安……很形象。”

宁韵然顿时觉得膝盖中了一箭。

顾长铭很有耐心地坐在客厅的沙发上拿着手机看邮件，宁韵然就在房间里将顾楚君的西装穿了起来。

楚君啊，楚君，我穿穿你的西装，你不要生气啊！

不过你是顾大哥的妹妹，肯定善良体贴又懂事，不会小气的。

宁韵然将西装换上之后，就觉得这身西装很服帖，质料相当好。她晃了晃胳膊，一点都不勒，还挺有活动空间的。

她站在镜子前，看了看自己。

她从来都不相信“佛靠金装人靠衣装”这种鬼话，在她看来气质都是天注定的。

但是镜子里的自己，有职场人士的干练，腰部和腿部的线条又显得柔美。

宁韵然推开门，走出来，下了楼梯，来到顾长铭的面前。

他正在用手机回复邮件，宁韵然就站在他的面前，也没有出声打扰他。

直到顾长铭抬起头来，看到宁韵然的时候顿住了。

他的目光很深远，仿佛要将宁韵然永远挽留在他的世界里。

“顾大哥……”宁韵然不知道他怎么了。

顾长铭的眼睛在那一刻红了起来。

“你穿着很好看。我就说我看得很准，你看西装的腰线还有肩宽都差不多。连裤长都不差。”

“……楚君的胸看来也不大哦……”宁韵然小声嘀咕了一下。

顾长铭单手撑着沙发，低着头，忽然笑了起来。

宁韵然还是第一次看他笑得这么无所顾忌。

“对啊。她很在乎这个。有段时间，天天吃木瓜炖排骨……我到现在闻到木瓜排骨汤的味道都会反胃呢……”

宁韵然也跟着笑了。

“对了，里面还有一套墨蓝色的小礼裙，你也试一下啊！”顾长铭挥了挥手，示意她上去换衣服。

“我怎么忽然觉得现在变成了芭比娃娃换衣秀？”宁韵然转身上去。

“芭比娃娃的曲线比你好。”顾长铭毫不留情地说。

宁韵然长长地叹了一口气。

今天你是老板，我不跟你计较。

宁韵然回到房间，找到了那件墨蓝色的礼裙。她本来以为这种颜色会让人显得老气，但是并没有。它是无袖的，腰部斜着缀着一些水晶碎粒，裙摆刚到宁韵然的膝盖下面，是不规则垂落的。

她穿上之后，站在镜子前，还是第一次看到这样优雅又时尚的自己。

就好像……丑小鸭真的变天鹅了？

“一条裙子就让我打破了女保安和女人之间的壁垒？”宁韵然自娱自乐地说。

然后自己把自己给逗乐了。

她走下楼去，本来想说来个电影里美女缓缓走下台阶的画面，但是又觉得太搞笑了，又没有摄影师对着自己拍照，矫情啥啊。

她快步来到了顾长铭的面前，直接开口问：“顾大哥，像女人不？”

顾长铭本来还是很认真地欣赏宁韵然穿裙子的样子，听到那句“像女人不”，他立刻就笑了。

“你不开口的时候，挺像女人的。”

顾长铭起身，来到了宁韵然的身后，他卸掉了宁韵然扎着马尾的发绳，然后随手绕了几圈。

虽然看不见，宁韵然却能想象顾长铭的手指一定很灵活。他的指尖捏着她两侧的发丝轻轻地扯了扯。

“这样就顺眼多了。”

宁韵然拿出手机，打开自拍功能看了看自己。

“顾大哥，你这个发型是怎么扎出来的？”

他给她扎了个丸子头，但是扎起的部分却显得很随意，有几缕碎发垂下来，让她看起来既可爱又有孩子气。

“如果你有个爱臭美的妹妹，每天都要给她换着花样扎头发，你的功底会比我好。”顾长铭淡淡地说。

宁韵然笑了，可是她的心底却不明白了。

有这样一个疼自己的大哥，顾楚君为什么会在大哥费尽心力救了自己之后，却那么决绝从医院楼顶上跳下来。

“好了，时间不早了。我要去见那位外商了，你把这几件衣服收拾一下，带回去穿怎么样？”顾长铭问。

“真的可以吗？”

“嗯。你放心，这些衣服，楚君一次都没有穿过。你愿意穿的话，至少也能让我想象如果楚君穿着会是什么样子。”

顾长铭将衣柜里的西装装好，连同宁韵然试过的裙子一起放进了车子的后备厢里。

坐在副驾驶座上的宁韵然却有一种深深的负罪感。

“顾大哥，我们就这样浪费掉一个下午，是不是不太好啊？”宁韵然问。

“嗯，是不太好。所以从明天开始，你要好好工作。我已经发了一份英国MFN科技有限公司的合作方案给你，你好好研究一下。下次去洽谈的时候，可能用得上。特别是技术类英语，明白吗？”

“明白。”

这个时候，顾长铭又恢复了作为一个领导对下属严格要求的状态。

顾长铭开着车，在一个路口当红灯转换成绿灯的时候，前面驶来一辆黑色的保时捷。

宁韵然一眼就认出来那是莫云舟的车。

开车的是陆毓生，他看见宁韵然坐在顾长铭的身边时，眼珠子都快要掉下来了。

而莫云舟在看见宁韵然的那一瞬，原本正在与陆毓生聊天的表情瞬间沉冷了下来。

当两辆车擦身而过的那一刻，宁韵然僵在那里，感到莫云舟的侧脸从她的脸颊边掠过。

她忽然想到了莫云舟在办公室里的表白，他的亲吻，还有热烈的温度。

那是她人生中第一次最为直接地感受到来自另一个人的爱慕。

它在不合适的时间发生了。

宁韵然的眼睛莫名地红了起来。

她想起很久以前和甄晴看的偶像剧里说，“两个人相爱，需要天时地利”。

那个时候，宁韵然觉得这就是屁话。

爱就冲上去，洪水冲不开，地震震不裂，和天时地利没有半毛钱的关系。

可就在莫云舟看着她的那一刻，她终于明白——真的需要天时地利。

拎着顾长铭送给自己的衣服，宁韵然魂游一般进了电梯。

听见她的脚步声，公寓对面的房门打开，杜若站在门口凉凉地说：“外卖带回来了吗？”

“没有。”

宁韵然蔫蔫地打开了房门，刚要进去，就被杜若扯住了后衣领。

“你胆子不小？给我滚过来，汇报一下今天的情况。”

这位杜师兄真的是有毒啊！

连让她哀悼一下还没来得及开始就结束的恋情的时间都不给吗？

没人性，遭雷劈！

宁韵然被他扯了进去。

还是老姿势，杜若抱着胳膊坐在沙发上，宁韵然像小学生一样站在茶几前。

“你是说，顾长铭没让你进财务部，而是让你待在了董事长办公室？”

“对啊，你说他是不是怀疑我？”

“你这些衣服哪里来的？”杜若抬了抬下巴。

“顾长铭给的。他本来为他妹妹楚君准备的，但是楚君都没有机会穿。”

宁韵然仔细地盯着杜若的脸。

这张脸是真漂亮，就连面无表情的样子也好看。

只是可惜了杜师兄的脾气……太臭了。

暴殄天物啊……

“你看着我干什么？还不去准备晚饭？”

“我不饿啊。”宁韵然摇了摇头。

她中午几乎吃了一只鸡，还没消化完呢。

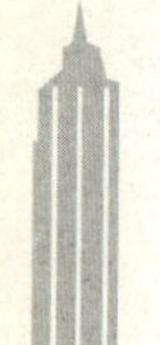



“可是我饿了。”杜若看着宁韵然很认真地说。

“那我……去拿电热水壶给你煮鸡蛋？”

杜若忽然抄起沙发上的抱枕，扔了过去，砸在宁韵然的脸上。

“去外面买外卖！”

“哦……”宁韵然朝杜若伸出手来，“牛肉面不加卤蛋十八块，加卤蛋二十一块。”

杜若又要拎起另一边的抱枕了，宁韵然赶紧抱着脑袋躲开。

“你还敢问我要钱？你在纵合万象集团的试用期薪水都是我的两倍了！”

“我去买！我去买！”

宁韵然赶紧跑出门去。

杜若太可怕了。她好想发短信向凌睿恳请换一个人来，但是她已经被限制和凌睿联系了。

买了一碗牛肉面，宁韵然本来想不加卤蛋，但是万一被杜若揍了怎么办，宁韵然还是决定把卤蛋加上，拎回了公寓。

杜若将牛肉面的盖子打开，拿出筷子来搅了搅，不紧不慢地说：“我分析了一下，觉得你留在董事长办公室是好事，而且你目前应该是安全的。”

“什么意思？”宁韵然下意识地盘腿在杜若的对面坐了下来。

“不要小看董事长办公室。在这里，你可以看到整个纵合万象集团的运营全局。顾长铭和哪些人有正常的业务往来，哪些很可疑，也许比所谓的财务部更加直观。而且董事长办公室距离顾长铭很近，如果他怀疑你，就不会把你放在那里。”

“你是说，卧榻之侧，岂容他人酣睡？”

“有点这个意思。以及，结合他今天带你去吃饭，还翘班，把顾楚君的衣服送给你，很有可能是因为他对你有好感，想把你放在离他比较近的位置。”

杜若低下头来开始吃面。

人长得好看，就连吃面都比其他人显得雅致。

宁韵然感叹了一下。

“顾长铭是说过，如果我进了纵合万象集团，他会忍不住照顾我保护我。”

杜若眯着眼睛抬起头来看着宁韵然。

“杜师兄，你怎么了？”

“我看你哪里有走桃花运的面相?”

“……人家顾长铭是把我当成他妹妹楚君了好不好?”

“你没见过顾楚君的照片吗？一个气质文静的女孩，哪里跟你像了?”

“我们都平胸!”

杜若的脸瞬间憋红，忍得非常辛苦，才没有把面喷在宁韵然的脸上。

宁韵然都觉得自己说的好有道理！杜若肯定无从反驳。

“除了顾长铭和赵婳栩，你还见到了什么人吗?”杜若很认真地问。

宁韵然将黄秘书说了出来。

“这个黄秘书也是名校毕业，在纵合万象里也属于元老级别的人物了，深得顾长铭的信任。”

杜若将他对黄秘书的了解都告诉了宁韵然，从黄秘书的人生阅历到他的行事风格，再到他为纵合万象集团做了什么，事无巨细。

“这个人你要特别小心，是个老油条，而且作为首席秘书的他和纵合万象集团那些灰色交易有没有联系，很难说。”杜若提醒道。

宁韵然一边听一边觉得惊讶。

看杜若这信息收集能力，比起自己，他更适合做卧底啊!

“还遇到谁了吗?”

“还有……对了！他们的信息安全部经理，周暖！我本来以为他只是个部门经理，但是集团里的人都称呼他周总!”

“周暖……”杜若的眉头皱了起来。

“他的腿好像不太方便。人看起来很斯文，也没什么架子。”

“你知道周暖是谁，你就不会觉得他斯文了。”

“他是谁？难道是大毒枭秦耀的人!”

“不，他是顾长铭的股肱之臣。”杜若呼出一口气来，“周暖小时候因为小儿麻痹症，瘸了一条腿，大概也是因为这样，他被父母抛弃，从小是在福利院里长大的。”

“竟然是这样……”宁韵然忽然觉得周暖很厉害啊，没有父母也能成为这么大个集团的信息安全部经理，看起来也没大她多少岁。

“我们一直怀疑周暖是深网非常有名的黑客，代号是蓝光。”

宁韵然愣住了。

“以及……刘雨之所以会暴露，很可能与周暖对她的监控有关。在刘雨的手机里，我发现了被植入跟踪和监听病毒的痕迹。虽然在她遭遇车祸之后，手机里的这些病毒都被删除了，但我还是找到了一些蛛丝马迹。”

“那么周暖虽然厉害，杜师兄你不是更厉害！”宁韵然露出崇拜的表情。

然而杜若根本不吃她这一套。

“所以你给我听好了，每一次你来向我汇报工作的时候，任何电子产品以及手机都不能带在身上。你的手机以及电脑里不能有任何关于你身份的东西存在。否则掘地三尺，周暖也会把它们找出来。”杜若警告说。

“那杜师兄你赶紧帮我检查一下手机和电脑啊……”

“你蠢吗？”杜若凉凉地反问，“在这个任务开始之前，我就细细筛查过一遍了。至于在这之后你干过什么蠢事没有，我就不知道了。”

宁韵然这才反应过来。

“对啊……如果周暖已经在我的手机和电脑里植入了什么……那么你帮我检查或者删除的话就会被他发现，这就像是不打自招。”

“看来你的智商也不是无可救药。以及周暖没有完全抹掉刘雨手机里的痕迹，就是为了让我们的技术员知道他的厉害，不要再派我们的人潜入纵合万象集团了。”杜若看着宁韵然的眼睛说。

“我明白了，我会小心的。”

而此时，正在和莫云舟吃晚餐的陆毓生疯狂地吐槽着：“真的没想到，那个宁韵然看起来没脑子的样子，竟然搭上了顾长铭！我说小舅舅你给她那么好的条件她为什么不肯留下呢！”

“她只是坐在顾长铭的车上而已，并不能代表什么。”莫云舟淡然开口道。

陆毓生却差一点没把筷子甩出去。

“我的天啊，这还叫没什么，小舅舅……你的心胸也太宽广了吧？”陆毓生眼珠子都要暴出来了。

“好了，毓生。凡事要讲道理。”莫云舟还是不紧不慢地吃着菜。

“讲道理……讲什么道理？”

“首先，宁韵然从来没有答应过和我在一起，所以她现在有和别人交往的权利。”

莫云舟说完这句话，陆毓生就像被噎住了，半张着嘴半天说不出话来。

“第二，就算她坐在顾长铭的车上，也并不代表她在和顾长铭交往。”

“你就自我安慰吧。”陆毓生摆了摆手。

“第三，就算她和顾长铭真的在一起了，也不代表我不能把她抢过来，对吧？”莫云舟反问。

陆毓生惊得下巴都要掉下来了。

“就那个没眼力劲儿没品味的傻子，小舅舅你还要去抢？我说咱们能不能不让宁韵然自我感觉太好啦？”陆毓生想了想，伸长胳膊覆上莫云舟的额头说，“小舅舅，你没病吧？还是被那个宁韵然气到心里不平衡了！”

莫云舟挪开了陆毓生的手，无所谓地笑了笑。

“谢谢你的关心。谁叫我是抖M呢？”

陆毓生傻傻地看着自己的小舅舅，良久才说出一句：“完了完了，你是真的疯掉了啊……”

宁韵然在办公室里每天都有新的事情要做。比如一开始只是整理会议邀请，几天之后变成了她要替顾长铭准备英文版的发言稿，再过了半个月，黄秘书竟然要她独立安排一场会议。

宁韵然的老血都要喷在电脑屏幕上了。

就连黄秘书的助理都受不了了，和黄秘书在吸烟室里一边抽烟一边小声议论。

“我说好歹……她也是顾总和赵总看中的人，你别这么压迫她了。万一人家受不了了，直接将辞职信往董事长办公桌上一拍，你等着挨批吧！”

黄秘书高深莫测地一笑：“我这是在测试她的忍耐力呢。以她的状态来说，没那么容易辞职的。”

“我的天，你到底想搞什么鬼？”

“当然是想知道她到底有多少能耐。”

“第一，就像顾总说过的，她的外语相当好，信息筛选能力一流；第二，逻辑能力很强，明白每一项工作的重点在哪里，要达到怎样的效果；第三，能够举一反三，我提出一个点，她就知道接下来要干什么了。”

“看起来你对她很满意啊？”

“我是对顾总识人的眼光很放心。”黄秘书笑了笑。

黄秘书和助理刚从吸烟室里走出来，就对上了赵婳栩。

黄秘书很有礼貌地低头说了一声：“赵总。”

赵婳栩点了点头。

当黄秘书从她的身边走过的时候，赵婳栩开口道：“黄秘书，宁韵然在你那里怎么样了？”

“做事还可以，就是有些道理还不是很懂。等磨炼磨炼，大概就会懂了。”黄秘书高深莫测地一笑。

助理跟了上去，小声问：“你刚才不是对她很满意吗？她还有什么道理不懂的？”

“还不够傻啊？我叫她做什么，她就做什么。一做完就拿来给我看，偏偏又没出什么错。我挑不出太大的毛病让她返工，那就只能给她下一件事做了。你说她快下班的时候再给我，不就不用做那么多事了？”

黄秘书无奈地摇了摇头。

助理恍然大悟：“哦！还真是个傻子！”

于是当这个月发薪水的时候，宁韵然看着自己手机短信里近五位数的实习薪水，不得不说纵合万象集团是真的很大方。

但是……也真的很折磨人。

宁韵然回到公寓，直接躺在床上，倒头就睡。

一个多小时之后，她饿醒了。

一点都不想出去买东西吃，找了半天找到了一盒方便面，烧了水，泡开了，打开电视，正好是本市新闻回放。

头一条，就是马来西亚云晟集团在T市成立分部，莫云舟担任CEO。

当莫云舟那张五官精致却不失英挺的面容出现在屏幕上的时候，宁韵然的手僵在那里，根本无法挪开。

她有多久没见到他了呢？

其实也不是很久没见。

半个月前，他还和她坐在两辆不同的车里，擦身而过呢。

那是一个新闻发布会，莫云舟端坐于台上，神色还是一如既往的从容，和台下无数踊跃的记者急切的表情形成鲜明的对比。

宁韵然在那一瞬忽然觉得自己没有接受莫云舟的表白何尝不是一件好事。

这个男人太完美了。

而她和他相比，有点可笑。

正是他们的错过，成全了莫云舟的完美吧。

宁韵然怀着有点悲壮的心情，吃完了这碗方便面。

她本来还想再看一眼莫云舟的脸，谁知道新闻播完了，没得看了，于是洗洗睡了。

第二天，黄秘书大概是良心发现，没有再大把大把地将各种事情推给她做了。

只是她逍遥了还不到三秒，桌上的电话就响了。

“宁韵然，顾总有事叫你去一下办公室。”黄秘书的声音传来。

“啊？是我做错了什么吗？”

“我不是顾总。”说完，黄秘书就把电话挂断了。

宁韵然愣了愣：“还真是无情啊……”

这是她进入这里以来，第二次走进顾长铭的办公室。

顾长铭仍旧低着头，批阅着文件，宁韵然站在他的面前，看着他沉静的眉眼，自己也就不觉得紧张了。

“黄秘书跟我说，你学得很快。除了有点傻气。”

顾长铭没有抬头。

宁韵然顿了顿，尴尬地开口问：“那个……学得很快算褒义，有点傻气是贬义吗？”

“应该也算褒义。”顾长铭终于抬起头来，唇上是很浅的笑意，但可以感到他的心情不错。

“为什么是褒义呢？”宁韵然本着不懂就问的原则开口问。

“因为你做完一件事就马不停蹄地向他确认，他就只好马不停蹄地给你下一件事做。下一次，你只需要在他给你的时间期限内给他就可以了。”顾长铭回答。

“可是我很担心万一我做错了，不够时间修改啊。所以只能让黄秘书确认之后才安心。”

“好吧，对于你这种认真的态度，我觉得应该给你一点奖励。”顾长铭放下手中的笔，撑着下巴看着宁韵然说。

这还是她第一次看见他在办公桌前露出这样闲适的表情。

“什么奖励？”

“今天晚上在香格里拉大酒店有一个慈善晚宴。一些与我们有业务往来的公司的老总也会前往，你陪我去吧，正好了解一下我们集团在圈里的人脉关系。”

顾长铭说得很平缓，宁韵然却觉得这是好大的一件事。

“就穿上次你带走的那件小礼裙吧。你可以在三点钟就回去准备，我会请化妆师去你的公寓帮你打点。”顾长铭说完，就低下头来继续看文件了。

“可是……出席慈善晚宴什么的，不是应该让赵总陪您出席的吗？”宁韵然觉得还是先问一声比较好。

“是什么让你觉得应该是赵婳栩陪我一起去这样的场合？”顾长铭再度抬起眼来，看向宁韵然。

“因为……您两次来蕴思臻语的画展，都是赵总陪您来的啊……”

“原来她陪我参加画展会引起这样的误会，看来我以后要尽量少和她在一起了。”顾长铭不紧不慢地说。

“不……不……您和赵总一起没什么不好。和赵总在一起，遇上那些老总，谈起话来肯定事半功倍啊！”

而且俊男美女比较养眼啊！

“她有业务要谈，出差去了深圳。”顾长铭再度低下头来。

宁韵然这才点了点头，等了十几秒看顾长铭似乎没有什么话要说了，就离开了他的办公室。

这里不像是画廊，就算她从顾长铭的办公室里走出来，也没有人会上前来八卦。

直到下午三点的时候，她桌上的电话响了，是黄秘书提醒她回去准备。

黄秘书的语气也是公事公办，一点都不好奇办公室里形象气质佳的秘书这么多，顾长铭为什么就偏偏选中了她。

宁韵然回到了公寓，向杜若汇报了这件事。

“杜师兄，你说这像不像狗血电视剧里的情节。顾长铭对我有意思，所以要把我带在身边，将灰姑娘打造成公主之类的，把我送进上流社会之类？”宁韵然一脸兴奋地问。

正摸着下巴的杜若忽然抬起头来，用不可思议的目光看着宁韵然：“不得了，你竟然开窍了？”

“啊……你觉得顾长铭真的对我有意思？”宁韵然傻眼了。

她胡扯的啊！

“对啊，你不觉得顾长铭对你是有好感吗？”杜若说。

“那……那我该怎么办？”宁韵然长这么大还没有遇到过这样的事。

“躺平就好。”杜若用无所谓的语气说。

“哈？杜师兄啊，说正经的啊！”

“那你把瑞士军刀带上吧。”杜若回答。

“带军刀去防身？顾长铭不是那种人吧？”

“你打开瑞士军刀，用它照照镜子，看看那么优秀的男人怎么会看上你。”

杜若凉凉地回答。

“你……你跟凌睿的关系一定很好吧？你们说话都一个路数的！”

“我一直被模仿，不曾被超越。”

“那如果我告诉你，云晟集团的CEO莫云舟也曾经对我有意思，你怎么说？”

宁韵然正等着杜若露出惊讶的表情来，谁知道他随手拆了一袋薯片，开始嘎吱嘎吱吃了起来。

“把脸皮带上，外卖记得带回来。”

宁韵然真想把脚踹在这个宅男的脸上。

就在她转身的时候，杜若终于开口提醒她：“注意一下，在晚宴上，顾长铭都和哪些人走得比较近。”

“你是说他很有可能和这些人合作洗钱吗？”

“不……赵婳栩多半是用空壳公司伪造交易流水来洗钱。而空壳公司的负责人大多数情况下都是挂名甚至于不存在的。所以，他在晚宴上交际的这些人……”

“是正常交易的可能性比较大。可以将他们排除在外，缩小调查范围。”

“是的。”杜若点了点头。

宁韵然从来都不知道参加一个慈善晚宴会这么麻烦。

她还以为穿上小礼裙，化个妆，把头发整一整就好了呢！谁知道化妆师拉了一整个行李箱来。

折腾了两个多小时，宁韵然站在镜子前的时候，才发现自己都认不出自己来了。

“原来美是要付出代价的，那就是宝贵的时间。”宁韵然感叹地晃了晃脑袋。

化妆师笑着问："那你是要美，还是要时间？"

"还是时间吧。"

"不会吧？"化妆师难以置信地看着她，有一点被打击到的样子。

当宁韵然走到公寓楼下的时候，顾长铭已经将车停在那里了。

当他打开车门后，宁韵然立刻就坐进去了。

"小宁，你这样是不对的。"顾长铭一边笑一边说。

"哪里不对？"宁韵然从上到下检查了一遍自己，"我都是按照您找的那个化妆师来的，连一根头发丝儿都没弄乱过！"

"我是说，你应该走得慢一点。"顾长铭抬了抬手，示意司机开车。

"是不是太像男人了？"宁韵然心想，果然穿上龙袍也不像太子啊！

"我是说，你走得慢一点，别人才能欣赏你久一点。"

顾长铭的声音平缓，宁韵然却不好意思起来了，她只好赶紧转移话题。

"顾总，您忽然说叫我陪您参加慈善晚宴，可是我都不知道这个慈善晚宴的主题是什么啊？"

"这是关于筹建贫困地区小学，成立教育基金的慈善晚宴。"

"我们是为了避税吗？"

而且慈善事业经常也是洗钱的渠道之一。

"你的脑袋里都在想些什么啊？"顾长铭的手指在宁韵然的脑门上弹了一下。

宁韵然一抬头，就看见方向盘顶上的后视镜里司机惊讶的表情。

她忽然意识到，刚才那个弹脑门的动作，对于顾长铭来说几乎是不可能的。

他总是保持着与其他人的距离感，但那个动作却是很亲近的。

顾长铭已经开始用他一贯的没有感情起伏的语调向宁韵然介绍会到场的几个重要人物，包括受邀的外商。

宁韵然的思路很快就被顾长铭的声音所吸引。

"我跟你说的，你大概记住了吗？"

"记住了，顾老师。"宁韵然半开玩笑地说。

"我们到了。"顾长铭抬起眼来看了一眼窗外。

宁韵然莫名紧张了起来。

顾长铭先下了车，替宁韵然将车门打开。

宁韵然的脚刚迈出来就忽然晃了一下，差一点摔下去，顾长铭一弯腰就把她抱住了。

“我还特地对化妆师说不要给你选跟高五厘米以上的鞋子，没想到你还是穿不来。”顾长铭的声音里没有丝毫责备的意思，只是扶着宁韵然的后背，让她站好。

这时候，另一辆车停在了他们不远处，车门打开，正是莫云舟。

他穿着纯黑色，除了衣领是缎带拼接之外，没有任何装饰的晚宴礼服。

可越是简洁，就越是衬托出莫云舟利落却并不锋锐的气质。

当他的视线瞥过来的时候，宁韵然更加紧张，好不容易站稳了差一点又要摇晃，一旁的顾长铭再度伸手将她撑住。

“别着急，慢慢来。本来就想你走路慢一点。”顾长铭的声音还是显得很有耐心。

“顾总，没关系，我能站稳了。”宁韵然开口说。

“好。”顾长铭松开了手臂，直起了背脊。

宁韵然不敢看莫云舟的方向，但是对方已经迈开长腿，走上台阶了。

他应该不屑看到她吧。

宁韵然的心脏就像被一根绳子拴着，晃来晃去，找不到北。

莫云舟怎么会来这个慈善晚宴呢？

为什么都没有人跟她说过？

宁韵然拍了一下脑袋，这种慈善晚宴，如果是邀请了T市商界的知名人士，怎么可能不邀请莫云舟呢？

用脚指头都能想到啊。

早知道，就说自己大姨妈来了不方便了！

不要问她为什么会想到大姨妈这个借口，因为从前甄晴读大学的时候迟到早退要人帮她打开水用的都是这个理由！

顾长铭就站在不远处等着她。

“你怎么了？”

“没……没怎么。我正在让自己慢下来。”宁韵然很认真地说。

明明是逆光，宁韵然却能看见顾长铭唇角上很浅的笑意。

“那你慢慢来。”

当她走到了顾长铭的身边，正要迈上台阶时，身边的男人却微微叹了一口气。

“小宁，你这样我会很没有面子的。”

“啊？”

宁韵然的一只手被顾长铭牵了起来，搭在了他的手臂上。

“现在可以一起走了。”

顾长铭抬起下巴，刚才对宁韵然的和颜全部收了起来，走向宴会厅入口。

他为人本来就低调，他的晚宴礼服和莫云舟的一样，没有任何装饰，却勾勒出他挺拔的身形。

跟着他走入会场，宁韵然就感觉到了香槟与红酒的气息。

跟着顾长铭，宁韵然的脚步自然而然放慢下来，在他的身边，她觉得自己都跟着稳重了起来。

不少人走了过来打招呼，顾长铭就像在画廊里的时候那样，微微点头回应对方，既显得有礼，又不会太热情。

这时候，一位棕发蓝眼的外国人走了过来，张开双臂直接给顾长铭一个拥抱。

“好久不见了！顾先生！”

顾长铭并没有露出任何不悦，而是拍了拍对方的后背说：“考斯特先生，好像前几天我们还在一起打了高尔夫。”

原来这位就是一直与纵合万象合作开发软件的英国IT业知名人士考斯特。

考斯特侧过眼来，看向宁韵然，眯着眼睛说：“虽然我总觉得你们东方人都长得差不多，但是我觉得今天的这位小姐，应该不是赵总。”

顾长铭淡然一笑：“这是刚进入我们公司担任秘书助理的宁韵然。”

“哦，你好，宁小姐。”

宁韵然落落大方地与对方握手：“感谢考斯特先生对我们HR细分维护系统设计提供的技术支持。”

因为考斯特是英国人，宁韵然很自然地从美式发音转向伦敦腔，虽然只是两句话而已，却让人感到一种严谨和教养。

考斯特很自然地和宁韵然聊了起来。发现宁韵然虽然不是很懂IT业，但是对考斯特去年的几个项目对外公布的盈利情况和行内动向都很了解。

而且宁韵然对于专业性的东西，在交谈过程中不会不懂装懂，而是会很认真地请考斯特解释。这让考斯特对宁韵然很有好感。

就在宴会厅的对角，宁韵然瞥到了莫云舟。

他的唇上是礼貌性的浅笑，整个人有风度但是却很内敛。

明明自己和莫云舟碰面会很尴尬，可是她还是会忍不住看向莫云舟的方向。

站在一旁一直在听考斯特和宁韵然聊天的顾长铭很安静，只有当有些事情真的太专业，就连考斯特也找不到合适的方式让宁韵然弄懂的时候，顾长铭才会开口用中文向宁韵然解释。

“你知道在刚才短短的十分钟里，你看向莫云舟的方向多少次吗?”顾长铭在解释完一个专业名词之后，用中文问宁韵然。

宁韵然顿了顿：“也没有看他很多次吧?”

“你看了他六次，而且每次都是瞥了一眼就将视线收回来。我都要怀疑，你是不是暗恋莫云舟。”

顾长铭的话音刚落，宁韵然就觉得心里咯噔一下。

“我暗恋他?”她睁圆了眼睛。

顾长铭笑了：“我怎么忘了，宁韵然是没有这样的少女情怀的。”

可就在宁韵然的视线掠过顾长铭的肩头时，视线不期然地与莫云舟撞上了。

他的目光很凉，带着陌路般的漠然。

宁韵然本来以为对方很快就会挪开视线，但是没想到莫云舟却依然那样看着她。

明明没有情绪的起伏，宁韵然却感到有什么在胸腔内翻滚，被莫云舟的视线抬起，怎么压都压不下去。

站在宁韵然对面的顾长铭很清楚她正在看着谁，淡然开口说：“小宁，其实在谈生意的过程中，我经常会遇到志同道合，理念和想法都一致，本来以为会合作的同行，但最后合作却无疾而终。我们彼此对对方都很失望，也有不甘。”

“顾总?”宁韵然这才收回了视线，看向顾长铭的眼睛。

“在你答应婳栩来我们这边的时候，莫云舟跟我打过电话。我还是第一次感到他的不悦。让一个不动声色的人直接表达出怒意，可不简单。”

顾长铭的话让宁韵然很惊讶。

她万万没有想到，莫云舟竟然会给顾长铭打电话。

“所以互相很尴尬，互相很遗憾，甚至心有不满，见到了彼此，也要像没事人一样。”顾长铭看向莫云舟的方向，压低了声音说，“走吧，我们去和莫云舟打个招呼。”

宁韵然心里一阵下沉，但是她很清楚顾长铭说的没有错，自己不可能和莫云舟就这样一直尴尬下去。

而且……对于莫云舟来说，自己根本不值一提。

就这样，顾长铭带着宁韵然一步一步走向莫云舟的方向。

越是靠近，莫云舟的身影便越是清晰。

他的俊挺，他侧脸的轮廓，他的气质就像是一种难以克制的力量，吞噬着宁韵然的注意力。

“莫总。”顾长铭的声音不大，但有一种特别的气场。

原本正和莫云舟说着话的几个人都不约而同地停了下来。

莫云舟有礼地颔首：“顾总来了。听说你们集团看中了市郊的一块地。”

“是的。”顾长铭点了点头。

“这样一来，我们很快就要开始较量了。”

和刚才从远处看着宁韵然不同，莫云舟的视线只是扫过了宁韵然的脸。

“这是很正常的事情。有竞争才有发展。”

“小宁今天很漂亮。能让一个假小子忽然变得有女人味儿，顾总不简单。”莫云舟将杯子靠向宁韵然，仿佛他对宁韵然离开画廊的事情不在乎了。

宁韵然正要和对方碰杯，但没有想到莫云舟却忽然将杯子收回去了，然后继续和顾长铭聊市郊的开发。

这家伙就是在故意耍她。

明明对其他人都很有风度，偏偏刚才对宁韵然的那一下很没有风度。

顾长铭伸手微微拍了她的胳膊一下，似乎是在安慰她“这没什么”。

宁韵然本来有点发怔，但转念一想，真的就像小时候两个小孩玩得好，忽然闹掰之后，假意要给对方糖吃，就在对方以为真的和好了，又把糖扔进自己嘴里，恶狠狠地说“就不给你吃”一样。

宁韵然低下头来忍不住笑出声。

“怎么了？”顾长铭侧过脸问。

“没什么。”宁韵然摇了摇头，然后看向莫云舟，又忍不住要笑。

这时候，顾长铭看见考斯特先生似乎正和人聊天，但是却露出很辛苦的表情，仿佛是想要表达什么却说不清楚。

“小宁，你去看一下考斯特先生需不需要帮助。”

“好的。”宁韵然走了过去。

当她离开后，顾长铭缓缓开口道：“莫总，小宁的想法和一般人是不同的。如果你想用一般的方法让她难过，这可能很有难度。”

莫云舟勾了勾唇角，浅笑道：“她不是想法和一般人不同，而是没心没肺。”

“没心没肺”四个字有点咬牙切齿的意味。

宁韵然来到考斯特先生的身边，原来是有人想要做考斯特先生一款报表软件的中华区域代理。宁韵然本来就熟悉会计知识，一番翻译沟通下来，初步的合作条件竟然就谈下来了。

考斯特高兴得抱了宁韵然一下：“哦，如果你不是顾先生的秘书，我一定会把你挖过来！”

宁韵然笑了笑，考斯特松开怀抱的时候，她没有站稳，向后一个踉跄，后背冷不丁地撞在了某个人的身上。

正好又有人从宁韵然的面前经过，撞了她的胳膊一下，眼看着红酒就要泼在自己的胸口上，却没想到一只手从身后绕过她的胳膊，迅雷不及掩耳地挡住了她的酒杯。

红酒都洒在了对方的袖子上。

“对不起！”

宁韵然刚要回头，那个人胳膊往里忽然一收，宁韵然整个人都被对方圈了进去。

呼吸一紧，这样熟悉的力度，宁韵然蓦然想起了那一晚亲吻自己的莫云舟。

宁韵然的背脊僵住了。

忽然不敢回头。

她能感觉到身后人呼吸平缓的力度感。

这时候，有侍应生走了过来，递上纸巾：“先生，您没事吧？”

“我没事。有香槟吗？”

莫云舟低沉的声音从宁韵然的身后响起。

全身血液骤然下沉，接着又疯狂地漫溢上来。

“有的，先生。”

这时候，莫云舟才松开了胳膊。

宁韵然转过身来，看向对方，很小声地说了句：“谢谢。”

莫云舟轻轻地握住了宁韵然几乎快要空了的红酒酒杯，宁韵然没有反应过来，莫云舟的无名指轻轻地顶了宁韵然的手指一下，宁韵然便松手了。

莫云舟将酒杯放回到侍应生的托盘上，拿起了一杯香槟，送到了宁韵然的面前。

“你对红酒不耐受，喝香槟吧。这里的香槟度数比较低。”

无论是说话的声音还是眼底的淡然，莫云舟都显得对宁韵然不冷不热。

可如果是那样，为什么宁韵然感觉当莫云舟用胳膊替她挡住红酒的时候，却像是故意勒紧了抱了她一下？

“好的。”宁韵然伸手拿住了香槟，莫云舟便毫无留恋地转身了。

仿佛刚才她所感受到的怀抱只是自己自作多情。

而明明冰冷的酒杯却仿佛还带着莫云舟的体温。

# 第十二章 你中毒啊

很快就到了这场慈善晚宴的重要环节，就是拍卖。所有拍卖所得将会捐赠给T市的贫困教育基金会。

顾长铭走回到了宁韵然的身边。

宁韵然之前看过画册，她知道这一次的拍卖大多是一些新锐设计师的珠宝设计或一些影视明星的捐赠。

“小宁，依照你的审美，有觉得什么东西还不错吗?”顾长铭轻声问。

“我的审美……顾总，您是在笑话我吗？我从头到脚都是您请人一手打造的。”

顾长铭侧了侧身，微凉的声音涌入宁韵然的耳中：“你之前选的那块表就很有品味。我现在一直戴着。”

宁韵然低下头来，今天顾长铭还戴着那块腕表。

“小宁?”顾长铭又侧了侧身。

“哦，我看看啊!”宁韵然打开了折页。

而距离他们几米之外，是莫云舟和几个房地产开发商在聊天。

“今天真难得，顾长铭没有和赵婳栩同进同出。”

“今天陪着顾总来的好像是新来的秘书助理。”

“一个秘书助理而已？啊，也是，年轻的女孩漂亮又朝气蓬勃的，赵婳栩平常还是太强势了，哪里有年轻女孩子的吸引力啊。”

“顾长铭一直都很高冷的样子，和他的秘书助理说话的时候倒显得很温和。之前赵婳栩在他身边总有一种神女有心襄王无梦的感觉。这一次的女秘书助理倒是很有戏的感觉。”

一直沉默的莫云舟忽然开口了：“他的女秘书助理很有能力。刚才已经帮英国来的考斯特先生初步确定了一个合作项目。估计考斯特和顾长铭的合作会更加紧密。”

“啊……原来是这样啊！看我们这些俗人总是想着一些俗事。”

“顾长铭的性格是不会让无用的人留在身边的，我们就别小情小爱地揣度别人了。”

莫云舟侧过脸，看向宁韵然。

她正将画册送到顾长铭的面前。

“顾总，我觉得这个项链设计得不错。”

“是吗?”顾长铭只是看了一眼画册，视线便落在了宁韵然认真的脸上。

“嗯……这个造型的线条很流畅，寓意也很好。其他的珠宝设计作品不如这个出彩。而且俗气一点说……”宁韵然不好意思地捏了一下自己的耳朵。

顾长铭低着眼睛的表情上笑意更明显了一些。

“俗气一点说怎么了?”

“它的主钻超过一克拉了，净度和颜色都不错，比较保值。”宁韵然回答。

顾长铭的手从后面拍了宁韵然的后脑勺儿一下。

“哎哟，顾总你打我干什么?”

“既然是拍卖，除非没有人竞拍，否则最后的成交价格一定会比底价高。它再保值，也追不上成交价格。”

“……可是你不是要捐款吗?这样才能捐得多啊!”宁韵然回答。

顾长铭绷着唇角，似乎又要笑了。

宁韵然一抬头，就对上了远处的莫云舟。

他的眉心似乎轻轻地蹙着。

是拍卖会上的东西不符合他的审美，还是有什么人让他不高兴了?

还来不及多想，拍卖会就要开始了。

根据规则是每一次举手就是十万元的加价。

宁韵然再看一眼那条项链，底价已经是十五万了，还要再往上加，确实如同顾长铭所说，根本达不到保值的效果，真的是散财捐款了。

拍卖的第一件藏品是一块玉坠，透明度很高，而且是帝王绿，就是小了一点儿，只有指甲盖那么大。

让宁韵然站不稳的是，竟然有土豪花了一千多万买了下来。

“虽然说黄金有价玉无价，这个好像也太夸张了一点吧?”宁韵然靠向顾长铭小声说。

“那你喜欢玉还是钻石?”顾长铭问。

“还是钱吧。”

“嗯?”

“钱能生钱。”宁韵然回答。

顾长铭点了点头：“哦，你是要可持续发展啊。”

宁韵然很惊奇地歪着脑袋：“唉，顾总也会开玩笑?”

后脑勺又被拍了一下。

“哎哟。”宁韵然闭上嘴不说话了。

可是不知道为什么，她感觉到一丝冷冽的感觉，一抬眼，对面的莫云舟正看着他们的方向。

只是和宁韵然对视的那一瞬，他便将视线挪开了。

终于到了宁韵然向顾长铭推荐的那款钻石项链了。

“向大家介绍一下，这款项链的设计师是目前国内最红的新锐珠宝设计师乔梦。而这款项链也是独家定制，世上只此一条，名字是‘安歌’，出自《九歌·东皇太一》，寓意声出自然，唐诗有云‘安歌送好音’。”

宁韵然有点得意地看向顾长铭，顾长铭低声道：“知道你有文化，别嘚瑟了。”

“嘚瑟”二字从顾长铭的唇间说出来，总有那么几分不一样的味道。

宁韵然下意识地又看向顾长铭，感觉顾长铭的胳膊又要抬起来，宁韵然抢先一步说：“别打我后脑勺儿了，发型都没了。”

顾长铭看了她一眼，扬了扬下巴，示意宁韵然看主持人。

那种凉飕飕的感觉又来了。

宁韵然下意识地望向莫云舟的方向，发现他单手揣在口袋里，脸上的表情全都收了起来，就连那种礼貌性的浅笑都没有了。

这时候主持人报出了底价。

十五万元。

对比之前那块小玉坠，已经很公道了。

宁韵然知道顾长铭不会立刻就举手，而是会等到竞价稳定。

果然，有一两个人加价之后就再没有人举手了。

毕竟钻石项链什么的，并不是很稀罕的东西，而且这里大多数人没有太高的文学素养，感觉不到中国传统文学里“安歌”两字的韵味。

顾长铭终于抬起手了。

“这边顾先生出价四十五万了，还有加价的吗？”

满场焦点都望了过来，没有人想到顾长铭会去拍一条项链。

这就又让人猜测纷纷了。

让人没有想到的是，站在他们对面的莫云舟忽然举手了。

主持人眼睛一亮：“莫先生出价五十五万。”

宁韵然睁圆了眼睛。

而一旁的顾长铭却很淡然地再度抬起手来。

“顾先生出价六十五万。”

宁韵然轻轻扯了一下顾长铭说：“他喜欢你让他买呗。”

“我们要支持慈善事业。”

顾长铭的声音一本正经。

没想到对面的莫云舟竟然又抬手了。

“莫先生出价七十五万。”

宁韵然正好要喝香槟，差一点一口喷出去，直接呛出了泪花。

顾长铭轻轻地拍了拍宁韵然的后背，然后又举起手来。

“顾先生出价八十五万！”

这一回，就算是傻子也能感觉到顾长铭和莫云舟之间的较量了。

宁韵然真的很想昏倒。

“顾总……顾大哥……如果你真的那么想支持慈善事业，就支持一下我吧？你给我八十五万，我愿意亲自到贫困山区去监督希望小学的建设，亲自当老师，包办数学、语文和英语！”

这时候，对面的莫云舟微微扬起了下巴，那样倨傲的神色，宁韵然还是第一次在他的脸上见到。

“莫先生出价九十五万!”

全场一阵议论。

宁韵然都能听见身后的一位富商太太挽着丈夫的手问:“这是闹哪一出啊?怎么觉得顾长铭和莫云舟不对付啊?”

宁韵然轻轻地拽了拽顾长铭的衣角说:“算了算了!让他买好啦!晚上他肯定是要搂着这条项链睡觉的!”

顾长铭垂下眼来,看着宁韵然说:“小宁,这是你来到我身边,我给你上的第一课。”

“什么?”

“制造话题的手段。”

顾长铭淡然一笑,再一次举手。

主持人万万没有想到一条项链而已,竟然能有这么大的水花。

“顾先生……出价一百零五万!”

宁韵然放弃挣扎了:“一百零五万可以买十几条颜色、净度、切工和重量差不多的钻石项链了……”

“我只是帮莫云舟把价格抬上百万而已。”顾长铭看向对面的莫云舟。

不只是他,全场都看了过去。

而莫云舟却看着宁韵然的眼睛,再度举起手来。

“莫先生出价一百一十五万!”

他的视线明明没有温度,宁韵然却觉得自己像是要烧起来一般。

她下意识地向后缩了缩。

众人的视线又回到了顾长铭这边。

顾长铭只是颔首点头,示意不会再加价了。

宁韵然呼出一口气来。

就是这样一个呼气的动作,宁韵然发现对面的莫云舟眉梢缓慢地挑了起来。

“恭喜莫先生拍到这款设计别具匠心、寓意美好的钻石项链。”

她不敢再和他对视,而是再度打开画册。

“顾总……我觉得你还是拍这个好了。比起项链这种浮夸的东西,这个更适合你。”

宁韵然低着头说。

顾长铭垂下眼，轻声说：“不老气吗?”

“不老气啊。”

那是某位木雕大师雕刻的花梨木笔筒。

“而且花纹很精致。”

“观音送子？你觉得我需要?”

“捐款嘛……何必在意是观音送子还是天官散财?”

宁韵然一脸诚恳地看着顾长铭。

“你说如果我拍这个笔筒，莫云舟还会不会跟我抢?”

“不会吧……观音送子不符合他的审美。”宁韵然说。

“那观音送子符合我的审美?”顾长铭反问。

宁韵然不说话了。

虽然这样说，但是顾长铭还是拍下了那个笔筒。

更可喜的是，莫云舟没有跟他抢。

“你刚才不是说观音送子也不符合你的审美吗?”宁韵然问。

“我这是支持中国传统艺术，又能达到捐款的目的，不好吗?”

“好有道理。”

宁韵然点头，后脑勺儿又被顾长铭敲了一下。

拍卖的环节结束之后，宾客们又开始了互相聊天交际。

顾长铭对宁韵然说：“我去和考斯特先生说一声，我们就回去吧。”

“不用再聊了?”宁韵然看了看时间，才十点不到。

“你不饿?”顾长铭微微低了低头，问。

“我饿!”

“那我们去吃猪血粉。”

让顾长铭用低沉的声音里说出来，好像猪血粉都成了米其林餐厅的星级美味了。

“好啊，猪血粉!”宁韵然点头。

顾长铭浅笑了一下就迈开长腿走向考斯特的方向。

宁韵然走到点心前，趁着现在不用和任何人说话，她夹了一块点心，正要放进嘴里。

有人从她的身边路过，抬起手的时候手链从宁韵然的身后晃过。

只感觉吱啦一声，宁韵然忽然觉得裙子松了下来。

“哎呀，对不起！”

完了，后面的拉链被对方挂了下来。

宁韵然立刻伸手去抓后面的拉链，对方也正努力地要将手链从被挂住的地方解下来。

“哎呀，怎么挂进去的……这个拉链太小了……”对方也有点着急。

但是宁韵然的礼裙的开口都快到胸部的位置了。

她不得不向后仰去，心里有一万只草泥马在奔腾狂涌。

你挂到什么不好，为什么会挂到我的拉链！

“那个等一下……真对不起！真对不起……”

她们两个向着宴会厅的角落移去。

宁韵然只觉得自己的腰都快折了。

而对方也是手忙脚乱。

“不介意让我来吧。”清润的声音响起。

宁韵然心里咯噔一下。

是莫云舟的声音。

“好的，先生。您看看，我怎么也没办法把手链绕出来，真对不起这位小姐。”

莫云舟用肩膀靠住了宁韵然的后背：“是这里钩住了。要把这个环绕出来才行。”

他的声音很轻，宁韵然却感到对方的呼吸掠过自己后背的肌肤，整个人都莫名地紧绷了起来。

感觉到后背一松，是对方的手链成功地被解下来了。

几乎在同一时刻，宁韵然后背的拉链一路向下滑去，眼见着裙子就要从她的肩头掉落下来，心脏都提到了嗓子眼，身后有手指向上提住了她的后领。

温暖的指节贴在她的背上，若有若无的触碰让宁韵然的心脏不受控制地狂跳了起来。

莫云舟站到了她的身后，手指轻轻地捏住了她快要滑到后腰上的拉链，向上拉起。

随着那阵声音，仿佛莫云舟拉起的不是她的拉链，而是她的神经。

“你知不知道为什么你的拉链被挂到之后，你的裙子会这么容易掉下来？”莫云舟的声音从身后传来。

宁韵然不知道他到底靠自己有多近，因为她的颈肩都是他温热的气息。

“你想嘲笑我胸小？”

莫云舟发出了一声叹息，时间仿佛也跟着变得缓慢。

“因为你拉链顶上的小铁襻没有挂住。”

莫云舟的手指来到了宁韵然的后颈，轻轻钩了一下，然后不紧不慢地说：“一般女性的裙子，在这个位置都会有个钩襻。把这里钩住了，就算拉链开了，裙子也不会掉下来。”

“谢谢……”

当莫云舟的手指完全离开的时候，宁韵然忽然觉得像是失去温度一样，有点冷。

莫云舟就站在她的身边，声音还是那么淡：“你还是那么不懂人情世故。”

“怎么了？”

“这里基本上每个人都知道赵婳栩对顾长铭的心意。你刚进入纵合万象，顾长铭就带你出席这样的晚宴，赵婳栩必然会心中不悦。”

宁韵然忽然意识到好像这样确实不太好。

“他带你出席晚宴还能说原因是赵婳栩不在T市，但是如果顾长铭在你的陪伴之下拍下他从来不感兴趣的珠宝，你觉得赵婳栩会怎么想？”

是啊，赵婳栩一定会非常不高兴。

宁韵然心里总是隐隐觉得赵婳栩并不是什么大度的女人。

她刚想要对莫云舟说什么，莫云舟已经迈开脚步离开了。

此刻，宁韵然忍不住猜想，莫云舟拍下那条项链是不是怕顾长铭真的拍下来了，赵婳栩会心有猜忌从而对付她？

还有他原本要和自己碰杯，后来把酒杯收回去了，是不是因为看见她的杯中是红酒，知道她不会喝所以才收回去的？

但看着莫云舟利落远去的背影，仿佛没有什么能够牵绊住他，宁韵然忽然又觉得自己的那些猜测有些傻气。

和考斯特先生告别之后，顾长铭就真的带着宁韵然去吃猪血粉了。

当那辆黑色奔驰停在猪血粉店的对面，顾长铭牵着宁韵然的手带她过马路的时候，宁韵然忽然觉得很惆怅。

顾长铭必然是万分疼爱顾楚君的，她可以想象他是如何倾尽所有也想要救自己的妹妹，只是她无法想象到底是什么原因让楚君选择结束自己的生命。

身着晚宴礼服的顾长铭本来就很出众，晚上出来吃夜宵的人不免都看了过来。

宁韵然咽了咽口水，一点都没有保持形象的意思。

而旁边桌正好坐着几个大学生，他们一边吃着粉，一边看着他们。

对面的顾长铭不动声色地将自己的外套脱了下来。

宁韵然本来以为对方只是觉得猪血粉店里太热，没想到顾长铭却站起身来，走到宁韵然的身边，将外套盖在了她的腿上。

宁韵然这才意识到，自己裙子不是很长，自己坐下来的时候，两条腿太显眼了。

“顾大哥。”

“嗯。”对面的顾长铭正在掰筷子。

“你不要再带我参加晚宴了。”宁韵然底气不足地说。

“怎么了?”顾长铭抬起眼问。

“那个……万一赵总知道了不高兴呢?”宁韵然试探性地问。

她本来以为顾长铭会说赵婳栩为什么不高兴之类，但是他却回答：“只要她在，我不会带你来。”

“啊？为什么?”

“因为你气场不够，镇不住那些没文化的土豪。”顾长铭说得理所当然。

宁韵然有点想踹对方，但还是忍住了。

“还有，也别对我太好了。其他同事如果看到了，也会不舒服。”宁韵然一本正经地说。

顾长铭吃了一口猪血粉，然后筷子在宁韵然的碗上面敲了一下：“怎么忽然长心眼了？我请你吃的是猪血粉，不是猪心粉。”

“猪心粉……那还不越吃越笨……”

“你放心，回到公司里我不会对你太好的。不过，如果有人再那样看你，我还是会把你遮起来。”顾长铭低下头继续吃粉。

宁韵然这才反应过来，顾长铭指的是旁边的男生们看她的腿。

“那裙子还不是你送给我的？”

顾长铭的筷子停了一下。

“还好楚君没穿，不然我会气死。”

“……”

宁韵然吃完了猪血粉，又要打包一份。

没办法，杜师兄还宅在家里等着呢。

顾长铭这一次倒是没问宁韵然怎么还吃得下，反而说了声：“打包的再加两个卤蛋进去。”

宁韵然心想，是啊！杜师兄那么喜欢吃鸡蛋！每次都能吃两个呢！

顾长铭将宁韵然送到了南山公寓楼下，嘱咐了一声：“上楼小心一点，别崴到脚。”

“知道了。”

宁韵然拎着猪血粉上了楼。

她用力踢了踢对面的门，门才刚开了一个口，宁韵然还没看清楚杜若的脸，对方就把猪血粉夺了过去，门关上了。

宁韵然顿了一下，真想破口大骂。

杜若这个死宅男，连个脸都不露一下，明明脾气臭到要死，也就只有脸能看一下了。

过了一个多小时，估摸着杜若已经吃完猪血粉了，宁韵然又踹了踹他的房门，对方开门看了她一眼，才放了她进来。

“杜师兄，你刚才为什么不让我进来？”

“我不是对你说过，不许带着手机来我这边吗？”杜若冷冷地反问。

宁韵然顿时说不出话来。

“好了，这次在晚宴上，顾长铭都见过哪些人，聊了什么话题？”

杜若已经打开了笔记本电脑，一副准备记录的样子。

宁韵然闭上了眼睛，从她挽着顾长铭的手进入晚宴开始回忆，有一些她知道名字，有一些她不知道，一切像电影画面重放一样，宁韵然复述了一遍。

杜若的手指在电脑上迅速敲打，宁韵然从来不知道有人打字可以这么快。

当她将脑袋伸到杜若的电脑前时，发现他竟然把她说过的话都记录下来了。

“杜师兄，你好厉害。”

“拍马屁并不能把我的智商匀一点给你。”杜若瞥了她一眼。

宁韵然只得继续端坐回原处。

“我会把这份资料传回去。”

宁韵然看着杜若平静的表情，很认真地开口问：“师兄，你就没有觉得我记性很好？”

“你除了记性好，还剩下什么吗？”杜若反问。

宁韵然叹了一口气。

“不过莫云舟的提醒是对的。赵婳栩这么多年跟随在顾长铭的身边，没有男友，也不结婚，她对顾长铭很执着。当她发现顾长铭对你亲近时，一定会不舒服，很可能会针对你。”

“我知道了，我会小心。”

“还有那个英国来的考斯特……跨境 IT 技术服务因为无法估算价值，所以也很有可能会被用来洗钱。”杜若回答。

“我们需要调查考斯特吗？”

“当然需要。不过这方面就交给国际刑警去协调了。”

“嗯。”

第二天，赵婳栩就从深圳回到了 T 市。

她没有第一时间回到自己的办公室，而是直接去了顾长铭的办公室。

当她路过宁韵然的办公桌边时，宁韵然下意识抬头看她，但是她却目不斜视地进入了顾长铭的办公室。

宁韵然呼出一口气来。

听见赵婳栩的脚步声，顾长铭便抬起头来。

赵婳栩直接拉开顾长铭面前的转椅坐了下来。

“你给我的感觉，像是来兴师问罪的。”

“你昨晚带着宁韵然去慈善晚宴了？”

“这有什么问题吗？”顾长铭神色泰然地问。

“我听过她说外语，也看过她写的英文策划案，你带她去无外乎是因为考斯特先生也在现场。宁韵然在用英语洽谈的时候有一种很真诚很容易让人相信的气质。你带她去，我觉得是很合理的选择。”赵婳栩说。

顾长铭点了点头："那么，还有什么问题吗？"

"问题在于，她身上穿着的那件小礼裙，我记得是你为楚君准备的。"赵婳栩直视顾长铭的眼睛说。

"她的身材和楚君差不多。因为你去了深圳，我也是临时决定带她去晚宴的，难道我还要花几个小时让她去选礼裙吗？"顾长铭反问。

"我以为所有为楚君准备的东西对于你来说都有特别的意义……你却拿给她穿了？"赵婳栩问。

顾长铭低下头来，思虑了几秒。

"婳栩，你说过要我放下楚君的事。我只是觉得……把我曾经放不下的记忆给消除，也是一种解脱。但我没有想到口口声声让我放下的你，却这么放不下。"

顾长铭的声音很稳，也很柔和。

赵婳栩看着顾长铭的眼睛，似乎要从中找出所有被隐藏的信息。

"长铭，我可以接受你不喜欢我。"

"婳栩。"顾长铭闭上眼睛，示意她不要再说下去了。

"但是我无法接受你喜欢上别人。就算是因为她让你想起了楚君，也不可以。"赵婳栩极为用力地说。

顾长铭垂下眼，叹了一口气。

"我每一天都自身难保，一点不想拉别人下水。"

他的声音不大，却在办公室里清晰无比。

"这就是我嫉妒她的地方，顾长铭……你给一个人最大的爱，从来不是锦衣玉食地哄着她，而是克制。你越是克制，就越是想让她站在明亮光洁的地方，一尘不染最好！我已经脏了，所以你永远都看不上我。"

"赵婳栩！"顾长铭忽然睁开了眼睛，视线陡然冷冽，几乎要穿透赵婳栩的身体，"你喜欢妄自菲薄是你自己的事情。你自己选择的道路，如果你觉得不够干净想要回头，玉石俱焚我也可以奉陪。如果没有这样的勇气，又何必去嫉妒他人？"

"真的玉石俱焚，你都奉陪吗？"赵婳栩反问。

"我现在难道不是陪着你？"顾长铭说完便低下头来。

赵婳栩笑了笑："谁不想回头是岸，但是我们离岸太远了。"

"那就奋力一搏，游到对面去。"顾长铭回答。

赵婳栩整理了自己的情绪，说了一声：“对不起。”

“只要你别再乱想，就没什么对不起我的。”

当赵婳栩从顾长铭的办公室里走出来的时候，宁韵然莫名地紧张，直到赵婳栩丝毫没有放慢脚步地从她身边经过，宁韵然这才呼出一口气来。

忽然觉得，自己没有去赵婳栩的财务部，其实也是一种运气。

当偌大的办公室变得沉默而空旷的时候，顾长铭抬起头来，闭上眼睛，靠着椅背。

这一天，蕴思臻语画廊也迎来了新生。

画廊改名为“云深画廊”，工作人员又开始忙碌了。

江婕和几个同事正在收拾着宁韵然没有带走的东西。

江婕叹了口气：“以前小宁在的时候，多有意思啊。”

“人家另有高就了嘛！听说跟在顾长铭的身边了，多少人求都求不来啊！”

江婕打开宁韵然的抽屉，发现里面就剩下一个本子，将本子掀开，才发现抽屉的底部是一张莫云舟的素描肖像。

“啊……这不是莫总吗？画得真好。”

这时候，陆毓生却走了进来，皱着眉头将所有宁韵然留下来的东西都扔进了纸箱里。

“画得再好，人品不好有什么用？”陆毓生毫不留情地将箱子扔了出去，对正在打扫卫生的保洁员说，“赶紧收拾了，别留在这里。”

站在原地的江婕和其他同事相互看了看，都不明白陆毓生为什么忽然生气。

有人走到了那个纸箱前，江婕看着对方小声说了句：“莫总……”

“这是什么啊，毓生你这样到处乱扔？”

莫云舟轻笑了一声问。

“没什么！垃圾！”陆毓生回答。

“那个……是小宁留下来的东西。”

江婕刚说完，陆毓生眼睛就瞪了过来。

莫云舟却缓缓地低下身去，手指在纸箱里拨动了一下。

“别人的东西，江婕，你该打个电话问一下她还要不要。”莫云舟不紧不慢地说。

“是的，莫总。”江婕想到了什么，忍不住又问，“莫总以后还会在画廊吗？”

莫云舟摇了摇头：“我还有其他的事情要做。画廊会有专门的人来管理。我这次是专门回来收拾东西的。”

江婕露出了遗憾的表情。

“和莫总共事的这段日子，我学到了很多。”

“我不在的时候，你也不能松懈。这里还有我的股份，我会回来的。”

莫云舟低下头从纸箱里抽出了那张素描，看清楚画纸上的人是谁，他微微怔了怔。

陆毓生正要上前将画抢过来，莫云舟却侧过身，然后手指在画面上弹了一下，笑着对江婕他们说：“没想到还有一张‘漏网之鱼’。”

江婕笑着回答：“我们还想要私藏呢。”

莫云舟转过身去，挥了挥手，潇洒地走了。

他回到自己原来的办公室，将那张画纸摊在了桌面上。

这张画，比之前被莫云舟收走的那些笔法要更加细腻。

而且纸面上没有任何缩写。

说明这并不是宁韵然打算五十块钱卖掉的。

就在这个时候，门忽然打开，陆毓生气鼓鼓地站在那里。

“小舅舅！”

“怎么了？”莫云舟抬起眼来问。

“你知不知道你看到这张画的时候那个坦然的样子，在我看来像什么？”陆毓生走到他的面前，一把摁在画纸上。

“像什么？”莫云舟问。

“欲盖弥彰！”

“我要盖住什么？”莫云舟好笑地问，然后用力抬起陆毓生的手，“你压在我的脸上了。”

“你一副不在乎宁韵然的样子，但是你看见她画的你的肖像，你还是会想她，对不对！”陆毓生一副恨铁不成钢的样子。

“我从来没有在你面前掩饰过我喜欢她这件事啊。”莫云舟坦然地回答。

“不是……你若无心我即休，才是我的小舅舅啊！而且你们又没经历过什么生死瞬间，你那么喜欢她干什么！”

莫云舟不紧不慢地将那幅画卷起来，放进了一个小画筒里，看得陆毓生眼睛都要直了。

“毓生，又不是拍电影，这个世界上哪里有什么生死瞬间?”

“还好没有生死瞬间，如果有，她肯定会甩开你跑掉!”

“她不会甩开我跑掉的。”莫云舟笑着摇了摇头。

“你还真自信啊!”

“因为她跑得肯定没我快啊。要跑也是我拉着她跑啊。”

“小舅舅……你中毒啊!”

“不是你说的嘛，爱要爱得放纵，追要追得气势如虹。我放纵一下自己，你的意见就这么大?”莫云舟用看任性小孩的目光看着陆毓生说。

“那是在她没跟着顾长铭之前!”

“那她现在跟着顾长铭了，我只好气势如虹了。”莫云舟还是从容不迫。

然后他将自己桌面上一些常用的东西放进纸箱里。

当他拿起那本黑色笔记本的时候，陆毓生忽然想起了什么，一把将它拿了过来，打开翻了半天，都没有翻到莫云舟刚到画廊的时候收到的那束花里别着的宁韵然手写的卡片。

“还好……我还以为连她写的卡片你都保存，那就真的无可救药了!”陆毓生拍了拍胸口，“素描留着就留着吧！反正你又不是留着她的照片!”

“她也没有照片留在我这里啊。”

“你要是真留她照片，我就对着她的照片烧香!”

陆毓生说完，就气哼哼地转身离开了。

当办公室里安静下来后，莫云舟将钱夹从口袋里取了出来。

打开来，里面别着的就是之前他夹在笔记本里的那张卡片——你莞尔一笑，璀璨了我的一生。

莫云舟眯着眼睛看了一下，忽然笑了。

“现在才发现，‘璀璨’都写错了。”

宁韵然写的是“璀灿”。

收拾好了东西，莫云舟和陆毓生开车离开画廊。

陆毓生撑着下巴，万分不理解地问：“小舅舅，你怎么会看上宁韵然的?”

“大概因为我自恋。”莫云舟回答。

“啊？”

“因为她跟我很像。”

“哪里像了？”

“我们都是站在深渊边的人。我们会做同样的选择，相似的取舍以及坚守一样的底线。你说喜欢她，像不像自恋？”莫云舟自嘲一般地反问。

“你们一点都不像！”

“等你再长大一点，就会明白了。”

“我已经长大了，是你中毒了！”

“她是有毒，以后你别跟她玩。”

莫云舟的回答，让陆毓生感到绝望。

而此刻的宁韵然，头有点疼。

也不知道是不是顾长铭真的觉得之前对宁韵然太好了，现在他变得异常严格。

比如她花了快半个月做好的战略规划书昨天刚交给了黄秘书，明明有黄秘书把关，她还是被叫去狠狠地批评了一通。

“宁韵然，你这个战略规划书写得很空。到底要怎样在一级市场达到我们的目标，写得一点都不详细，我们不需要假大空的话！开会的时候你不是也在听吗？你写的什么鬼？”

“可是我写了啊……”

“我也知道你写了……”黄秘书似乎说漏了嘴，然后吸了一口气说，“但是顾总不满意。一方面你的长篇大论让人抓不住重点，另一方面顾总批示了三点，你写得不够细致。你拿去琢磨一下吧。”

宁韵然将报告接过来，上面是顾长铭苍劲有力的批注。

啊，被训了。

还是被顾长铭亲自指出的不足。

当同事们抬头同情地看她的时候，宁韵然心里竟然觉得甜甜的。

杜若说过，太出色了就会成为众矢之的，还会让赵婳栩不痛快。

助理来到了黄秘书的身边，小声问：“是写得很空吗？”

“空什么空？写得很具体了。而且我还给看过好几遍。”

“那就是倒霉了？”

“你没事儿做吗？不然你来写？”黄秘书挑了挑眉毛问。

“别，我还有一堆文件要下发呢。”

午饭的时候，黄秘书难得说请宁韵然去吃好吃的。

他们的楼下本来就是个商场，商场里也有专门经营餐饮的楼层。

黄秘书看着宁韵然点了一份商务套餐还多要了一个鸡腿，就觉得她应该是心情不好，所以要暴饮暴食。

宁韵然却像是没事人一样，胃口好得很。

“顾总的要求是比较严格的。你不要太在意了。严格也是好事。”

“嗯。”宁韵然戴着手套，把鸡腿撕成了两半，“我会好好写的。”

黄秘书抬了抬眼镜。忽然，之前准备的所有安慰的话，都说不下去了。

这时候，有人端着托盘，来到了他们的身边坐下。

“你们也来这里吃饭了啊？”

柔和的声音响起，宁韵然一抬头，就发现是信息安全部的总经理周暖坐在了自己的身边。

想起杜若说过周暖很可能是有名的黑客，宁韵然没来由地一阵紧张。

“周总。”黄秘书很尊敬地向周暖打招呼。

“小宁，你刚来这里没多久，适应了吗？”周暖开口问。

“适应了。黄秘书待我很好！”宁韵然指了指自己的饭，“知道我被顾总批评了，还请我吃饭，安慰我！”

“哦。”周暖笑了。

他的嘴角还有一个很浅的梨窝。

“你好像跟我说话，有点紧张？”周暖侧过脸，撑着下巴问。

宁韵然心里咯噔一下。

大哥，我都吃得那么香了，你怎么还看得出来我紧张？

“不会吧。我看她吃得很好啊……”黄秘书不解地说。

“看起来吃得香，是因为她在硬塞啊。她要硬塞的原因，我只能想到两个。第一个就是，她很紧张，用硬塞来掩饰。第二个，她不喜欢我，想赶紧塞完了远离我。”周暖笑着说。

“我是因为紧张……”

“紧张什么？”周暖问。

“因为你是信息安全部的总经理……和赵总是一个级别的啊!”

宁韵然说完，周暖就笑得更明显了。

“婳栩姐很可怕吗?我和她一个级别你就紧张了?”

“不是的，因为……”

“好了，周总，你就别逗她了。我怕她吃下去的鸡腿消化不了。”黄秘书及时解围。

宁韵然对他报以感激的目光。

当他们吃完饭的时候，宁韵然打开手机看时间。

手机的蓝牙什么时候开的?

宁韵然抓了抓脑袋，将蓝牙关闭。

这天下午，周暖正在办公桌前玩着一个魔方，赵婳栩走了进来。

“婳栩姐。”

“怎么?无聊着呢?”赵婳栩从他手里接过魔方，发现那个魔方的每一面都被翻成了不同的花纹。

“有一点点手痒，但是顾大哥不让我玩。”周暖用下巴示意了一下自己的电脑。

“他就是那么一板一眼。说得好听叫有原则，说得难听就是墨守成规。我让你调查的事情怎么样了?”

“我拿到了那个宁韵然手机里所有拍摄的照片，还有微信和短信聊天记录。照片没什么，微信大多是和朋友聊天，抱怨一下经常对着电脑眼睛不舒服什么的，没有任何反常。婳栩姐，她进来之前你让我查她，是因为你想要带着她。但是现在我……不知道你要查什么。”周暖耸了耸肩膀。

“那她和你顾大哥有没有发过短信或者打过电话?”

“他们之间没有短信。最近一个月的通话还是在慈善晚宴那天，通话时间不到十秒。看时间我估计应该是顾大哥去接她，叫她下楼。”周暖说。

“好的，谢谢。”赵婳栩离开之前指了周暖一下，“别跟你顾大哥说。”

“我知道。我还不想被他教育呢。”周暖了然地挥了挥手，继续摆弄他的魔方。

好不容易完成了战略规划书，下发到了各个部门，宁韵然有一种一切被抽空的感觉。

这个周末总算可以好好休息一下了。

她一觉睡到了中午，刷了个牙洗了个脸，就去买了外卖和水果。当她将外卖送去对面的宅男师兄那里，杜若竟然说："我不喜欢吃苹果，下次记得买橙子。"

我还想买个鞋拔子扔你脸上呢，你吃不吃？

这样的话宁韵然是不敢说出口的。

她默默地回到房间里，一边吃着外卖，一边看着美剧《犯罪心理》。

哇，怎么看怎么觉得对面的宅男师兄像变态杀手。

宁韵然正在那里歪歪脑洞呢，门铃忽然响了。

"谁啊？"宁韵然隔着门问。

"快递。"

"快递？我最近没网购啊！是不是弄错了？"

"您是不是宁韵然小姐？"

"我是。"

"那就没错了。"

宁韵然打开门，签收之后将快递盒打开。

发现那是一个包装很简洁的盒子。

根据宁韵然在画廊里熏陶出来的审美，这里面的东西一定很高档。

宁韵然摸了摸下巴，还是决定将盒子打开。

盒子里面竟然是一套小礼裙。

宁韵然将它从盒子里取了出来，放到身上比画了一下。

这是一种简约到几乎没有什么花样的斜肩款式。

但是正是这种简约，让宁韵然觉得很舒服。

她本来对裙子是没有什么感觉的，但这一刻她莫名地想穿上它。

而且她也那么做了。

镜子里的她露出了左侧的肩膀，整个脖颈线条都被勾勒了出来。

腰线流畅，裙摆正好在膝盖靠下的位置。

她从来没有想过自己能显得这样婉约又利落。

而且拉链在裙子的腰侧，既方便穿上，又不会像上一次在晚宴上容易被挂到。

“谁寄来的?”

宁韵然抓了抓脑袋，这个人还挺熟悉自己的身形。

她翻开快递盒上的寄件人，是个英文名字，寄件人号码自己也不是很熟悉。

而在盒子里面，宁韵然看到了一张卡片。

而且这个卡片很眼熟，好像是从前画廊里的。

打开一看，优美却带着男性力度感的字迹映入眼帘——长风破浪会有时，直挂云帆济沧海。

宁韵然的心跳顿时慢了一拍。

她想起了那一次在莫云舟的办公室里，自己想写卡片换回她原先写的那张，想到的第一句话就是这个。

还有这个字迹……

她没有见过莫云舟的字，除了他的签名“莫云舟”三个字。

这字迹和他的签名是一个风格的。

这真的是莫云舟送给她的?

可是为什么呢?

明明自己离开蕴思臻语的时候，他是那么失望……

不对……即便是在那天的晚宴上，他似乎也在提醒自己注意顾长铭与赵婳栩之间的关系。

宁韵然将裙子脱了下来，放回到盒子里，敲了敲对面的门。

杜若皱着眉头将门打开：“怎么了?”

“我收到了快递，有人送了我一条裙子。”

“送你一条裙子，又不是送你一个炸弹。”杜若将门打开，示意宁韵然进来。

然后他不知道从哪里取出了什么仪器，将这条裙子从头到尾扫了一遍。

“你在检查什么?”

“看看有没有什么发信装置在上面。”杜若将裙子扔回给宁韵然，“什么都没有，你可以穿了。”

“送裙子给我的人是莫云舟。”宁韵然回答。

杜若顿了两秒，才说了一句：“所以你上一次说莫云舟对你有意思，是真的?”

“我会拿这个开玩笑吗？我是收下，还是还给他?”宁韵然问。

“为什么要还给他？你挑裙子的品味差，难得有人品味好。”

“杜师兄，我现在在执行任务啊，如果我收下这条裙子，不就是暗示对方接受他的心意？如果这样对任务造成不便，怎么办？”宁韵然问。

“宁韵然，你没听过男人送女人衣服就是为了把它脱下来吗？你收下，只要不穿上，他就没有脱下来的机会。”杜若摊了摊手。

“莫云舟不是那样的人。”宁韵然忽然扬高了声调。

这也让坐回沙发上的杜若抬起了眼睛。

“宁韵然，你是不是喜欢莫云舟？”杜若忽然问。

宁韵然憋在那里没说话。

因为她也不知道自己到底喜不喜欢莫云舟。

但是，她相信莫云舟是一个有格调的男人。

他的心里没有杜若随口说的那种不入流的想法。

“宁韵然，你是不是很担心把莫云舟卷进纵合万象集团的烂摊子里面来？”

宁韵然终于点头了。

是的，她很担心。

所以她希望莫云舟离纵合万象集团远远的，离她也远远的。

“如果你喜欢，你就留下它。因为在我看来，有异性送礼物给你，也是你正常人际交往的一部分。如果你觉得不能回应对方，你也可以保留你自己的心意。”杜若回答。

“我知道了，谢谢师兄。”

宁韵然带着裙子回到了自己的房间里。

她的手指滑过裙摆，它很柔和，贴在身上很舒适。

这让她想起了在慈善晚宴上，莫云舟替她挡住红酒的那一瞬。

还有那一次，梁玉宁差一点杀了她，也是莫云舟挡在她的面前。

“下一次，不要再替我挡了。因为……我也怕你会受伤。”

她有着太好的记忆力。

太多的画面在她的脑海中挥之不去。

她总有一种预感，如果莫云舟继续靠近她，一定会受伤的。

而他鲜血淋漓的画面，她永远都忘不掉。

周末就这样过去了，宁韵然又进入到了烦琐的工作之中。

当她忙得头也抬不起来的时候，桌上的电话又响了。

黄秘书的声音传来："宁韵然，你会开枪吗？"

心中忽然咯噔一下。

为什么问她这个问题？

是因为查出她是警队的，所以问她会不会开枪？

"啊？什么？"

"顾总一会儿要和几个老总去射击俱乐部玩飞碟射击。"

宁韵然的心在那一刻终于放了下来。

"那个我不会。"

"那没事了，你继续做表吧。"黄秘书将电话挂断了。

宁韵然摸了摸脑袋，心想有钱人玩的花样真多。

飞碟射击？

她要去了，那就是脱靶天后了。

顾长铭已经从办公室里走了出来，在电梯里与赵婳栩相会。

"邓秘书呢？"

"他上次打高尔夫的时候扭到了腰。"顾长铭回答。

赵婳栩扯着嘴角笑了笑说："你可以带宁韵然一起去。"

电梯正好到达地下车库，顾长铭迈了出去。

赵婳栩一把拽住了他："你生气了？"

"她有她要做的事情，而且黄秘书已经问过她了，她不会飞碟射击。"

"有几个人是一进来就会的？就算是将她朝着首席秘书的位置上培养，你也得带她出去见见世面。"

"你很清楚我们今天去射击馆见谁。"

"赵谦。他也是我们的董事会成员之一，而且他还拥有 T 市最大的主题游乐园。"

"他利用游乐园的门票收益替秦耀入账，然后再对纵合万象旗下的 IT 产业进行投资，洗白资金。接着你又利用购买境外空壳公司，将秦耀的资金转移出去。你是去和赵谦商量合作的具体事宜，又不是去谈正经业务的，把她叫来干什么？"

顾长铭冷着脸就要开车门。

"带她去玩玩。我们谈我们的，她可以跟着教练学飞碟射击啊。你不记得，楚君以前可喜欢玩这个了。你为什么不让宁韵然也学?"

"你到底想要干什么?"

"我想试试看，楚君喜欢的东西，她会不会喜欢。"赵婳栩扯着嘴角说。

"如果要学飞碟射击，应该周末下班的时候去学。"

顾长铭说完，就踩下油门，将车开了出去。

一路上，他没有对赵婳栩说一个字。

而宁韵然又接到了一通电话。

"黄秘书？有什么事吗?"

"赵总的司机小钱在停车场等你。你跟着顾总和赵总他们去一下射击俱乐部。"

"啊？刚才不是问过我了吗？我说我不会飞碟射击啊。"

"也许顾总和赵总是要培养你呢?"

"好吧，我现在马上换衣服。"

宁韵然还是第一次来到射击俱乐部。

赵婳栩的司机先将她带到了停车场。

下车的时候，宁韵然看着周围的豪车，就知道来这个射击俱乐部的非富即贵。

"宁小姐，请跟我来。"

司机为宁韵然引路，带着她走向射击场。

这里视野开阔，时不时能看见在空中飞翔的靶子，以及靶子忽然被击中散发出的烟雾。

俱乐部因为经常举行比赛，有上千个座位，也有贵宾席看台。

宁韵然很好奇地东张西望，直到司机将她带到了一个半封闭的贵宾席看台前。

看台被建造成长城的烽火台式样，虽然是露天的，但另外一个烽火台距离这里有二十多米远，没有人能听见这里在谈论什么。

而且如果有人想要偷听或者靠近，根本没有藏身之地。

从某种程度来说，它是相当私密的。

贵宾席看台上放着一个精致的茶桌，茶桌上是欧风的点心塔，只是点心几乎没有人动过。

顾长铭和赵婳栩的对面，坐着一个年纪四十五六岁的中年男人，他一边笑着，一边目光时不时地瞟过赵婳栩。

“赵老板，你再这么看着我，我觉得自己的脸都要裂开了。”赵婳栩很专业地笑了笑。

这个男人正是T市最大的游乐场梦幻星空乐园的老板赵谦，同时也是纵合万象集团的董事会成员之一。

“唉，赵总，我是姓赵的，你也是姓赵的，但是差距怎么就这么大呢?”赵谦故意向前凑了凑。

“什么差距?”

明明看见这个男人眼中的色意，赵婳栩还是能调侃地一笑。

“你看看我这身材，已经走样了，对于那些年轻的女孩子一点吸引力都没有了。但是婳栩你不一样啊，你的眼角连一道皱纹都没有，脸上也好像掐一下就能掐出水来。”赵谦做了一个动作，好像是真的要掐赵婳栩一下。

一直端坐在旁边的顾长铭抬起手，手掌正好挡住了赵谦的手指。

“赵老板，现在时间不早了，再闲谈下去就要天黑了，还是谈正事吧。”

“唉，顾总还是这么严肃又正经。我只是开个玩笑而已，不会真的碰她的。你看看人家婳栩，眼睛都没眨一下。”

赵谦脸上带着笑，眼睛里却是没得手的失落。

他将一个U盘递给了顾长铭：“现在秦家老大在我们这里入账的流水是越来越多了。要将这些流水另外进行计算，对于我的人来说很费时。而且你们也懂，秦老大的钱，知道的人越少越好。”

“赵总是想要直接汇总生成到你或者专门负责这件事的财务专员那里，既减少人力，又减少知情者的数量。”顾长铭开口道。

“对啊!”赵谦拍了拍手，“还是和聪明人说话不费力气。早点商量完，我们还能玩玩飞碟射击，这才是来射击俱乐部的正事儿嘛!”

就在这个时候，看台下传来司机的声音。

“赵总，宁小姐来了。”

“宁小姐？谁?”赵谦看向顾长铭。

顾长铭神色一凛，视线如同刀片一般刮向赵婳栩。

赵婳栩换了一个坐姿，笑着靠向赵谦说：“这位宁小姐啊，就是让我们不食人间烟火的顾总心动的小仙女啊。”

“哎哟！这可不得了，赶紧请上来，让我看看是怎样的人间绝色。”赵谦露出非常感兴趣的表情。

“她不是什么特别的人，只是新来的秘书助理而已。”顾长铭回答。

“顾总，这如果是普通的秘书助理，赵总怎么会特地叫来让我看看呢？”

正说着，宁韵然已经走了上来。

赵谦转过头看了一眼之后愣了愣：“啊，总算知道顾总这些年有婳栩这样的大美女在身边怎么能把持住了！原来是喜欢这种有学生气的小美女啊。”

“顾总，赵总。”宁韵然不知道现在是什么样的状况，于是打完招呼就不说话了。

“过来，小宁，给你介绍一下，赵谦，赵老板是我们集团的股东之一。”

赵婳栩朝宁韵然招了招手。

宁韵然的视线下意识地瞥过顾长铭的方向。虽然只是一眼而已，她也能感觉到这个男人周身流露出的低气压。

“赵老板好。”

“你跟着顾总，以后少不了要和我们集团的股东见面。赵总是最好相处的，而且飞碟射击特别厉害，一会儿让……”

赵婳栩的话还没说完，顾长铭却先开口了：“宁韵然，你先自己去试一下射击飞碟。我会打电话让我的教练教你。我们还有事情要谈。”

“哦，好的。”宁韵然就算脑子再不好使，也能感觉到这三个人之间的气氛很奇怪。

赵婳栩明知道她不会飞碟射击，却还要叫她来。刚才她似乎是想要自己跟着那个赵谦去学射击，而顾长铭很明显地不愿意自己与赵谦有太多的接触。

当宁韵然离开了贵宾席看台后，赵谦侧过身看着她的背影。

赵婳栩笑着用手指在桌面上敲了一下。

“我说赵老板，你的眼珠子都要嵌到人家小姑娘的骨头里去了。”

赵谦这才转过身来，哈哈笑了两声：“婳栩，你是知道的，我就喜欢和年轻的小姑娘在一起。那些世故圆滑什么都懂的，不好驾驭。”

赵婳栩立刻露出了不高兴的表情：“所以，赵老板这会儿反倒来嫌弃我了？”

“哎哟！哪里啊！婳栩你是我永远的女神！”

听着赵谦的恭维话，赵婳栩的目光瞥过一旁顾长铭的侧脸，他的目光里没有一丝温度。

“赵老板，你想什么都可以。但是小宁是不可以想的。她可是我们顾总最看重的，碰不得。碰了的话，以后合作都没得谈了。”赵婳栩用很认真的表情说。

顾长铭已经打开了笔记本电脑，将U盘插了进去。

“哎哟，看来这个小宁是真的不能碰了。如果只是秘书助理，顾总会一本正经地说不要开玩笑。现在沉默，那就是默认了？”

赵谦满脸是感兴趣的表情。

“我们还是谈一谈怎样汇总这些流水吧。”顾长铭的眉心微微蹙了起来。

赵谦瞥了一眼赵婳栩，赵婳栩摇了摇头。

“好了，赵老板，玩笑啊、调侃啊到此结束，我们还是谈正事儿。”

这时候，宁韵然跟着俱乐部的工作人员来到了更衣室，换上了衣服、手套，戴上了帽子，将耳罩挂在了脖子上。

顾长铭为她安排的教练是一个三十多岁的女性，看起来很有耐心。

她将宁韵然带到了射击位，教宁韵然举枪的姿势。

只不过大致讲解了一下，就让宁韵然射击飞碟了。

对于新鲜的东西，宁韵然总是很认真也很有求知欲。

但是宁韵然能感觉到，她的教练只是带她感受一下什么是飞碟射击，并不打算往细里面教她。

特别是如何瞄准，如何跟随目标，宁韵然完全是自己摸索，但是找不到窍门。

而教练竟然在一旁拍手，似乎还觉得作为初学者的宁韵然很好。

这让宁韵然有点烦躁。

大概因为这里是俱乐部，不是运动员练习的射击馆，所以教练对她没有太高的要求。

今天并不是周末，一整排的射击位都很空，完全可以不受干扰地学习，宁韵然真的很想学会。

她将耳罩摘了下来，看向对方：“教练，我的射击姿势没有问题，对吗？”

“是的。你的臂力不错，比一般的女性会员要稳定很多。而且你对开枪的瞬间没有恐惧，所以开枪的时候没有任何耸肩的不良姿势。”教练回答。

所以教练在旁边鼓掌的原因，是她真的已经很不错了？

“那么你能教我怎样瞄准吗？单向飞碟已经是飞碟射击里面最简单的了，可是一个多小时了，我连一个都没碰到。”宁韵然说。

“射击的姿势正确已经很不容易了，如果想要立刻就能追上靶子，可不是那么容易的事情。”

教练拍了拍宁韵然的肩膀说。

这时候，有一个身形高挑的男人停留在了距离宁韵然大概三个射击位的地方。

对方戴着太阳帽，胳膊长腿长，最重要的是与许多来到这里刷格调的大老板不同，他小腹平坦，一定经常锻炼。

一个飞碟从空中划过，对方利落地扣枪，带有颜色的粉末在天空中散开。

真厉害。

难道是专业运动员？

或者是这里的教练？

宁韵然在心里拍手，细细观察着对方的姿势，看着对方在接下来的几分钟里连续命中了好几个靶碟。

她好奇地来到对方的身后，一点一点地靠近，又不好意思打扰对方。

这个男人的手臂很稳，肩膀很宽，周身都是心无旁骛的气场。

当对方击落了十个靶碟，正要转身的时候，宁韵然忍不住鼓起掌来：“哇！先生，你真的很厉害！”

对方抬起眼睛的那一刻，宁韵然傻眼了，双手僵在那里。

“是吗？以前怎么没见你这么爱拍马屁？”

与对方目光相碰的瞬间，宁韵然有一种晴天被雷劈中的感觉。

因为对方不是别人，而是莫云舟。

怪不得啊！这个背部线条，这双大长腿，在整个T市能有多少个人有？

“那个……你玩得开心就好……哈哈……哈哈哈……”宁韵然向后退了两步，正要躲到自己的教练那里去。

“顾长铭带你过来的？他怎么没亲自教你？”莫云舟的表情很淡，淡到坦然。

仿佛那天那个失控一般亲吻自己的男人不曾存在，而他也不可能还会送她一条裙子。

蓦地，宁韵然想起杜若的那一句：男人送女人衣服，就是为了把它脱下来。

“顾总在和客人谈工作上的事情。而且我也不会飞碟射击，正好提前学一下。不然等到他们来了，我连枪都不知道怎么抬起来，那就丢人了。”

淡定，淡定，宁韵然！

被强吻的人是她啊，莫云舟都不脸红，她尴尬个屁啊！

“那你现在知道怎么把枪抬起来了？”莫云舟问。

还是那样不紧不慢的语调，就好像两个经常见面的熟人在靶场又相见了，既没有新意，也没有惊讶。

“当然知道啊。”宁韵然做了一个抬枪的姿势给莫云舟看。

“你射中了几个靶碟？”莫云舟走到了后面的桌子前，拿起了矿泉水瓶，拧开来，扬起下巴喝了两口。

看着他起伏的喉结，宁韵然莫名地觉得不好意思。

“一个都没有射中。所以……我回去继续学啊！”

快点离开吧！

她很不想和莫云舟待在一起。虽然这里基本上是开放式的，但宁韵然总有一种世界只剩下他们两个人的错觉。

“要不要我教你？”

宁韵然还没来得及转身，莫云舟忽然开口说。

“啊？什么？”

你要教我？

大哥，你曾经跟我表白还失败了，你不觉得跟我说话很不好意思吗？

“我说我教你。”莫云舟再度开口。

一字一句清清楚楚。

宁韵然却觉得自己脑子是不是坏掉了？

“我有自己的教练，还是不麻烦莫总了。”

宁韵然转过身去。

为什么在这里都能碰到莫云舟？

他现在很好，他现在是云晟集团的 CEO 了。

宁韵然真的不希望他再继续靠近自己。

慈善晚宴上为她解围也好，后来又送她裙子也好，她觉得自己成为他人生中一段微不足道的插曲就行。

她担心他会打乱她目前的步调。

她更担心，如果他继续接近她，会不会也被拉入这个看不见的旋涡之中。

她希望他在岸上，永远不要跨入这道界限。

“来这里的都是商界名流。如果被教练当成来这里体验射击乐趣的，他们不希望因为严厉得罪贵宾，就算教你，也不会纠正你的错误。”

莫云舟的声音从身后响起，而且每一个字都越来越近，就像一张铺天盖地涌来的网。

宁韵然更加急切地想要挣脱这股力量，但是却被人扣住了肩膀。

“你很怕我吗？”

明明隔着手套，她是感觉不到他的体温的。但在那一瞬间却有一种被烫到的错觉。

“当然不怕！我为什么要怕？”宁韵然转过身来，与莫云舟对视。

“那你逃什么？”莫云舟还是那样平静的语调。

仿佛奇怪的只有宁韵然而已。

“我没有在逃。”宁韵然很认真地说着那个“逃”字。

“那就是你觉得自己太蠢了，我教不会你。”

“不可能，我学什么都特别快！只要教练真的肯教！”

“那你就跟着我学。光天化日，你是觉得我能把你押在这里做什么吗？”莫云舟原本漠然的脸上，宁韵然似乎能看到那么一点点的笑意。

“那个……做人还是专心一点比较好。我已经有教练了，还让你来教我，这不成了吃着碗里的，看着锅里的？”

“我还以为是家里红旗不倒，外面彩旗飘飘。”莫云舟的尾音有些微上扬。

宁韵然知道，这家伙绝对又在调侃自己了。

“差不多就是那个意思了……所以，莫总，你慢慢来，我先……”

“我不介意做你外面的彩旗，你担心什么？”莫云舟微微侧过脸，看着宁韵然的眼睛。

你愿意做我的彩旗，我家里的红旗会不会戳死我还是个问题呢！

“莫总真会开玩笑哈！”

宁韵然想要打着哈哈离开，没想到莫云舟竟然从她身边走过去，先一步来到了她的教练面前。

“韩教练，你不介意我亲自来教你的学生吧？”

韩教练露出了惊讶的表情：“我以为宁小姐是跟着顾总来的，没想到……”

“别误会，她确实是跟着顾总来的。只是我们之前认识而已。”

宁韵然没办法阻止莫云舟说话，她眼巴巴地看着教练，用目光示意对方：不要离开我！不要让他教我！

但很明显韩教练误会了宁韵然的意思。

“啊，看宁小姐那期待的目光，我当然不会拒绝了。莫总是我们俱乐部的高手，有您教宁小姐，她一定能学得更快！”

宁韵然傻眼了。

你哪只眼睛觉得我有期待了？

“那好。韩教练你先去忙吧。如果顾总那边有什么需要，你再过来带宁小姐走也没关系。”

“好的，好的。我就在旁边，如果莫总和宁小姐有什么需要，也可以叫我。”

韩教练很有礼貌地点了点头就撤了。

宁韵然在心中摆出黑人问号脸。

我也是你的贵宾啊！

我需要你留下啊！

你怎么全听莫云舟的了？都不用听我的意见吗？

莫云舟已经走向射击位，向宁韵然招了招手：“过来。”

我不想过去啊……

宁韵然露出生无可恋的表情。

但是莫云舟却很有耐心，站在远处看着宁韵然，似乎在说：看你什么时候过来。

小爷怕你啊！

仔细想想，这太阳那么大，明晃晃的，莫云舟还能干什么？

宁韵然抬头挺胸，一脸正气地走到了莫云舟的身边：“来啊，你教我啊！”

“把枪抬起来。”大概是因为离得近，宁韵然能感觉到莫云舟说话时候的气息掠过自己的发梢。

仿佛连发丝都有了神经一般，那种微微发烫的感觉又来了。

莫云舟的手指向远方，声音里带着一种严谨，让宁韵然也跟着认真了起来。

# 第十三章 走投无路，我来接你

“大多数情况下，我们都是用‘以靶带动’这种方式来射击的。将碟靶的飞行作为动作的依据。”

“嗯。”

这点不用他说，她也知道啊。

可就是射不中啊！

“你必须要确保飞碟一直都在你的视线范围内。”莫云舟的声音平稳而清晰，就像是专业的播音员，但是在这样的冷静里，宁韵然能隐隐感到有什么在躁动着要挣脱平静。

他就站在她的身后，她却有一种被他环抱着的错觉，明明这个男人的双手安分地垂在身边。

“你必须放下要做好某个动作的想法。这种想法会干扰你开枪的时机，造成枪口打高脱靶。”

听到这里，宁韵然似乎明白了自己之前一直无法命中的原因了。

“放空你的大脑，专注于你的靶子。”

“明白。”

“我带着你瞄准一次。”

啊？你怎么带我瞄准？

宁韵然的想法还没落地呢，莫云舟的手就扣着宁韵然的耳罩，将它抬了起来，为她戴上。

似乎能感觉到他的指尖滑过自己的脸颊，哪怕是那么短暂的一瞬，宁韵然也下意识地僵住了。

莫云舟的双手在宁韵然的肩膀上拍了一下，用眼神示意她“放松”。

大哥!

抖M先生!

你离我这么近，我是要怎样放松啊?

但是下一秒，宁韵然就体会到没有最近只有更近是一种怎样的感受了。

莫云舟就在宁韵然的后方，顺着宁韵然的视线瞄准，而他的一只手覆在宁韵然的手背上，托着枪，另一只手托着她扣着扳机的手的肘部。

“我不会告诉你什么时候该扣下去，你自己感觉。”

几秒钟之后，飞碟冲入了宁韵然的视线之中。

她的大脑放空，感觉着枪口的移动，那不是跟随飞碟，更像是一种复制。

莫云舟给予她的不是被束缚的感觉，更像是一种引导，一种不会坍塌的稳定。

这仅仅是短暂的一秒而已，但感觉就如同在最合适的时候燃烧了一根火柴，点燃了整个世界。

她扣下扳机，天空中的飞碟裂开后成了一团四散开来的烟雾。

宁韵然倒抽了一口气。

“我的……天……”

这就是击中的感觉。

宁韵然左耳的耳罩被抬起，温热的气息沿着缝隙涌入:“在碟靶飞出时，要迅速将瞄准板与准星呈水平，及早完成平枪动作。然后转动腰部，与靶子保持同样的速度。”

此时莫云舟原本托着宁韵然手肘的手按在了她的腰部，带着她转动。

当她转到最后，贴紧他的时候，他的温度、他的气息就像一场悄无声息的入侵，宁韵然原本冷静下来的心脏里仿佛有血液正不受控制地涌动着。

“有感觉的话，自己试一遍。”

莫云舟的手掌离开了她的腰，将她的耳罩放了下来，然后后退了一步。

失去支撑的瞬间，宁韵然忽然产生了不安的感觉。

但是她不能回头，她不想让莫云舟看到自己的表情。

还好有耳罩，否则站在身后的莫云舟也许已经看到她红透的耳朵了。

碟靶出现，宁韵然的动作却完全乱了套，根本没有追上飞碟的速度，直接放空。

她咽了下口水，心想莫云舟不知道会怎样嘲笑自己。

但是没想到他只是说："是不是因为我看着你，所以你紧张?"

"嗯。"宁韵然点了点头。

"你紧张什么。这里不是拳击台，我又不能揍你。"莫云舟说。

"……我倒是宁愿挨揍。"

宁韵然以为自己说话声音很小，但是她戴着耳罩，一旁的莫云舟听得很清楚。

"你是说我让你很有压力?"莫云舟的眉梢微微挑起，宁韵然看得出来他不高兴了。

"这个……是有点压力……"

"那好吧，我去替你把韩教练叫回来。"

莫云舟正要转身，宁韵然赶紧拽住了他。

"送佛送上天啊！你这教了一半就又走了，别人还真以为我脑子不好用，谁都教不会呢!"

宁韵然也不知道为什么，明明对方让她既尴尬又紧张，可是她偏偏不想他离开。

"你脑子确实不是很好用。"莫云舟轻哼了一下。

"好吧，我脑子不好用。麻烦您多花点心思看着我。"宁韵然豁出去了。

反正她人生中几乎所有的尴尬瞬间都贡献给莫云舟了。

此刻，或者以后有更多的场合，长长脸皮子，也就挺过去了。

宁韵然吸一口气，准备再来一次。

这一次，她虽然还是没有击中碟靶，但感觉来了，至少不会"谬之千里"了。

"平枪的速度晚了一点。你的臂力很好，这个应该不成问题的。"莫云舟点评说。

至少自己还得到了点表扬。

和之前教练像是哄幼儿园小孩一般的鼓掌不同，莫云舟的肯定显得公正而客观。

他没有再靠近宁韵然，而是站在她的身后看着。

又是几靶过去了，宁韵然成功命中。

她只是扭了扭脖子，就像学习骑自行车，总算找对了方法，越战越勇了。

之后十个靶子，她能命中四到五个，就初学者来说，相当不容易了。

她想要喝口水，正要转身，却发现一直站在自己身后的莫云舟撩起了她的耳罩，倾向她，看着他距离自己越来越近，她又有一种控制不住要后退的冲动。

明明只是撩起一道缝隙而已，莫云舟的声音却成为唯一进入她脑海中的存在。

“下一次，记得要穿我送给你的裙子。”

太短的一句话，宁韵然还没来得及理解其中的意义，莫云舟就直起背脊，随手拿走了桌上的矿泉水瓶，离开了。

他就这样走了。

好像所有的一切都是她在想入非非。

“等等……那瓶矿泉水好像是我喝过的。”

明明相见的时候那么抗拒，离开的时候却又让她舍不得。

“宁小姐，顾总那边好像快要谈完了，你可以过去了。”韩教练走过来通知她。

“顾总他们不来吗?”

韩教练笑了笑回答：“时间也不早了，一会儿日光就不好了。”

“哦，好的。”宁韵然收拾了枪，摘掉了手套，跟着韩教练回到了贵宾席看台。

不知道顾长铭和赵婳栩到底同那个赵老板在谈什么，宁韵然总感觉不是普通的项目。

那个赵老板拥有本市最大的游乐园。当这个想法掠过宁韵然的脑海时，她想到游乐园也是服务行业的一种，而且每日流水很大，付款的有现金也有银行卡刷单，是洗钱第一步处置阶段的渠道之一。如果有人用大量现金买票，根本就无法核实现金来源。但如果赵谦真的利用游乐园来洗钱的话，他很可能与大毒枭秦耀有着非常直接的联系。

一路上正思索着，她已经来到了贵宾席看台。

她的对面是微笑着的赵婳栩以及面无表情的顾长铭。

而赵谦就背对着她，面前是打开的笔记本电脑，画面停留在一排又一排的数据上。

宁韵然越走越近，也越看越清楚。

就在赵谦要滑动鼠标继续往下拉的时候，对面的赵婳栩仿佛注意到了宁韵然的视线，手指在桌面上敲了一下。

“赵老板，小宁来了，我们可以一起去吃个晚餐了。”

赵谦立刻意识到了什么，直接将界面关闭了。

“好了，好了，小宁去玩了那么久的飞碟射击，怎么样？收获如何啊？”赵谦转过身来，笑着看着宁韵然，伸手在她的肩膀上拍了一下。

他的笑容里有一种让宁韵然觉得不舒服的感觉，可是偏偏又说不出来。

“小宁，你来一下。”顾长铭的声音响起。

他还是坐在原位，长腿交叠，一只手端起了桌上的茶杯，另一只手搭在膝盖上。

“顾总，什么事？”

“赵老板有意向到外省投资新的项目，有几个外商有兴趣想要加入，这是资料，你回去翻译一下，把重点内容提炼出来，明天我们要开会。我已经把资料发到你的邮箱里了。今晚加班没有问题吧？”顾长铭抬起眼来看着宁韵然。

“没问题。”宁韵然立刻点头。

刚才赵婳栩说他们要去吃饭了，宁韵然一点都不想和这个赵老板在一起。用加班避开，宁韵然求之不得。

“唉，我说顾总——你怎么就那么不懂怜香惜玉呢？人家小宁学了一下午的飞碟射击，这时候就该好好放松一下，和我们一起吃吃饭，然后去我的游乐园看看夜景。我可以让他们放烟花的嘛！”赵总看着宁韵然说。

“是啊，这些事情可以让黄秘书来做。小宁来到我们这里，还没一起吃过饭庆祝一下呢。”赵婳栩说。

“其他人有其他人要做的事情。这个还是我来吧。而且赵老板和顾总谈的东西我也不懂，在饭桌上也不知道说什么好，不如回去多看看资料，反而能对赵老板的新项目多一些了解。”宁韵然回答。

“你看看，顾总，我可真羡慕你啊。小宁，如果顾总一直不提拔你，你就来我这里，我直接提拔你做首席秘书！”

“谢谢赵老板，我还有挺多东西需要黄秘书教我呢。”

“去吧。”顾长铭抬了抬下巴。

赵谦很热情地起身：“小宁是要回公司吗？不着急啊，我们送你回去！”

眼看着他的手又要伸过来拍自己的肩膀，宁韵然不动声色地故意抬起手来摸了摸后脑勺儿：“这多不好啊。老总们还有事情要聊，不用为我耽搁时间。我用叫车软件，马上就能有车来了。”

“那也行啊！到了公司，和顾总报个平安啊。”

“谢谢赵老板关心。”

宁韵然点了点头，离开贵宾席看台的时候，她差点就要跑了。

赵谦看向顾长铭说：“顾总，以后多带小宁出来。我就喜欢这种踏实又懂事儿的年轻人。”

“赵老板放心，小宁还是有点内向，既然赵老板发话说要好好培养，我们当然会多带带她。”赵婳栩回答。

“就这样内向才好，别学那些虚头巴脑的东西。”

宁韵然绕了半天才绕出了俱乐部。

射击场需要的场地比较大，所以俱乐部地处近郊，宁韵然用叫车软件半天了，都没有人接她的单子。

就在宁韵然打算将价格翻倍的时候，一辆黑色保时捷正好从停车场开了出来，在她的面前停下，对方摇下了车窗。

“怎么，就剩你一个人了？”

正专注地看着手机的宁韵然抬起头，对上了莫云舟的眼睛。

“莫总……”

“你还没有回答我的问题。怎么就剩下你了，顾长铭呢？”莫云舟又问了一遍。

他似乎对于宁韵然一个人在俱乐部门口等车的事情有些不悦。

“顾总他们还有事情要谈，我还要回公司，有事情需要完成。”

“上来吧。我送你回去。”

宁韵然赶紧摇手：“不用了！我自己叫车回去吧？”

“你是觉得这里来回没几个人路过，怕我把你带到什么叫天天不应、叫地地不灵的地方把你给办了？”莫云舟那句“把你给办了”让宁韵然的心脏差一点又要蹦起来。

“我……我不值得你办!”

“那你想让谁来办你？顾长铭吗?”

莫云舟的声音陡然低了一个八度。

“他也不会办我的……”

宁韵然不明白他们之间的话题怎么会变成这样。

“上来。”

这两个字压得很低。

有一种不可抗拒的气势。

宁韵然忽然觉得自己矮了一头，她刚拉开后面的门，莫云舟又开口了：“你觉得坐在后面对我礼貌吗?”

宁韵然只好默默地绕到前面，打开车门坐进去。

一路上，莫云舟一句话都没有说，宁韵然总觉得莫云舟给她一种阴郁的压力。

就在这个时候，宁韵然的手机响了，是赵婳栩的司机打来的。

“喂，宁小姐你现在在哪里呢？赵总让我送你回去，可我一把车开出来，就没看见你人了?”

宁韵然在心中高呼太好了，立刻开口说：“我在……”

一旁的莫云舟直接伸长手臂将她的手机拿了过来：“我们已经上了高速。我会送她回去。”

“请问您哪位啊?”

“莫云舟。”

说完这三个字，他就将宁韵然的手机挂断，扔回给了她。

差一点被手机砸到脸的宁韵然现在万分确定莫云舟很不爽了。如果不爽的话，不用送她啊，她一点都不想做他心情不好时候的炮灰。

“那个……我想说一句，如果莫总有事的话，我也可以……”

宁韵然的话还没说完，沉默了快一路的莫云舟终于开口了。

“你知道那个赵谦在商界的口碑很差吗?”莫云舟问。

“啊？不知道。”

虽然不知道，但看他总喜欢对女性毛手毛脚，再加上看着赵婳栩的目光都不像心怀好意，宁韵然可以想象，他的口碑确实不怎么样。

“你不知道，顾长铭肯定知道。他不该让你来的。”莫云舟的声音还是很低。

“不是顾总让我来的，是赵婳栩让司机接我过来的。顾总为了让我避开那个赵谦，还特地叫我回公司去上班。”

“你还挺会为他说话。”莫云舟的声音里带着淡淡的嘲意。

“我只是实事求是。”宁韵然回答。

“好一个实事求是。”

这句话之后，莫云舟又沉默了。

好不容易熬到了纵合万象大楼的楼下，宁韵然正要解开安全带下车，莫云舟忽然一把扣住了宁韵然的手。

宁韵然倒抽一口气，看向莫云舟。

“我问你一个问题，我想听你说实话。”

他侧过脸来，看着宁韵然。

当这个男人认真的时候，他的目光很有力度，这是宁韵然早就知道的。

但是在这么近的距离与他对视，宁韵然感觉到的不是压力，而是被对方牵引着，仿佛所有的秘密都会把控不住，随时有失守的可能。

“什么?”

“你为什么会选择进入纵合万象?”

明明已经牢筑了城池，那一刻她的一切都被对方穿透一般，脸上面无表情，心里却兵荒马乱。

“理由，我好像在离开画廊的时候，就对莫总你说过了。”

稳住，宁韵然，稳住。

不要露怯。

不要看起来没有底气。

“我说了，我想听你说实话。如果你告诉我实话，我就全力以赴帮你。”莫云舟开口道。

宁韵然从来没有像此刻这样颤抖过，哪怕是被梁玉宁勒紧了脖子差一点没命的时候，她也没有这种一切呼之欲出即将脱缰的感觉。

我最不想要的，就是你的全力以赴。

如果我走进了黑暗里，能确定你站在光亮的地方，将是一种极大的安慰。

宁韵然心底清楚这个男人看似绅士的气质之下是一种怎样的清高。

这种清高就是他一旦开口做出了某个承诺，赴汤蹈火都会实现。

“莫总，我没有您想的那样热爱艺术和理想，这也许让您失望了。我只是想试一条新的路而已。”

宁韵然很认真地对他说。

她希望能就此与他别过，希望他永远安好。

莫云舟的手终于放开了。

只听见安全带松开的声音，宁韵然正要打开车门，莫云舟却再度开口了。

“小宁。”

“嗯？”

“如果发现自己走投无路了，一定不要慌。”

宁韵然的心脏在那一刻被他的声音死死握紧，她惊诧地看着他。

什么意思？

他发现什么了吗？

“就算人生没有回头路，如果你觉得走投无路了，我一定会来接你。”

莫云舟的手扣在方向盘上，没有看她。

“谢谢。”

宁韵然打开了车门，走了出去。

她发现自己人生中听过的那么多好听的话，别人对她做过的那么多的承诺，只有莫云舟的这句话……她觉得永远都忘不了。

吃过晚饭，赵婳栩坐在顾长铭的车上。

开车的男子冷峻如冰山，唇线微微绷紧，不发一言。

赵婳栩轻笑了一声：“怎么了？”

顾长铭丝毫没有回答她的意向。

赵婳栩也跟着沉默。

直到来到了她的公寓前，赵婳栩打开车门的时候按捺不住，开口说：“自从有了宁韵然，你跟我冷战的次数越来越多了。”

“我以为你和我一样有原则，不会把不相干的人拖进来。”

“我和你原本都是不相干的，最后不还是相干了？”

“你很清楚赵谦的为人，可你却把宁韵然带到赵谦的面前。你就那样看不得她安安静静地待着吗？”

“你终于说出心里话了，你是怕赵谦对她有想法。这个社会不会以你的意志为转移。就算今天没有赵谦，明天也会有李谦、王谦。你根本保护不了她。”

说完，赵婳栩推开车门走了出去。

顾长铭靠着椅背，长长地呼出一口气来。

“是啊，我连自己都管不好，怎么护得住你呢？”

宁韵然回到电脑前，加班加点地将顾长铭交给自己的工作完成了。

回公寓之前，没忘记给杜若买一份鸡蛋炒面和水果。

她摸了摸下巴，有点好奇，难道说如果自己不带东西回去，杜若就什么都不吃？

当她敲开杜若的公寓门时，发现杜若的房间里一点灯光都没有，就看见门缝里他那双手跟要把宁韵然都吃下去一样。

“杜师兄！你怎么不开灯啊！搞得跟演鬼片似的！”

杜若又白又长的胳膊伸过来将袋子拽了过去。

“因为我一整天没有吃饭，只能靠睡觉节约体能。”

宁韵然傻眼了：“杜师兄，太阳那么好，你就没想过要出去逛逛，晒晒太阳？”

“没想过。”

宁韵然满脸黑线。

真是——宅男中的战斗机啊！

她跟着进去，将灯打开。

本来以为会看见杜若狼吞虎咽的吃相，没想到他饿到有气无力了，吃个炒面还是那么好看。

“说吧，今天这么晚回来，有什么收获。”

好像领导等着她汇报工作。

小学生接受老师检查作业的感觉又来了。

“杜师兄，今天顾长铭和赵婳栩在本市的射击俱乐部和梦幻星空乐园的老板赵谦在一起不知道秘密谈论了一些什么。赵谦到底和大毒枭秦耀有没有关系？”

“我听凌睿说，你的心眼太大，所有的信息都从你的心眼儿里呼啸而过，怕你什么都抓不住。这几天看来也不是那样。”杜若拿过了一个芦柑，不紧不慢地剥开。

"杜师兄你就别卖关子了。有什么消息你就告诉我，也方便我把我的心眼缩小一点。"宁韵然十分认真地说。

"你猜测的没有错。赵谦确实和秦耀有联系，可以说赵谦就是秦耀的代理人之一。最早，赵谦只是一个开小百货商场的。秦耀贩毒集团的一小部分现金就是通过赵谦的小百货商场存入银行的。"

"后来赵谦的小百货商场越开越大，成了社区连锁店。"宁韵然想起来。

"对。渐渐地，赵谦手上的资金越来越充裕，他开始涉及房地产。然后才有了梦幻星空乐园。当顾长铭的纵合万象科技有限公司差一点被恶意收购的时候，也是赵谦入股，让顾长铭挺过去了。"

"所以……赵谦是秦耀洗白资金最重要的代理人?"

"对，是目前我们已知的代理人中掌握秦耀贩毒集团资金最多的。"

"那么顾长铭算什么?"

"他的纵合万象集团应该是完成整个洗钱流程最后一步——黑金甩干的重要环节。"杜若将吃完的盒子平平整整地盖好，连桌面上的垃圾都收拾干净了，"你有听到赵谦和顾长铭谈论了什么吗?"

宁韵然摇了摇头："没有。顾长铭很显然是不希望我和赵谦有所接触的。一方面可能是他们之间的合作最好不要被外人知道；另一方面，顾长铭并不欣赏赵谦的人品。"

"赵谦喜欢看上去天真好控制的年轻女孩，玩完了就直接抛弃。"杜若说。

"所以……我看上去天真好控制?"宁韵然歪着脑袋不确定地问。

"好控制应该不至于，不过一脸傻气。"

"杜师兄，你这样说话我们做不了同事了。"

"不就是因为你一脸傻气容易让人放下防备，所以才让你执行这个任务的吗?"杜若凉凉地反问了一句。

"……我该说谢谢?"

"嗯。对于别人的夸奖，你应该本着谦虚的心说谢谢。既然顾长铭有意要将你和赵谦隔离开，那么你对于他们谈论了什么确实一无所知?"

宁韵然眯着眼睛回想了一下。

"也不算一无所知。我看到了赵谦的电脑屏幕，当时我只是瞥了一眼，赵婳栩就很警觉地要赵谦把电脑关闭。”

“那么你看到什么了？”

“时间有点久，只是一眼……我要想一下。”

宁韵然吸一口气，身体向后靠在了椅背上。

那一刻，所有的记忆如同倒退的潮水。

从自己在公司加班，回到莫云舟开车送她，再退回到射击俱乐部，最后回到她走上贵宾席看台，看见赵谦背影的那一幕。

自己一步一步地接近，从赵谦肩膀的位置露出来的电脑屏幕越来越清晰，宁韵然将自己的记忆定格在那里。

“我记起来了！是很多数字……很长的数字……”

“你还记得哪些数字吗？”

杜若二话不说迅速打开了笔记本电脑，准备敲击键盘。

“338202016122514280016……”

宁韵然皱着眉头，努力地回想，说出了十六组数字。

她的神经绷得很紧，生怕自己一旦放松，脑海里的画面就会碎裂开来，淹没在广袤的记忆之中。

“还有很长很多……但是赵谦已经把电脑关闭了，我没有机会看到后面的。”

宁韵然呼出一口气来，额头上微微冒汗。

她睁开眼睛，看见的是杜若对着笔记本电脑神色严肃的脸。

“杜师兄，你说这些是什么？”

“这些数字很明显都有规律。比如你说的第一组数字，前面的33820是什么我不知道，但是20161225应该指的是2016年的12月25日，后面的142801我觉得像是14点28分01秒。最后的6可能指的是在这一秒发生的第6笔交易。”

“你是说……这个是流水？应该说是赵谦所拥有的梦幻星空乐园的入账流水？”

“对，每一个买票的人，无论是用现金还是转账，游乐园的售票系统都会生成对应的流水。这些应该不是银行流水单，而是游乐园本身的售票流水。”杜若回答。

“是不是这些流水，就是秦耀的入账流水？”宁韵然问。

“你给的信息很重要。游乐园每天的流水巨大，这么多年以来就算我们知道游乐园在利用营业收入洗钱，我们也无从查起。他们将黑金存入的流水和成百上千万游园者的正常流水混在一起，我们根本就逮不到大毒枭秦耀将现金交给赵谦的证据。如果说这些流水就是有问题的现金流水，对于赵谦洗钱的侦破……将会是星星之火，说不定就能燎原。”

杜若的话，让宁韵然产生了一种莫名的自豪感。

也许，上面选择让她来接手这个任务，是明智的决定。

“你回到纵合万象之后，看看能不能打听到顾长铭那边是不是针对赵谦有什么新的系统开发项目。如果有，这个项目是要解决梦幻星空乐园的什么问题。”

“我明白。”

“嗯，你可以回去好好休息了。”杜若点了点头。

宁韵然充满自豪感地起身，谁知道当她走到门口的时候，杜若又来了一句：“垃圾不要忘记带出去。”

“杜师兄，你这样很毁灭气氛啊！”

“我和你之间有什么气氛吗？”

这天晚上，赵婳栩坐在一个麻辣烫店里面，她的对面坐着周暖。

赵婳栩抬了抬手说：“老板，再来三串面筋、一串大香肠、一份心肺。”

“婳栩姐，你还记得我喜欢吃什么呢。”周暖夹着豆腐泡，轻轻地吹了几口，才塞进嘴里。

“怎么会不记得。你还有楚君都是我看着长大的。”

“只是……我还喜欢吃麻辣烫，但是你已经不喜欢了。”周暖垂着眼帘说。

“臭小鬼。”赵婳栩用手推了他一下，“我不是不喜欢了，而是我年纪大了，新陈代谢慢了。这都快十点了，我再吃，全都长到我肚子上了。”

周暖这才笑了笑。

“婳栩姐，你不会无缘无故找我出来吃夜宵。有什么事你就直说。”

“你能帮我查一下宁韵然和莫云舟的联络记录吗？包括电话、短信，还有微信。”

周暖不解地看向赵婳栩：“婳栩姐，你对这个宁韵然的关注是不是太多了？之前你要我查她和顾大哥之间的联络记录，我帮你查了。我可以理解你担心顾大哥被年轻的女孩子抢走……可是要我查那个宁韵然和莫云舟？你说的莫云舟不会是云晟集团的莫云舟吧？”

“对，就是他。之前宁韵然是在高峻的画廊做事。高峻是帮秦家老二秦冕的，我想你知道。”

“嗯。”周暖点了点头，眉头蹙了起来。

“但是高峻出事了，秦冕直接被顺藤摸瓜端掉了。你很清楚，没有强有力的准确线报，高峻是很难被抓住的。而宁韵然和莫云舟都曾经是高峻画廊里的人。”

“你怀疑宁韵然和莫云舟？”

“小心驶得万年船。你顾大哥现在对那个宁韵然相当维护。他如果喜欢别的女孩子我管不了，也不想管。但是我不能看着宁韵然把他带进阴沟里。”

“好。为了顾大哥，我可以帮你查。从宁韵然进入高峻的画廊到现在为止的记录我都可以找到。但是……如果她的记录都没有问题，婳栩姐，我希望你到此为止。”周暖很认真地说。

“我保证。”

周暖点了点头，将剩下的东西都吃完之后，缓缓地站起身来。

当他们走出了麻辣烫店后，店老板娘遗憾地说了声：“唉，多好看的小伙子啊，可惜了那条腿不利索啊。”

之后的一个多星期，宁韵然就再没有接触到任何与梦幻星空乐园有关的消息了。

但宁韵然并没有刻意去打听。

她知道赵婳栩的警觉性很高，如果自己刻意去向任何同事问起与梦幻星空乐园有关的项目，传到赵婳栩的耳朵里都有可能引来她的怀疑。

这个周末，顾长铭与赵婳栩来到了T市最有名气的十八洞高尔夫球场与华洋银行中国区域的分行行长会面。

这一天的天气很好，阳光明媚却又不太强烈。

圆桌上摆着水果和饮料，华洋银行的江行长笑着与赵婳栩聊着天。

“长铭啊，你说你怎么这么好命，有婳栩做你的副手，我怎么挖都挖不走啊。”

“江行长说笑了。华洋银行人才济济，应该是我们向贵行学习才是。”

赵婳栩侧目望向远方，看见一个正潇洒挥杆的身影。

"好球。"

对方的身姿挺拔，那一杆挥出去利落果决，又有一种"我自云开"的恣意，让赵婳栩忍不住称赞。

"哎哟……我也说谁这么帅呢，这不是云舟吗？"江行长站起身来。

"云晟集团的莫总吗？"赵婳栩也跟着起身。

"对啊。他也是我们华洋银行的董事会成员。你们等等，我去打个招呼。"

看着江行长的背影，赵婳栩撑着下巴对顾长铭说："如果我是你，我现在会打电话把宁韵然叫来。"

"你什么意思？为什么又要扯上她？"顾长铭的眉心蹙了起来。

"那天我担心她离开射击俱乐部会叫不到车回市区，就让我的司机去带她。你猜怎么了？"

"怎么了？"

"莫云舟亲自把她送回去了。"

"那又怎么样呢？"顾长铭反问。

"那又怎么样？"赵婳栩笑了笑，"你曾经说过在我挖走宁韵然的时候，莫云舟竟然打过电话来责问你。当时他的画廊跳槽离开的人那么多，为什么单单就宁韵然那么让他上心？"

"按照你的说法，莫云舟应该是很欣赏宁韵然的。他看见宁韵然站在射击俱乐部门口等车，所以开车送她回去，这里面的问题又在哪里？"顾长铭再次反问。

"你非要装作不在意吗？"

"我需要在意什么吗？"

赵婳栩扯了扯嘴角："既然你不在意，我就明说了。我们的新项目需要华洋银行给我们放贷。莫云舟很明显在华洋银行说得上话，他又对宁韵然有好感。我现在打电话请宁韵然来陪莫云舟打高尔夫球，这个逻辑很合理了，对吧？"

"现在是周末，宁韵然在休息。"

"我会给她加班工资，也会给她补休。"

"她不是公关人员。"顾长铭冷冷地说。

"但她是我们的员工。"

"赵婳栩，你到底想要怎么样？"顾长铭仍旧坐在原处，目光里的温度越来越低。

赵婳栩却将手撑着桌面："我就想你承认，你喜欢宁韵然。"

顾长铭的目光里没有一丝波动。

他缓慢却清晰地对赵婳栩说："我喜欢谁，或者不喜欢谁，从来不是你能左右的。"

"那我倒想要看看，你和莫云舟一争高下，谁能赢？又或者你一直都知道，从一开始你就输了。这就是你为什么一直不承认自己喜欢那个女孩子的原因。"赵婳栩来到顾长铭的耳边，轻声说，"你喜欢她的干净，你喜欢她拥有你想要的生活和思想，你喜欢她明亮的样子。我本来想帮你，只要她哪怕黯淡一点点，你就可以说服自己名正言顺地拥有她，可是你不敢。我就不信莫云舟不能让你有危机意识，不能让你害怕。"

顾长铭的手覆上赵婳栩的脸颊："婳栩，爱上一个人，和欣赏一个人是两回事。我欣赏她的明亮，不代表我要去爱她。这个世界上明亮的人太多了，如果我个个都爱，爱不过来。"

说完，顾长铭淡然起身，走向江行长与莫云舟的方向。

"啊，云舟啊，我跟你介绍一下，这位是纵合万象……"

江行长的话还没有说完，莫云舟就向顾长铭伸出手："顾长铭顾总，我们之前就认识了。"

顾长铭淡然地点了点头。

"上次在射击俱乐部，顾总好像有朋友要陪所以我们没有机会较量，这一次顾总有时间了吗？"莫云舟侧着脸笑了笑。

"乐意奉陪。"

江行长睁圆了眼睛："哦，不得了了。现在T市最受瞩目的两位青年才俊要比一场了！"

"顾兄，我已经打了很久了，你需不需要热身？"莫云舟笑着问。

"云舟是很强大的对手，必须小心对待，我当然要热身。"

而就在这个时候，宁韵然正坐在电视机前吸着酸奶看着《大侦探福尔摩斯》，手机却忽然响了。

看着那上面显示的名字，宁韵然心里一惊。

"喂，赵总，请问有什么事？"

"小宁啊，我已经让我的司机去你那边接你了。和我们一起来打高尔夫吧。"

赵婳栩的声音里却带着笑意。

宁韵然刚想说自己不会，但是一想到也许他们正和赵谦在一起，她又很想去听他们聊些什么。

“那个……赵总，我不懂高尔夫，不知道有哪些老总在场，我怕我去了给你和顾总闹笑话。”宁韵然想要试一试看赵婳栩会不会说一起打高尔夫的都有谁。

“没关系，很多都是你认识的人。比如你从前的老板莫总，可以请他教你怎么打高尔夫。”

一听到莫云舟也在，宁韵然的肩膀下意识地颤了一下。

“怎么不说话了？那天不是莫总从射击俱乐部送你回公司的？”赵婳栩的声音里带着几分揶揄。

宁韵然的心却在那一刻乱了起来。

莫云舟为什么会和顾长铭他们在一起？

他们难道是有什么合作项目？

莫云舟之前总是阻止她和顾长铭及赵婳栩接触，这会儿怎么又和他们走到一起去了？

这时候门铃响了起来，赵婳栩的司机已经到了。

宁韵然赶紧换了运动衣和运动鞋，跟着司机走了。

当她抵达高尔夫球场，乘坐草地车来到赵婳栩的身边时，赵婳栩和江行长正在欣赏顾长铭与莫云舟挥动高尔夫球杆的身姿。

“小宁来了啊。正好，我和华洋银行的江行长正在打赌，看看顾总和莫总谁会赢。”

江行长见了宁韵然，问道：“这小姑娘是谁啊？长铭和云舟她都认识？”

“自然是都认识的。我把她从莫总的画廊挖过来的时候，莫总可是亲自向我们顾总兴师问罪呢！”

“看不出来年纪轻轻，竟然是让长铭和云舟都欣赏的人才啊！”

宁韵然被江行长夸得不知道说什么才好。

“小宁，你还没说你觉得谁会赢呢？”

“当然是我们顾总会赢了。”宁韵然不懂高尔夫，但是这个时候维护顾长铭肯定是对的。

赵婳栩笑了笑，拿出手机来拨通了莫云舟的号码。

“莫总，您回头看看，我把谁给您叫来了？”

远处的莫云舟停止了挥杆，转过身来。

这个距离，明明宁韵然不认为莫云舟能看清自己，她还是莫名其妙地低下了头。

“刚才我问小宁，觉得您和我们顾总谁会赢，您猜她是怎么回答的？”

宁韵然的耳朵立刻竖了起来。

不得了呀，要是莫云舟知道自己押了顾长铭会赢，还不知道会怎么调侃自己呢！

“她吗？”

莫云舟还是那样不紧不慢的声音，完全听不出来宁韵然在他的心里有什么特别。

但那声“她吗”却挠得宁韵然心痒得厉害。

“她当然会说她的顾总会赢。”

这句话说完，远处的莫云舟就挥了一杆，线条流畅而潇洒，仿佛将宁韵然的视线也带去了远方。

赵婳栩笑着看了宁韵然一眼：“莫总还真了解我们小宁。”

“我当然了解她。墙头一根草，风吹四面倒。”

宁韵然扯了扯嘴角，果然不能指望莫云舟的嘴里能说出什么好话。

“那莫总要是赢了，想要我们小宁怎么道歉？”赵婳栩开着玩笑说。

“我要是赢了，让她给我把车擦干净。”

莫云舟的声音一本正经，完全没有开玩笑的意思。

宁韵然可想揍人了——信不信我用拳套给你全身上下擦一遍！

而这场较量最后的结果还真的是莫云舟赢了顾长铭两杆。

当莫云舟和顾长铭回来的时候，宁韵然正坐在桌前和赵婳栩吃着水果。

“长铭，你知不知道你输给了莫总，小宁就要给莫总擦车了啊。”赵婳栩开口道。

“是吗？”顾长铭没有什么表情。

而莫云舟也只是坐到了顾长铭的对面，与顾长铭和江行长说了几句话，但是却没有多看宁韵然一眼。

他们谈论的都是贷款以及融资方面的话题，宁韵然对于他们所谈的项目完全不了解，而且有莫云舟在，宁韵然总觉得他们讨论的项目应该都是干干净净的。

就在这个时候，陆毓生来了。

他今天穿着运动衣，很有青春朝气。

江行长热络地和他打招呼："哎哟，毓生看起来成熟了很多啊！以后云晟集团在中国的发展就要看你们甥舅两个了！"

陆毓生露出了笑脸，宁韵然在心中哼哼。

人家夸你两句你就开花儿了，什么成熟了很多，明明还是小屁孩。

但是当陆毓生的视线瞥过宁韵然的时候，他的笑容立刻就收起来了。

"我现在总算知道为什么我小舅舅说带你来云晟你都不为所动的原因了。"陆毓生扯了扯嘴角，拉开椅子坐下。

"哦，是什么原因啊？"江行长很感兴趣地问。

自从知道宁韵然是赵婳栩从莫云舟那里挖过来的，江行长就很好奇这个看起来挺普通的女孩到底有什么特别。

"顾总把她当成宝贝啊，走到哪里带到哪里。看在眼里怕没了，捧在手里怕……"

陆毓生忽然住嘴了，因为桌子下面，他的脚背被宁韵然狠狠地踩住了。

他瞪向宁韵然，宁韵然一副什么都没干的表情拿着杯子喝茶。

顾长铭开口道："小宁做事情的逻辑能力很强，从各项会议安排到集团决策层面重要决定的提炼和传达都做得很好。"

江行长笑了起来："现在很多年轻人做事就是没规矩没逻辑，能把事情都安排妥帖已经不容易了。"

原本陆毓生带来的尴尬就这样被一笔带过。就在陆毓生准备报复宁韵然，踩她一脚的时候，宁韵然却把脚挪开了。

反倒是赵婳栩叫了一声："哎呀！"

"怎么了？"江行长问。

"没……没什么。好像有个调皮鬼踩了我一下。"赵婳栩笑了笑。

大家顿时明白这个"调皮鬼"是谁了。

莫云舟看了陆毓生一眼，陆毓生轻轻地哼了一声。

宁韵然在心里幸灾乐祸。

都这么大的人了，还像个小孩一样。这下出糗了吧！

宁韵然的腿一动，就感觉到自己的膝盖好像贴在了谁的腿上。

这是一个小圆桌，自己的左侧坐着的是赵婳栩，右侧就是莫云舟。

宁韵然意识到膝盖侧面的那一小片温热是属于莫云舟的，立刻就将膝盖收了回来。

她做贼心虚地迅速看了莫云舟一眼，莫云舟仍旧很专业很认真地和江行长讨论着纵合万象集团的贷款项目。宁韵然对于他而言，就像空气一样。

这样也好。

你把我当成空气，我就不会胡思乱想了。

就在宁韵然暗自呼出一口气的时候，身旁的莫云舟微微侧过身来，长腿交叠，他仍然看着江行长，说话的音调都没有变化，可他架起来的那条腿竟然在桌子下面贴在了宁韵然的膝盖边。

心脏陡然一阵收紧，宁韵然克制自己不去看对方。

莫云舟一定不是故意的。

他只是不小心碰到我了。

宁韵然微微向另一侧靠了靠，避开了莫云舟的温度，起伏不定的心跳总算平稳了一点。

这时候，陆毓生的钥匙串从桌面上掉到了草地上。

他低下身去捡的时候，瞥见自己舅舅的大长腿就快要挨上宁韵然了，不爽之气涌上头顶。

他第一次对自己的舅舅有了一种恨铁不成钢的感觉——你怎么还在留恋这个蠢女人啊！

陆毓生站起身来，朝宁韵然扬了扬下巴："喂，宁韵然，跟我去打球！"

"啊？"对于他突然而来的邀请，宁韵然一头雾水。

而且她明显感到自从自己离开画廊之后，陆毓生对自己就不太友善。

"啊什么啊？项目评估你听得懂吗？承兑汇票是什么你知道吗？留在这里跟个木头一样，还不如去打球！"陆毓生开口道。

"我听得懂啊。我知道承兑汇票是什么啊。"宁韵然不明就里地看着陆毓生。

赵婳栩和江行长也抬起头来看着陆毓生。

"我想要去打球了，只有你是闲人可以陪我打球。"陆毓生一副"我说得够明白了没有"的表情。

"可是我不会啊。"宁韵然耸了耸肩膀。

"那就更要你跟我去了。我打不过我小舅舅，赢不过顾总，只能实力碾压你了。"

宁韵然看向顾长铭，他微微点了点头。

"好吧。"宁韵然起身。

她刚从莫云舟的身侧走出来，莫云舟缓缓开口："毓生，宁小姐已经是顾总的秘书助理了，你可不要欺负别人。"

"放心。我欺负谁我也不会欺负她。"

说完，陆毓生就带着宁韵然走了。

一离开他小舅舅，陆毓生的脸色就冷得不像话。

两人站在发球台上，陆毓生也没有教宁韵然的打算，挥着球杆摆好了发球的姿势。

"我说陆毓生，你能讲清楚我到底哪里惹到你了吗？你见到我没好脸色就算了，说话还阴阳怪气的。"

宁韵然喜欢有问题直接解决，不喜欢陆毓生这种——就跟小情侣吵架，男人不解风情，女人就在那里自己生气一样。

"你觉得自己是不是天仙啊？"陆毓生撑着球杆，冷冷地问。

"没觉得啊。"宁韵然一脸莫名其妙。

"还是你觉得自己特别温柔可人，出得厅堂入得厨房？"

宁韵然呆然地摇了摇头。

就因为这些，陆毓生就要对自己阴阳怪气？

"你觉得自己很有独特的人格魅力？"陆毓生又问。

宁韵然继续摇头。

"可是我小舅舅不一样，论颜值，你把当今的小鲜肉或者什么魅力型男拉出来，我小舅舅不输他们；论才华，他也是出类拔萃；论身家，从你认识的人里面，你也找不到几个比他好的。他那么看重你，你把他当什么了？"陆毓生义正词严地问。

宁韵然算是明白了，原来陆毓生是在为莫云舟抱不平啊。

"顾长铭能给你的，我小舅舅同样能给你，而且给的更好更多。你的心是被猪油蒙了吗？"

在陆毓生的质问声中，宁韵然想起了很多。

想起站在江淮画作前的莫云舟的侧脸，想起他每一次靠近自己时目光里的戏谑，想起他挡在自己面前时的背脊，想起她说要离开的时候他看着她的目光。

“陆毓生，如果我喜欢一个人，一定不是因为他的颜值、他的才华或者他的身家。”宁韵然看着陆毓生的眼睛回答。

“那是因为什么？”

“你这样的小孩，能懂什么？”宁韵然转过身去，拿着球杆，脑海中回忆起莫云舟挥杆的姿势，准备开球。

“我是小孩？你比我大多少了？”陆毓生难以置信地问。

“大你两岁。”宁韵然说完，一杆挥出去，球在空中划出弧线，飞向远方。

陆毓生瞪圆了眼睛：“你不是说你不会打高尔夫吗？”

“刚才学的。我运动神经好。”宁韵然原地嘚瑟了一下。

陆毓生朝天翻了个白眼，低声说：“看我不治你！”

两人上了草地车，去跟球。

车上两人互相不说话。

几球之后，宁韵然弯下腰去系鞋带，手机正好从口袋里掉出来了。

宁韵然正要去捡起来，陆毓生忽然一把将她的手机拿走，跳上了草地车。

“开车！开车！”

这里是高尔夫球场的中央，附近没有见到其他人，如果车开走了，宁韵然要走很远才能找到人带她回去。

“陆毓生——你这个混蛋！”

陆毓生才不管那么多，他就是要宁韵然叫天天不应，叫地地不灵，直接让车子开到最快速度。

“我让你辜负我小舅舅！我让你说我是小孩儿！”

“先生，我们还是等一下那位小姐吧！”驾驶草地车的工作人员开口道。

“闭嘴！我叫你开你就开！否则小心我炒了你！”

陆毓生心里憋着一口气，今天一定要发泄出来。

但是让陆毓生没想到的是，宁韵然竟然跑了起来，而且离草地车还越来越近。

“开快点！快点！”

陆毓生叫嚷着。

他就不信宁韵然那么能跑！

“陆毓生！你别被我逮住！我保证把你揍到你小舅舅都认不出你！”

宁韵然火冒三丈，她没想到陆毓生竟然是这样的！

眼见着宁韵然就要与陆毓生平行，一拳头挥过来，差点砸在陆毓生的脸上。

“没打到！”

陆毓生心想再过几秒钟宁韵然就要力竭了，谁知道炸毛了的宁韵然越跑越快，一把抓住了他的后衣领！

“停车！再不停车姑奶奶拧断你的脖子！”

草地车的驾驶员吓了一大跳，赶紧将车停了下来。

“陆先生，你没事儿吧！”

宁韵然上了车，喘着气：“他能有什么事儿！”

陆毓生正要将宁韵然的手机扔出去，没想到却被宁韵然洞察先机，一把将自己的手机捞了回来。

“陆毓生！我要打爆你！”

宁韵然的拳头扬了起来，陆毓生却一把扣住了她的手腕，瞪视回去。

“你打啊！打啊！正好打到我流血！看我小舅舅不怼死顾长铭！”

宁韵然顿了顿，想到顾长铭和莫云舟之间好像有什么事情在谈，而且都在商场上，闹僵了不好，她只好将拳头收回来。

“走，回去！”宁韵然特别霸气地开口说。

工作人员听她这么一说也觉得如蒙大赦。

回去好啊！只要别在他这辆车上打架。

当他们回到发球台时，顾长铭他们还在那里聊天。

宁韵然从草地车上跳下来，拎起一瓶矿泉水咕嘟咕嘟地喝了起来。

“小宁，你打个高尔夫怎么还出那么多汗啊？”赵婳栩好笑地说。

江行长回头看了一眼陆毓生，也笑了：“我说毓生啊，你怎么一脸气鼓鼓的？”

还没等陆毓生开口，宁韵然便说：“想动歪脑筋，最后还是输了，憋气呗。”

陆毓生恼了：“输了？我打高尔夫还能输给你吗？”

“哦，输的不是高尔夫，那是什么？”宁韵然抬了抬下巴。

陆毓生憋在那里，半句话也说不出来。

“输的不是高尔夫，那是什么啊？”江行长明明看出来两个年轻人闹得不愉快，还要故意调侃。

陆毓生不说话，宁韵然也懒得理他，倒是莫云舟却勾着唇角开口说：“输了人品。”

“什么？”江行长转过头来。

宁韵然愣了两秒忍不住笑了。

“小舅舅！”陆毓生不满意地喊出声来。

莫云舟淡淡地回了一句：“还不嫌丢人啊。老老实实，别再动歪脑筋了。”

“我是为了谁啊！”陆毓生低声抱怨了一句，到一旁拿出手机继续打手游了。

中午他们是在高尔夫球场吃的午饭。

宁韵然从洗手间出来的时候，正好碰上了陆毓生。

她好笑地来到陆毓生的身后说：“我觉得我和你小舅舅的事情，你小舅舅都没打击报复我，你这个外甥就不能胸怀宽广一些吗？”

“不能。”陆毓生侧过脸来凉凉地看着宁韵然说，“我小舅舅执迷不悟，不代表我要让你舒坦。我告诉你，云晟不是我小舅舅一个人说了算的，我要是不同意不签字，也是一样的。”

“那你不同意的也只有你小舅舅在云晟的决定啰。你想不同意就不同意，你们甥舅两个闹腾也是闹腾你们云晟，闹不到纵合万象集团。而且华洋银行的股份是你小舅舅个人的，不是你能控制的。你同意也好不同意也罢，不会影响华洋银行给我们集团放贷。所以啊，小屁孩你爱怎么闹腾，随便啰。”

宁韵然耸了耸肩膀，正要离开。

陆毓生却哼了一声：“那你继续得意好了。”

“你非得没一点男人的风度吗？”宁韵然转过身来，用无奈的表情看着他。

这个陆毓生也太幼稚了吧？

“男人的风度是装给想泡的女人看的。我小舅舅给你风度，不代表我要给。”陆毓生一脸天经地义的模样，宁韵然觉得自己都要被他说服了。

“听你的口气，莫云舟现在还想跟我怎么样似的。”

陆毓生憋在那里不说话了。

想起上一次在慈善晚宴上莫云舟替自己挡住泼洒的红酒，在自己最尴尬的时候帮她拉上裙子的拉链，就算他一直对自己看起来很淡然，但宁韵然自己也忍不住猜想——他还喜欢我吗？

她的人生中第一次产生这样矛盾的情绪。

她不希望他还喜欢她，希望他离那些乱七八糟的事情越远越好。

可是，如果他就这么不再喜欢她了，又让人觉得好遗憾。

以及，陆毓生一直这样敌视自己，对以后工作造成的影响也是难以估计的。

必须尽早解决。

宁韵然咳嗽了一声："你跟我这么闹下去，也不是个办法。"

"怎么，你怕了？"

"谁怕你这个幼稚鬼啊。"宁韵然好笑地摇了摇头，"我们用男人的方式解决这笔恩怨。"

陆毓生挑了挑眉："男人的方式？"

"对啊，打拳。别告诉我你不会打拳啊，你小舅舅都很在行，你那么崇拜他，你能不会？"宁韵然故意酸酸地说。

"我会！我怎么不会了！你一个女生跟男人打拳，你找死吧！"

"谢谢关心。大不了被你打死啰！"

宁韵然撇了撇嘴，无所谓的样子。

她的直觉告诉自己，陆毓生不会打拳。像他这样的公子哥儿，也就打打高尔夫，在健身房里练点不中用的假肌肉了。

"好，被我揍了你别哭！什么时候？"

"下周六，南山社区健身中心有个拳台，早上十点见。一局定胜负。别吃太多啊。"

"什么？"

"弟弟，哥哥怕你被殴得吐出来。"宁韵然跩跩地走了。

"我一个男人还能打不过你一个女的？"陆毓生哼了一声。

宁韵然心里爽歪歪的，她总算可以名正言顺地收拾这个小少爷了。

用完了午饭，他们一行人总算要真的打一打高尔夫了。

宁韵然一挥杆，就让江行长愣住了。

"姿势不错，打得也很远啊！小宁不是说不会打高尔夫的吗？"

"江行长见笑了。我刚才在看顾总和莫总打球，临时学的。"宁韵然不好意思地笑了。

"哦，那你的运动神经还挺协调的啊。网球会不会啊？"

"会一点，不过老输。"

"还会什么啊？"

"嗯，篮球也会一点。"

陆毓生冷不丁地加一句："你怎么不说你还会纯爷们儿的运动——打拳啊！"

他一开口，宁韵然就来气。

"对啊，我不但会打拳，我还会橄榄球和柔道呢。"宁韵然凉凉地看着陆毓生。

"你还真没有女人样儿，有什么好得意的。"

"小宁，你跟我来。"顾长铭开口说。

"来了！"宁韵然立刻起身，跟了上去。

陆毓生瞥了一眼，不满地开口："跟只小狗崽似的，就差没舔顾长铭的腿了。"

蓦地，他的脑门被敲了一下，他一抬头就看见莫云舟笑着看着自己。

"你知道自己看起来像什么吗？"

"像什么？"陆毓生捂着额头问。

"像是你暗恋小宁，然后不断地在她面前刷存在感。"

莫云舟的话音刚落，江行长和赵婳栩都笑了起来。

陆毓生的脸霎时红得就像要掐出血来了。

"我怎么可能喜欢她！跟个男人似的！"

江行长也乐了，对赵婳栩说："婳栩啊，下次有毓生来的时候，你都把小宁带上，看他们年轻人你来我往的逗乐，我好像也跟着年轻起来了。"

"我不喜欢她！我真不喜欢她！"陆毓生赶紧撇清自己，但看着自己小舅舅那似笑非笑的脸，他发现自己跳进黄河也洗不清了！

明明是小舅舅不开眼看上那个宁韵然，怎么自己反倒成了烟幕弹了！

顾长铭正一杆一杆地教着宁韵然怎么打高尔夫。

宁韵然学得很快，一杆比一杆要好。

"小宁，陆毓生为什么针对你？"

当快要到尽头的时候，顾长铭开口问。

他的声音很沉稳，这种沉稳让人莫名信赖。

其实，有的话告诉顾长铭是不是也可以呢？

要得到一个人的信任，是不是也该有真话呢？

“莫云舟以前对我有好感。”

宁韵然自己也不知道莫云舟现在到底是怎么想的。

顾长铭垂下眼帘，逆着日光，宁韵然也看不透他脸上的表情。

“顾大哥，你怎么了？”宁韵然问。

顾长铭这才抬起头来，看了看前方：“好像快要到头了。”

“能到这里，都是顾大哥你击球，我打的都不怎么样。”宁韵然不好意思地说。

“小宁，我知道婳栩有的时候会针对你，你不要往心里去。我不会让她对你怎么样的。”顾长铭将球杆递给宁韵然。

宁韵然心里隐隐知道，如果说顾长铭参与了大毒枭秦耀的洗钱，也一定有什么难以拒绝的原因。

“如果顾大哥觉得赵总有什么地方是做得不好的，为什么不直接阻止她呢？”宁韵然问。

“如果她做错了什么，最初也是为了我。如果我可以阻止她，我早就那么做了。只是我越不让她做什么，她就越要做什么。别人是不撞南墙不回头，而她是撞了南墙就把南墙拆了。”顾长铭看着远方，叹了一口气，“可这样下去，总有一日，会走投无路的。”

“走投无路”四个字，让宁韵然的心狠狠地被撞了一下。

因为莫云舟也曾对她说过，如果走投无路了一定要告诉他。

她不可能去回应莫云舟，因为她一点儿也不想莫云舟陪着她一起走投无路。

但既然她已经走在这条路上了，那么至少能为顾长铭做点什么。

“顾大哥，你要是也走投无路了，一定要告诉我。”宁韵然笑着说。

“告诉你？”顾长铭侧过脸来看向她。

她终于看清楚了他的眼睛。

“因为我会开车来接你。”

顾长铭长久地望进她的眼底，让她产生了一种被人从十分遥远的地方凝视的错觉。

“笨蛋。你连车都不会开，还来接我？”

“就是因为我不会开车。如果不会开车的我都把车开到你身边了，你无论如何都要上我的车。”宁韵然说。

"好。"顾长铭回答。

这个男人不会说好听的话，所以承诺是他的底线。

"最后一杆，还是顾大哥你来。"

"为什么?"

"因为我们要完美收官。"

顾长铭淡然一笑，接过球杆，漂亮地一挥，空中的弧线漂亮得不得了。

# 第十四章 男人的方式

这个时候的陆毓生正皱着眉头玩着游戏。

莫云舟拎着球杆走过他的身边时，用球杆轻轻地在他的脚尖上敲了一下。

“怎么，小宁不在这里，你打个手游都愁眉苦脸的?”

陆毓生的视线丝毫没有离开手机，冷冷地说：“小舅舅，你就不担心顾长铭把宁韵然带去打高尔夫，是借机亲近吗?”

“怎么亲近?”莫云舟好笑地问。

“怎么亲近？你是没看过电影吗？假借教她打球，搂一搂腰，抱一抱肩，摸一摸手腕，然后今天晚上就能睡在一起了!”

“哦。”莫云舟无所谓地拎着球杆不紧不慢地走上发球台。

陆毓生忍不住了，起身追到了他的身边。

“你就‘哦’一下?‘哦’是什么意思?”

莫云舟漂亮地将球开出去，然后笑着对陆毓生说：“第一，顾长铭内心很清高，搂腰抱肩摸手腕这样的事，他不会做；第二，就算他真的这样做了，宁韵然不用球杆敲他的后脑勺儿，他就已经够运气的了。”

陆毓生愣在那里：“球杆敲后脑勺儿……这是人干的事儿？小舅舅你看上她什么啊!”

“第三，宁韵然就是一尊不倒翁，你怎么摁她、压她、打她，她都倒不了，还会乐呵呵地冲着你笑，把你气死。”

说完，莫云舟就离开了。

陆毓生站在那里，半天才自言自语地说："好像还真是那么回事儿……"

这一天结束的时候，陆毓生坐在莫云舟的车上，他一直很沉默。

"怎么了？平时你坐我车上不让你说话就跟要你的命一样，今天打手游打累了？"莫云舟淡淡地问。

"才不是呢。小舅舅，你会打拳的，对吧？"

"我会。然后呢？"

"你每天晚上教一下我吧。"

"教你？你想干什么？"莫云舟侧过脸来瞥了陆毓生一眼。

陆毓生立刻心虚了。

"也没什么。就是这周末要跟朋友玩一下。小舅舅你那么累，我还是找其他人教我吧！"

莫云舟凉凉地轻笑了一声。

"别人还能教会你？"

"不是，小舅舅，你这是什么意思啊？好歹我体能素质什么的都不错啊！为什么学不会？"

"你不是学不会，只是要在短期内学会很难。你是不是要跟宁韵然打拳？"莫云舟问。

"……你……你怎么知道？宁韵然那个混蛋告诉你了？"

莫云舟轻哼了一声："好端端的，你说要打拳，今天是不是差一点被她揍了？"

"那是因为我是男人，不跟女人挥拳头！"陆毓生的脸忽然红了起来。

一想到小舅舅要是知道他被宁韵然拎着领口揍，肯定会露出那种似笑非笑的表情，陆毓生就觉得颜面扫地。

"哦，刚才还说不跟女人挥拳头，转过头来要和宁韵然打拳。你不打她，难道挨揍吗？"莫云舟的声音里带着明显的调侃。

陆毓生不爽了："是她自己跟我说要来场男人之间的对决，我不过成全她而已。她想当男人，就不要想我留情！"

"那你找个好一点的教练，教教你吧。"

"你都知道我是要和宁韵然打拳了，我还能让你教我吗？你哪里会舍得让我打她!”陆毓生气鼓鼓地侧过脸去。

“不……你说不定会在拳台上被宁韵然揍成猪头。你要赢过她几乎不可能。”

“我一个男人还会打不过女人!”陆毓生不可思议地睁大了眼睛。

“你要是把她当女人，就不会答应和她打拳了。”

陆毓生闷在那里，不说话了。

宁韵然被赵婳栩的司机送回了市区，她特地要求在面馆门口停了下来。

“晚上是不是跟顾总他们一起吃饭，太拘束了没吃饱啊?”司机半开玩笑地问。

“哈哈，我胃口好，没办法。”

宁韵然要了一份卤肉面，外加两个鸡蛋。

回到了房间里，她放下了手机，只拿了钥匙和外卖来到了杜若的公寓里。

“今天在高尔夫球场的收获如何?”杜若开口问。

“今天没有见到赵谦，反而见到了华洋银行的江行长，还有莫云舟和他的外甥陆毓生。他们在谈贷款的事情，但是为什么要贷款，我只零零碎碎地听到了什么梅沙仓……其他的就不是很明白了。”

杜若正在掰筷子的手指停住了，直接打开笔记本电脑，手指快速敲击键盘，然后眯了眯眼睛。

“虽然纵合万象集团现在的投资范围已经不止IT技术这块儿了，但是港口仓库一直不属于他们的投资范围……”

“但是云晟集团不一样……他们是以航运起家，是东南亚三大航运世家之一。”宁韵然也皱着眉头思考着。

“航运对于顾长铭来说不属于必需的投资项目，但是对于大毒枭秦耀来说，却很有意义。”

“走私?”宁韵然不是很确定地问。

“没错。T市的梅沙湾与双月岛之间填海造陆完成，将成为重要的商业港口。梅沙仓的价值也在这几个月升了好几倍，绝对炙手可热。而梅沙仓一直是属于梅沙实业的。我查了一下，赵婳栩早在两年前就收购了梅沙实业百分之二十一点七的股份。这一步棋，她走得很早。”

宁韵然看着杜若严肃的表情，忽然间觉得这位师兄的信息收集能力太强大，只是在电脑上随便敲击一下，没有什么是他不知道的。

“但是有人走得比她更早。”杜若说。

“谁?”宁韵然觉得好奇，除了赵婳栩和顾长铭，还有谁有这样的先见之明?

“云晟集团。根据我这边找到的消息，是政府刚刚计划填海造陆的时候，莫云舟就对云晟集团的董事长，也就是他的姐夫陆敬提出了这个建议。随后，云晟集团果断出手，在梅沙实业的股票还没涨上去之前，就大手笔购入了百分之二十二的股份，他们每笔所花的仅仅是赵婳栩的七成而已。”

听到这里，宁韵然对莫云舟有了新的认识。

这个男人的淡定，是因为他比别人更早行动。

“如果是这样，云晟和纵合万象必然会为了梅沙仓的股份而大打出手。莫云舟作为华洋银行的董事会成员之一，是不会让江行长批准顾长铭他们的贷款的。”

“他有影响力，但不能完全干涉江行长的决定。而且就算华洋银行不放贷，别的银行也会放贷。但是……如果莫云舟和顾长铭斗起来，对于我们案件的侦破来讲，有很大的好处。”杜若看着宁韵然，似乎是在考验她，看看他不点破，她能不能想明白。

“哦！我知道了！如果两强相争，就要调动大量的资金。假如莫云舟出狠力的话，顾长铭就需要更多的资金。顾长铭背后的秦耀既然那么想要拿到梅沙仓的控制权，很有可能会动用他的黑金，一旦大额的黑金汇入顾长铭的纵合万象，我们就有调查方向了!”宁韵然用力拍了一下大腿。

“你还不蠢啊。不过这一切就要看莫云舟给不给力了。他越给力，秦耀就会越着急。”杜若扯起了唇角微微一笑。

“嗯，我会继续留意纵合万象的内部动向。”

“不要太刻意了。你能接触到怎样的消息，就带回怎样的消息，千万不要为了得到消息而去打听。这是禁忌。”杜若再次十分认真地警告。

“我知道。另外……关于我看到的赵谦电脑上的那些流水，有什么突破吗?”宁韵然问。

“那些流水的作用可大了。”杜若靠近宁韵然，坏笑着说，“你的凌队长请刑侦那边帮忙，编造了一个扒手集团专门在售票处偷钱包的案子。为了找到这些扒手集团的成员……

“梦幻星空乐园就要提供售票处的监控给警局！然后只要去查流水号对应的时间，就能看到购票人是谁了！然后找到这些假借买票的名义将钱汇入游乐园的人，就能证明赵谦利用游乐园来洗钱，就算不能抓住幕后指使的秦耀，也能斩断他的一条洗钱渠道。

“他的洗钱渠道越窄，就会越依赖纵合万象集团。洗钱的金额越大，就越不好掩饰，赵婳栩在财务上再能唱大戏，也会有唱不下去的一天。”

杜若的话，让宁韵然心中暗自兴奋。

这个口子越收越紧，他们也会离目标越来越近。

但是……到最后，顾长铭会怎么样？

还有，如果云晟与纵合万象为敌，秦耀会不会对莫云舟不利？

这些想法在宁韵然的脑海中不断地来回环绕，搅弄得她一整晚都没有睡好。

她做了一个很奇特的梦，梦见莫云舟和顾长铭坐在同一艘船上，海上风雨交加，雷电破空。

他们两个被浪掀翻到了海里面，漂向不同的方向，而宁韵然只有一个救生圈，她不知道该把救生圈抛向谁。

到最后，他们都被淹没在滔天巨浪里。

宁韵然猛地从床上坐了起来，出了一身的冷汗。

她拿过手机来一看，时间刚过六点。

不能再睡了。

宁韵然起身刷牙洗脸。

当她来到自己的座位上，打开电脑的时候，还是哈欠连连。

顾长铭来上班的时候，走过她的办公桌，微微瞥了她一眼便进入了自己的办公室。

几分钟之后，黄秘书打电话给宁韵然说：“宁韵然，顾总让你进去一下。”

“哦，好的。”

宁韵然强打起精神，走进了顾长铭的办公室。

他像往常一样，手中拿着钢笔，翻着文件仔细阅读着。

听见宁韵然来到了自己的办公桌前，他只是抬了抬下巴，说了声：“坐吧。”

“哦。”

“昨天晚上是看电视了还是打游戏了，今天看起来眼睛都睁不开的样子。”顾长铭并没有抬眼。

“……我十点多就上床睡觉了。只是做了一个不怎么好的梦……醒得太早了。”

“你所谓的不怎么好的梦，是怎样的?”顾长铭问。

“我……我梦见两个我认识的而且是非常重要的人掉进海里了，我只有一个救生圈，就在我犹豫扔给谁的时候，他们两个都被淹没了。”

顾长铭正在批改文件的钢笔停了下来，然后抬起手指捏了捏自己的眉心。

“小宁，那只是梦而已。”

“我知道。”

“所以今晚要好好睡觉，不要再想了。”

“我只是在想如果真的遇到这样的情况，我该怎么办。”

顾长铭的唇角微微陷落，看向宁韵然。

“那就要看你是想确保至少救到一个人，还是要救对你最重要的那个人。”

“我知道，顾总的意思是如果我是想确保救到一个人，那就把救生圈扔给离得最近的。如果要救对自己最重要的那个人，扔到那个方向就好。”

“嗯。任何决定都要承担后果。犹豫，只会让这个后果更加难以承受而已。”顾长铭侧过脸看着她认真思索的样子，又说，“你现在叫我一声顾大哥，我给你一个特权。”

“什么特权?”宁韵然有些好奇，顾长铭一直是一板一眼的，他能给自己什么样的特权?

“我允许你在我的办公桌上趴着睡十分钟。”

宁韵然笑了。

特别是顾长铭那么认真的样子。

“顾大哥。”

“你可以趴下了。”

宁韵然二话不说，即刻趴下。

这里很安静，没有打电话的声音，没有敲击键盘的声音，只有顾长铭偶尔翻动纸页的轻响。

宁韵然很快就睡着了。

等到她听见顾长铭打电话的声音，醒来的时候，发现不知不觉竟然已经过去一个小时了!

而顾长铭为了不吵醒她，拿着手机走到书架的最里端去了。

宁韵然摸了一把自己的脸，走到顾长铭的身边，做了一个“我先出去”的手势，顾长铭点了点头，宁韵然就离开了。

其实顾大哥，与其思考掉入海水里我该将救生圈扔给谁，不如想清楚怎样让你们都不会掉下去。

这个周末，宁韵然很运气地没有任何加班。

周六早上八点，她就收到了来自陆毓生的短信：你个臭丫头不会害怕得瑟瑟发抖，不敢来了吧？

宁韵然扯了扯嘴角，直接回了对方一句：小爷奉陪，别忘了叫上你的随从，不然被揍到失忆，我怕你不知道怎么回家。

陆毓生看到这条短信，脑门都要着火了，立刻回复说：你还嘴硬逞强。你跟我小舅舅道个歉，我就不跟你计较了。

宁韵然哼了一声，迅速回复：这样吧，等你被我揍趴下了，我允许你打个电话，请你的小舅舅踏着五彩祥云来救你！

陆毓生这回真的喷血了。

“我非把她揍到跪地求饶不可！”

这时候坐在沙发上看报纸的莫云舟却抖了抖报纸起身。

“小舅舅，你要去哪里？”

“送你去南山社区的健身中心啊。”

“我不用你送！还是你担心我真的把宁韵然打到满地找牙？”

“我送了你，然后再接你回来。”莫云舟笑了笑。

陆毓生越看越觉得自己小舅舅的表情很古怪。

“得了吧！你就是不放弃任何可以多看那个臭丫头一眼的机会！你说你怎么就这样执迷不悟啊！天涯何处无芳草，你何必吊死在那根狗尾巴草上！”

“如果狗尾巴草能够吊死人，那么她一定不是普通的狗尾巴草。”

莫云舟真的开车送陆毓生去南山社区健身中心了。

而且一路上，他的唇上挂着迷之微笑，让陆毓生觉得情况不是那么妙。

宁韵然早上吃了三个包子一碗粥，外加一个烧卖，后来觉得揍陆毓生这些可能还不够，又吃了一笼小笼包。

她准备好了一切，等陆毓生到的时候，宁韵然早就做好热身运动了。

当陆毓生看到戴好护具靠着护栏歪着脑袋看着自己的宁韵然的时候，莫名地感觉对方杀气腾腾。

莫云舟只是看着她微微一笑，就到一边拿出手机刷新闻了。

陆毓生心不在焉地对着沙袋打了一通之后，再看看他的小舅舅，好像是真的不担心宁韵然会被揍的样子。

当他上了台以后，才发现宁韵然的架势很足，跟他这几天晚上的拳击教练有得一拼。

宁韵然歪了歪嘴巴，笑了笑说："小弟弟，要开始了哦!"

"你才小弟弟!"

话音刚落，宁韵然一拳骤然挥了过去，陆毓生完全没有想到她出拳竟然这么快，还没来得及闪躲，脸颊上就被狠狠揍了一拳。

他退后了几步，睁大了眼睛看着她，不知道是诧异宁韵然真的开拳，还是诧异她这么快就打到了他。

接下来发生的一切，陆毓生都应接不暇。

宁韵然的力量也许不能跟教练相比，但是速度很快，防不胜防。

陆毓生左躲右闪，好不容易找到机会回击，宁韵然像是早就预料到一样闪避了过去，接下来的回击都能让陆毓生吐血。

陆毓生这辈子真的没这么狼狈过，他就像是完全摸不准窍门的小孩儿，被宁韵然打得团团转。

陆毓生那个恼啊，恼也没有用啊。教练教他的那些诀窍在宁韵然的速度面前完全不能算个事儿了。

"你认不认输?"宁韵然歪着脑袋问他。

"我还没倒呢！怎么可能认!"陆毓生气哼哼地继续回击，却怎么也打不中宁韵然，他完全不明白，这样一个小身板的女生，怎么会打拳?

还打得这么好?

难怪没男人愿意保护你!

就在晃神的那一刻，宁韵然一拳直中陆毓生的面门。

"呜……"陆毓生头晕眼花，向后退了两步，抬起胳膊来一擦，才看见拳击手套上都是血。

"你……我流鼻血了!"陆毓生瞪圆了眼睛。

“流了就流了，对打拳而言这不是正常事儿吗？被打到大小眼歪鼻子的比比皆是，你就流鼻血，算什么？”

说完，宁韵然又一拳袭去，一想到她说的什么“大小眼”“歪鼻子”，陆毓生本能的反应就是护住自己。

“不错！不错！就是这么挡着！肌肉绷紧了！”宁韵然一顿毫不留情的狂揍，揍得陆毓生眼泪都快掉下来了。

这时候，一直坐在旁边的莫云舟终于挪开了手机，站起身来对宁韵然说：“宁小姐手下留情，别让毓生的妈妈都认不出他来。”

宁韵然耸了耸肩膀：“他妈妈认不认得出他，得看他的决定。他是以后继续阴阳怪气地找我麻烦呢，还是我们井水不犯河水？”

“毓生。”莫云舟扬高了声音，语气里却有一种威严。

陆毓生护着脑袋站起身来：“我认输！以后我们井水不犯河水！”

“成交。不然，我真的会让你妈认不出你来。”宁韵然在陆毓生面前晃了一下拳头，陆毓生下意识地向后退了一步。

看着宁韵然跨出了拳击台，陆毓生才松了一口气，他一边擦着鼻子，一边小声说：“你一个女孩子练瑜伽不好吗？为什么要练拳击？”

宁韵然站在台下，回过头来看着陆毓生说：“不练拳击难道练吵架？那样会显得没有教养。”

“拳击和教养有半毛钱关系？”陆毓生一脸不明白。

宁韵然扯着嘴角笑了笑：“遇到说不通的，直接一拳过去，让对方知道什么叫作文武双全！”

“所以……”陆毓生指了指自己说。

宁韵然侧过脸去的时候，才发现莫云舟一直浅笑着看着自己。

忽然之间，空气变得发烫。

这让她想起上一次自己和莫云舟打拳的情形。

他明明站得很远，宁韵然却觉得他就在自己的身边。

不要这样看着我了，你适合更高更远的方向。

比如说长空，比如说云端。

而不是平凡又会给你惹出无穷麻烦的我。

莫云舟，不要低下头。

不是因为你有王冠会掉下来，而是因为我承受不住你的关注。

“宁小姐，上周末打高尔夫的时候不是说好了，如果我赢了顾总，你要给我洗车。”

莫云舟这句话刚说完，陆毓生就跟原地复活一样立刻附和：“对！对！对！你要给他洗车！”

“洗就洗啊！”

宁韵然当真脱掉了护具，拎了水桶和抹布，去给莫云舟洗车了。

看着她一桶一桶水拎过来，泼上去，再擦车，鼻孔里塞着棉花的陆毓生都忍不住开口说：“早知道就把车停到离水龙头近点的地方去了。”

“怎么了？你不是想教训她吗？”莫云舟在一旁刷着手机。

“不是……我打拳打不过她，是因为我不打女人！可是我们这样让她一桶一桶水拎过来，就变成欺负女人了啊！”

“鼻子不痛了？”莫云舟问。

“痛是痛……问题是我觉得小舅舅你的车挺干净的了，有啥好擦的？”

“好，我给她个台阶下。”莫云舟看向宁韵然的方向，高声道，“宁韵然——”

“干吗？”正爬上车顶去擦的宁韵然不耐烦地问。

反正这甥舅两个折腾人的手段层出不穷，自己特别想给他们一人一水桶。

“你要不要跟我在一起？我的女朋友不用替我擦车，而且无论她去哪里，我都会送她。”莫云舟浅笑着看着坐在车顶上的她。

好像有什么被穿透一样，动摇着她的世界。

她真心觉得，如果自己这一生有什么好演技的话，一定是在莫云舟的面前。

“等西湖水干，雷峰塔倒，我再跟你好！”

说完，宁韵然弯下腰来，继续擦着车顶。

陆毓生摸了摸脑袋：“小舅舅，你这也算给台阶？”

“我给了她台阶，我的台阶在哪里？”莫云舟笑了笑，然后走向宁韵然的方向。

他向她伸出手：“下来吧。”

“莫总满意了？觉得够干净了吗？”宁韵然凉凉地看着他。

“我和毓生说好了，以后不会找你麻烦了。”莫云舟还是那样淡淡的语调。

宁韵然没有握住他的手，自己从旁边滑了下来，在她去拎自己的水桶时，停了停。

“莫总……你们云晟是不是一定要争梅沙仓的股权?”

“对啊。所以顾长铭大可不用对华洋银行的贷款抱太大的希望了。因为我会竭尽所能不让华洋银行放贷。不过我想，顾长铭心里也很清楚这点。”

从莫云舟这句话，宁韵然可以百分之百确定，纵合万象集团也在争夺梅沙仓。

而这背后必然是因为承受了来自秦耀的压力。

“那么……你多加小心吧。”

宁韵然拎着水桶就走了。

她不知道这句“多加小心”莫云舟会怎样理解。

不是让他小心顾长铭，而是小心秦耀。

秦耀的行事作风就是除掉所有挡在自己面前的人，刘雨就是一个好例子。

“我会的，小宁。”

那一声“小宁”，让宁韵然建立起来的所有坚强瞬间就要土崩瓦解。

她下意识地看向他，他逆光站着，还是那样笔挺的身形，好像什么也无法击垮他。

“别怕。”

宁韵然愣在那里。

她要害怕什么?

“如果不知道该怎么办了，一定要告诉我。”

他的声音还是那么从容。

是的，这个男人是第一个对她说，如果走投无路了，他会开车来接她的人。

宁韵然深深地吸了一口气，快步离开。

陆毓生歪着脑袋走过来说:“小舅舅，你跟她说的是什么意思?”

“你不需要明白，她知道就好。”

宁韵然回到了公寓，她没来得及淋浴，扔了手机就敲开了杜若的门。

“怎么了?”杜若皱着眉头，一脸嫌弃地说，“你知不知道自己一身汗味?”

“我汗味不重。如果闻到汗味，一定是杜师兄你的心理作用。”

宁韵然一脸正色在杜若的茶几前盘腿坐下，抬头看着杜若。

杜若蹙了蹙眉头，坐在了沙发上。

“你不是去和那个什么陆毓生打拳去了吗？”

“对，莫云舟也去了。”

“哦，就是那个眼瞎看上你的家伙？”

“杜师兄，莫云舟……对我说的话总感觉像是在暗示什么。好像……他知道我进入纵合万象并不是单纯地为了前途和工作，我很担心。”

她更担心的是随着自己逐步深入，如果莫云舟继续喜欢自己的话，会不会因为自己而出事。

这番话，让杜若也不由得认真起来。

“我知道了，我会向上面汇报。也会让同事们对莫云舟进行调查。在调查结果出来之前，你尽量在纵合万象里不要有任何起眼的行动。”

“我知道。”

周一，宁韵然在去上班的地铁里，打开手机收到的本地新闻资讯就是市局严打扒窃团伙的消息。

做戏做全套，连新闻都发出来了。

宁韵然知道凌睿这么做，就是不想他们调阅梦幻星空乐园监控的事情惹得赵谦怀疑。

此时，凌睿的团队周末加班看录像，眼睛都要起黑眼圈了。

凌睿走到老吕身边，给他倒茶，老吕将他拉到身边坐下，指了指监控画面说：“你看，就是这几个男人，持续在监控里出现，和流水发生时间差不多。他们都挂着导游证，买票用的不是现金，而是刷自己的卡。”

凌睿摸了摸下巴：“嗯。也许他们是先将现金存入卡里再来买票。”

“我们是不是要去游乐园那里蹲着，如果遇到这几个人，把他们请过来聊一聊？”

“那是当然啊。”凌睿瞥了一眼老吕，“不过还是请刑侦那边的同事出马吧。他们才是打击扒窃团伙的主力啊。”

“对哦。”老吕笑着点了点头。

当天下午，赵谦正在高尔夫球场里教年轻女孩打球，手机不停地响着。

他一看是自己的秘书打来的，不耐烦地接听：“怎么了？你们就是不让我好好歇一口气吗？”

“老板，您还记得之前市局要我们提供监控，说是要查什么扒窃团伙吗？”

“我记得啊。我们不是交了录像出去吗？”

“对，但是有几个导游被当作扒窃团伙的人给抓走了！”

赵谦的眉头蹙了蹙：“搞什么鬼啊！你们赶紧找人把他们捞出来！好端端的导游，怎么跟什么扒窃团伙扯上关系了？”

“我立刻就找人了。但是那边说这个什么全市反扒行动筹谋已久，不调查清楚不会放人！”

“那几个导游都是老江湖了，不会那么容易透底儿的。”赵谦嘴巴上这么说，可是半点打球的心情都没有了。

“关键是担心夜长梦多。他们可别以为是自己暴露了，什么都给说了，那就麻烦了！”

秘书这么一说，赵谦心里也打鼓。

“行了行了，我找人试试看能不能想想办法！”

赵谦挂了电话之后，就立刻打给了赵婳栩。

“我说婳栩啊，我这边有点儿麻烦事，想请你帮个忙。”

赵婳栩坐着转椅转了半圈之后开口道：“赵老板要我出马解决的事儿一定三两句话说不清楚。这样吧，我在老地方等你。”

“好，没问题。”

半个小时之后，赵婳栩来到了一家咖啡馆的二楼小包厢里。

赵谦早就到了，正在对面的座位上抖着脚等她。

“婳栩，大老板……”

赵谦的话还没说完，赵婳栩就伸手阻止他继续说下去。

她从包里面取出了一个仪器，绕着小包厢走了一圈，才回到座位上坐下。

“婳栩，你也忒谨慎了吧？”

“小心驶得万年船。说吧，怎么了。”

“两件事。第一，大老板派来给我入账的几个导游被当作扒手集团的人给抓了。我记得你也有些人脉，能不能打个招呼，把他们弄出来。不然我担心他们在里面什么有的没的都胡乱说出来了。”

“第二件事呢？”

“之前你帮我做了几笔假的交易，通过这些交易把大老板存入我这里的钱汇到了海外。我想知道这几笔交易有没有把柄。如果有，我们得提前计划好，把锅甩给谁啊。”

“我知道了，你等我消息。在我答复你之前，赵老板，你可别再搞什么幺蛾子出来了。”

赵婳栩冷然道。

“当然！当然！”赵谦忙不迭地点头。

“你想办法通知大老板那边，所有的入账全部停止。你这边所有的出账也停止。以及为出账做的所有材料全部销毁，销毁不了的也要想好解释的办法。”

“我知道了。这些事处理起来还是婳栩你有经验，我的那些财务跟废物一样！”

“我先走了。”

赵婳栩连一杯咖啡都没有点，就快步离开了。

她瞥了一眼咖啡馆前台收银员，走上前来笑了笑说：“你是新来的吗？我还是第一次见到。”

“啊，是的。”收银员微笑着点头。

赵婳栩又看了一眼正在大厅里点单的服务生，然后信步离开。

监控室里的凌睿和老吕都出了一身冷汗。

“这个女人的警觉性真的非一般。”

“她以后应该不会再来这个咖啡馆了。”凌睿回答。

赵婳栩回到纵合万象之后，第一时间去了顾长铭的办公室。

当她路过宁韵然的身边时，正在打电话核对会议资料的宁韵然莫名地出了一身冷汗。

赵婳栩进入顾长铭的办公室之后，单刀直入：“长铭，我怀疑赵谦已经被盯上，很可能要完蛋了。”

顾长铭放下了手中的笔，抬起头来看着她。

“之前不是有个打击扒窃团伙的行动吗，在T市的雷声挺大的。”

“我知道，然后呢？”

“几个假装成导游，用秦耀的钱买游乐园门票的人被当作扒手集团的人给抓走了。”

"如果是一个，可以说是误抓。但如果好几个都被抓了，那就不可能是巧合了。"顾长铭向后靠着椅背，"赵谦肯定也找了人想捞他们出来，但是我猜，肯定捞不动。"

"没错。他想要我找人帮忙捞。"

顾长铭什么也没说，只是摇了摇头。

赵婳栩扯了扯嘴角："这个老东西肯定也猜到这件事是针对他的，如果我找人去捞他们，连带着我也会被凌睿给盯上。而且我和赵谦碰面的那个咖啡馆里，有好几个我从来没有见过的服务生。不知道他们到底是盯着赵谦，还是连我也盯着。"

"那你不要再和他有任何联系了。这件事，顺其自然。"

顾长铭回答。

"我只是觉得不理解，整个游乐园每日无论现金还是转账的流水那么多，去买票的人也有那么多，凌睿到底是怎样锁定这些人的？他好像知道调阅哪个时间段的监控来找那个特定的买票的人?"赵婳栩眯着眼睛说。

顾长铭的指尖微微颤了一下，开口道："这毫无疑问是赵谦那边出了问题。"

赵婳栩没有立刻离开，而是低下头来十分认真地思考，接着冷冷地开口："如果凌睿那边拿到了有问题的流水……我记得梦幻星空乐园的支付流水号是由随机代码加上时间和流水笔数组成的……"

"流水号也一直是赵谦自己掌握的。如果说秦耀入账的梦幻星空乐园的流水号被凌睿拿到了，也是从赵谦那边泄露的，不是我们。"

"可是长铭，你不记得之前赵谦要我们给他设计一个程序，能够自动筛选以及汇总秦耀入账的流水，方便他计算每日金额吗?"

"我记得，他给了我们2016年12月份的流水作为数据库。"

"会不会是这个月的流水从我们这边被泄露了?"赵婳栩眯着眼睛，她掐着自己的手指，流露出不安。

"那些流水，赵谦只给了我和你，之后我们就交给周暖去进行程序设计了。难道说我们三个人里面有人会出卖赵谦吗?"顾长铭很认真地问。

"确实……赵谦不像我们这边这么谨慎，而且他那边经手的人又多……搞不好就这么泄露了。"赵婳栩忽然想到了什么，"你还记得那天在射击俱乐部，宁韵然也在现场吗?"

顾长铭无奈地叹了一口气：“我知道你一直对宁韵然不是完全放心，所以我才把她放在办公室而不是放在你那里。那天，她都没机会坐下，她怎么看到流水的？还是她自带Wi-Fi，入侵了当时赵谦的电脑，窃取了数据？”

“你不记得了吗？她走上来的时候，赵谦背对着她正在看电脑，我注意到她的视线一直落在赵谦的电脑上，也许就是她看到的！”

赵婳栩握紧了拳头。

“婳栩……那是流水，是一串又一串的数字，她就算不小心瞥了一眼赵谦的电脑，时间不会超过三秒，你就提示赵谦把电脑合上了。她怎么可能记得下来？”顾长铭反问。

“小心驶得万年船。”

“别告诉我，你又要通知秦耀，像解决刘雨一样解决宁韵然。”

顾长铭冷冷地看着赵婳栩。

赵婳栩哼了一声：“我要真那么做，你还不跟我拼命？你放心，我不会要她的命。她如果真的是凌睿的人，又折第二个人在我们的手上，凌睿无论如何都会咬死我们。但是不代表，我不能找机会试一试她。”

说完，赵婳栩就抬头挺胸走出了办公室。

路过宁韵然的办公桌时，她目不斜视地离开了。

宁韵然呼出一口气来。

尽管如此，她却有一种山雨欲来的不安感。

这天晚上，她因为一份临时的会议安排，加班到很晚。

她没想到的是，这一层除了她几乎都没有人了，但是外出请客户吃饭的顾长铭却回来了。

“顾总？你怎么回来了？这么晚了还要加班吗？”宁韵然在心里嘀咕，顾长铭可真是个工作狂啊。

顾长铭却笑了笑：“我的公寓钥匙落在办公室了，所以回来拿一下。你现在叫我一声顾大哥，我可以看在你加班到这么晚的份儿上，给你一个特权。”

“什么特权？”宁韵然好笑地问。

“你不叫我，我怎么给你看？”

“顾大哥。”宁韵然笑着看着他。

顾长铭伸手揉了揉她的脑袋：“这么晚了，女孩子的特权就是被男人送回家。”

说完，他进了一下办公室，拿了钥匙，在她的后背上推了一下，示意跟他走。

宁韵然赶紧跟了上去。

“太好啦！不然我怕自己在地铁上睡着了，会坐过站！”

一路上，顾长铭都没怎么说话，这让宁韵然多少有些尴尬。

“顾大哥……你这一路上半个字儿都不说，我感觉气氛很压抑。”

“我以为你要睡觉啊，所以就不说话，谁知道你精神好得很，一点不像是要睡觉的样子。”

“哈哈！”宁韵然乐了。

车开到南山公寓，宁韵然要下车的时候，顾长铭却叫住了她。

“小宁。”

“嗯？”

“最近……婳栩的工作有点不顺利，所以我希望你记住一点。”

“不要招惹她？”

“不是。”顾长铭用极为认真的目光看着她说，“无论她叫你做什么，无论有多么困难，无论你多么犹豫，只管去做。她叫你做什么，你就做什么，不要做任何多余的或者不是她叫你做的事情来惹她生气，明白了吗？”

宁韵然愣住了。

顾长铭的话直白到了一定的程度。

有时候她不是很理解顾长铭和赵婳栩之间的关系，很多时候，顾长铭就仿佛一直站在赵婳栩的对立面，两人维持着微妙的平衡。

“我记得了。女人嘛，每个月都有那么几天心情不爽，我不会让她不开心。她叫我往东，我绝不向西。她让我上天，我绝不入地！”

“很好。这段时间一定要乖乖的。”顾长铭抬起手，似乎还想揉一揉宁韵然的头顶，但是他却收手了，发动车子离开了。

那一刻，宁韵然隐隐感觉顾长铭很想告诉她什么，但终归点到即止。

之后的几天，赵谦也没有等到赵婳栩的回话，他的秘书很紧张地说：“老板，都已经好多天了，那几个导游还没放出来，实在有问题啊！赵总那边也没回话……”

“她是怕我们连累她！那个女人心眼那么多，她是不会出手帮我们的。”赵谦的目光冷了下来。

这时候前台的电话打来了。

“赵总，这边来了几个警察！说是市经侦支队的，有事情要找您……”

赵谦的表情僵住了：“他们来的人多吗？”

“来了不少……”

赵谦倒抽一口气，强硬地止住了颤抖的手，开口说：“请他们到我的办公室来吧。”

挂了电话，赵谦看向秘书问：“叫财务那边处理的账务都处理好了吗？”

“能处理的都处理好了。只是时间太短了……也不知道会不会被他们查出什么来……”

“查出什么是必然的。只是查出多少而已。”

这时候，赵谦已经听到办公室门外传来的脚步声了。

一打开门，就看见身着警服的凌睿沉冷地注视着自己。

这个男人的目光有一种洞察力，仿佛一切秘密他都已经掌握。

“赵先生，您好。”

凌睿的声音很沉稳，明明不大，却有一种压迫神经的力度感。

“这位同志您好，不知道该怎么称呼？”

眼前这个身着制服的男人，让赵谦心底莫名地发寒。

“我是T市经侦支队的队长凌睿，前段时间局里搞了一个打击扒窃团伙的行动，您知道吧？”凌睿的脸上没有任何表情。

但那一刻，赵谦冷静了下来。

该来的终究还是来了。

凌睿的名字他不是没有听过。

之前大老板秦耀的弟弟秦冕和自己的大哥闹僵了，于是秦冕自己找路子洗钱，从胡长贵的KTV到高峻的画廊，秦冕的洗钱渠道就这样被拽掉不说，秦冕自己也中了陷阱落网。这个凌睿就不是好对付的角色。

“报纸上有报道那个行动。所以市局的同志来问我们要游乐园售票处的监控，我们都给了啊……绝对积极配合！”

“在这里替我的同事们万分感激赵先生。只是反扒的同事在审查几个可疑的导游时，他们竟然招供说，他们是替人洗钱的，而这些钱都以您经营的梦幻星空乐园门票收入的形式成了您的营业收入。”

“这怎么可能？我所有的生意都很合法啊！我干吗要多此一举去洗钱呢？是不是啊，凌队长……会不会是这些人被抓了之后想把锅甩给我啊！”

“赵先生，如果是只有一个人这么说，我们当然是不会相信的。但好几个都这么说，那就奇怪了。他们虽说是导游，代替他们的团友买票，但是我们惊讶地发现他们没有团，而且存入他们账户里的现金来源也不明。但现在这些不明来源的现金都以门票形式进入您的营业收入了，我们就算不查也不可能了，对吧？”凌睿反问。

赵谦叹了口气：“好吧，凌队长……我们都是正当的生意人，我的游乐园能有今日是我悉心经营的结果，真的不是什么洗钱。但是你们要调查我的游乐园，我只能全力配合，只求你们的调查能够低调，不要给我造成什么名誉上的损失。”

“这是当然。我们的调查也是为了还赵先生您的清白。我们也保证，在调查结束之前会保密，不接受任何媒体的采访。”

凌睿向赵谦出示了相关文件，要求带走游乐园从开业到现在所有的账务资料。

看着一箱一箱的资料被凌睿带走，赵谦咬紧了牙关。

离开的时候，凌睿对老吕说：“千万派人盯好了这个赵谦，可别让他跑了。”

“放心，他跑不了。”

赵谦的秘书走近了问他：“老板……要不要给您订张机票，出去避避风头？”

“晚了。”赵谦轻轻哼了一声，“不过，他们想要把我怎么样，还是嫩了一点。”

这几天宁韵然一直在关注市里的新闻，但关于梦幻星空乐园的新闻却只有一条，那就是赵谦的堂弟，也就是梦幻星空乐园负责财务支出的副总经理辞职了。外界推测赵谦的财务出了状况，各大银行也纷纷对他收紧贷款。

“只是这样吗？”

宁韵然想着回去向杜若询问一下凌睿那边的进展，这时候桌面上的电话却响了。

黄秘书的声音传来：“宁韵然，赵总那边有事情要和合作商谈，你跟她去一趟。”

“我……去能帮上什么忙吗？”

一听到是和赵婳栩出去，宁韵然不由得起了警戒心。

“赵总说你英语好，这个项目的合作者是外商。你帮着去听一听，看一看文件。”

“好的，我知道了。”

但是当宁韵然上了赵婳栩的车后，才发现车上竟然只有她、赵婳栩还有司机三个人。

“赵总，只有我们两个吗？”宁韵然问。

“对。其他人应该已经在去的路上了。我们技术研发部的高锦已经过去了。”

听赵婳栩这么说，宁韵然微微安心了一点。

赵婳栩的手上拎着公文包，里面应该是合同之类的东西。她取出了一份资料，递给宁韵然：“你现在赶紧看一下，不要到了现场，什么都不知道。”

“好的。”宁韵然接了过来。

赵婳栩的脸上完全是公事公办的表情。

宁韵然打开文件，都是和梦幻星空乐园有关。因为赵谦要融入外资，整个游乐园的后台系统都要升级。

“赵总……我看见报纸上说，赵谦的财务总监辞职了，而且还被请去调查了……应该是财务有问题吧？我们还要和他们合作？”

赵婳栩回答说：“这也是没有办法的事情。赵谦在我们集团有股份，我们不能一点面子都不给。无论他是漏税还是干了什么别的事情，我们只要保证自己和赵谦之间的往来没有问题就好。”

“我明白了。”

宁韵然正仔细研究着，这时候一辆摩托车逆行而来，擦着他们的车呼啸而过。

司机骤然紧急转向避让，轮胎与地面发出尖锐的声响，宁韵然看着前方的电话亭睁大了眼睛，他们的车撞了上去。

“砰——”的一声响。

心都要飞到九霄云外。

吓得紧闭眼睛的宁韵然只感觉到一阵巨大的力量，脖子都要甩断了，如果不是安全带，她会从前车窗玻璃飞出去。

脑袋一阵嗡鸣，手中的文件飞得到处都是。

她傻傻地侧过脸，看见司机趴在方向盘上，一动不动。

宁韵然抬起手来推了推他："路哥？路哥？你醒醒！"

周围围观的群众越来越多，宁韵然以为自己会发慌，但是此刻她却镇定了下来。

"请大家帮忙打一下急救电话！"

宁韵然拜托周围群众，才发现一直都没有听见任何赵婳栩的声音。

她看向后座，才发现赵婳栩侧倒在座位上，她的额头似乎撞到了玻璃窗，血迹沿着额角流下来。

宁韵然赶紧下车，打开车门，呼唤赵婳栩。

"赵总！赵总，你醒一醒！"

前排的司机回过神来，立刻下车，和宁韵然一起将赵婳栩扶了出来。

但是赵婳栩的手上却始终紧握着她的公文包。

宁韵然扶着她在路边坐下，她缓缓地张开眼睛。

"小宁……我们出车祸了吗？"

"是的，赵总！救护车马上就来了！你怎么样？"

赵婳栩抬起一只手，摇了摇："小宁……你去锦城中路的香格里拉大酒店……房间号是1204，把公文包交给赵谦……里面是我们已经设计好的程序框架……按照合同要求，我们应该把它交给赵谦……"

宁韵然心中一颤。

这个程序，应该就是赵谦和顾长铭还有赵婳栩在射击俱乐部谈的项目？

"赵总，你现在受伤了！我们先送你去医院吧！"

"时间不够了……你快点去……赵谦要得很着急……和赵谦合作的外商今晚就会抵达T市，我们必须得有像样的东西给对方看！"

赵婳栩将公文包摁进宁韵然的怀里，然后推了她一把。

"宁小姐，你赶紧去吧！不然赵总也不会安心的！"

司机起身，替宁韵然拦下了一辆出租车，将她送上了车。

宁韵然回过头来，看见救护车来了，司机将赵婳栩扶了上去。

宁韵然转过头来，双手抚在这个公文包上。

这里面到底是什么？

程序到底又是什么？

她迅速将公文包打开，里面是程序介绍文件。

宁韵然看完之后才明白，这个程序就是替赵谦的梦幻星空乐园进行后台流水汇总清算，它会以导游证以及一些其他证件为筛选条件，直接将这些流水进行税金试算以及营业成本试剥离。

有了这个财务程序，赵谦不需要经过其他人，也不需要经过专业的会计，他自己就能知道每日他的游乐园洗了多少钱！

宁韵然心中一阵寒意。

她必须要把这个程序拷出来，交给凌睿！

否则一旦赵谦拥有了这个程序，凌睿他们要抓住赵谦的把柄会更加困难！

“司机师傅，这附近有没有网吧？”

“网吧？我们可能要绕个远路了！”出租车司机说。

“那就麻烦师傅绕一下！”

宁韵然的心脏跳得飞快！

赵婳栩可是亲自将证据送到了她的手里。

这时候，车子停在了十字路口。

宁韵然忽然感觉有什么不对劲！

等等……如果是交付这么重要的程序，不可能是赵婳栩这个财务总监出马，至少车上会有其他总监级别的人物，比如说周暖这种擅长程序的人。假如赵谦有什么不明白的，可以当场解读。可为什么只有赵婳栩？

而且……赵谦的梦幻星空乐园正在被凌睿调查，就算还没有对外公布，赵谦不可能不告诉赵婳栩。

在被调查的这段时间，赵谦的梦幻星空乐园肯定要暂停所有与洗钱有关的活动，既然这样……他还要这个程序有什么价值？

更重要的是，谨慎如赵婳栩，为了避免被凌睿盯上，她怎么可能还和赵谦有任何生意上的往来呢？

宁韵然心中无数疑问瞬间涌出，她的心脏也跟着收紧，那一刻以为拿到重要证据而沸腾的心绪也跟着冷却了下来。

她蓦然回忆起那一天，顾长铭送她回家的时候说过，无论赵婳栩叫她做什么都必须要照做。

宁韵然倒抽一口冷气，这也许就是顾长铭给她的暗示？

这时候红灯熄灭，绿灯亮起，司机正要转向，宁韵然立刻开口：“师傅！我还是不去网吧了，您直接送我去香格里拉大酒店！”

“小姐，你确定啊！我这一拐弯，再要回头找网吧，就又要绕很长一段路了！”

“是的，不去网吧！去酒店！”

宁韵然基本上可以肯定赵婳栩是在试探她了。

虽然宁韵然不确定自己到底是因为什么引起了赵婳栩的怀疑，但这时候，她不能暴露。

而且，赵婳栩本来就不相信她。

越来越多的疑点浮现出来，如果这真的是赵婳栩试探自己的手段，未免太儿戏了一些。

只是这场车祸实在逼真，赵婳栩撞伤脑袋也不是假的，发生得又十分突然，如果不冷静下来立刻就会掉进套子里。

宁韵然握紧了拳头，假如自己将文件包里的东西以及这个程序交给了赵谦就算过关的话，依照赵婳栩多疑的性格，只怕之后会有更多的试探。

防不胜防。

宁韵然不难想象，在她之前的刘雨为什么会暴露了。

就在她的出租车之后，一个男人微微蹙着眉头手握方向盘。

这时候，他的手机响了，他接通了蓝牙耳机。

“喂，小舅舅！你还要多久才来啊？我和江行长就要去打高尔夫了。”

莫云舟转过方向盘，跟在了宁韵然的出租车后面。

“我有点事儿，你替我陪着江行长吧。”

“好吧，你说有事儿，就是有事儿吧。但愿你所说的事儿，别跟我的老对头有关就行！”

“你的老对头是谁？”莫云舟问。

“还能有谁？宁韵然啊！”

陆毓生这句话说完，就发现手机另一边的莫云舟沉默了。

“不会吧！你和宁韵然又扯上什么关系了啊？”

“我刚才看见她在出租车里，表情有点不对劲。我去看看。”

“她的心比铜墙铁壁还硬！有什么可担心的……”

没等陆毓生说完，莫云舟就将手机挂断了。

几分钟之后，宁韵然来到了香格里拉大酒店，乘坐电梯前往赵谦所在的房间。

如果真的是要交付什么重要的程序，为什么不选在赵谦的办公室，直接可以连接梦幻星空乐园的收费系统测试，跑到酒店来交接……赵婳栩的这一次试探真的是漏洞百出。

莫不是还有后招？

宁韵然忐忑了起来。

而莫云舟来到酒店大厅，在沙发上坐下，目送着宁韵然进入了电梯。

这是酒店的贵宾套房，宁韵然只是来到门口，就隐隐能听见隔着门传来的音乐声。

赵谦在开派对？如果是交付这么重要的程序，开什么鬼派对？

宁韵然敲了敲门，没有人应声，于是她拨通了赵婳栩给她的赵谦的手机号。

“喂，赵总您好，我是纵合万象的小宁。我们赵总在来的路上出了一点意外，派我将文件和程序给您送来。”

“好！好！好！我这就开门！”

赵谦的秘书将门打开，让宁韵然没有料到的是，赵谦非常热情地迎到了门口。

而他的身后，是好几个年轻女孩，她们正在唱歌。

“小宁！辛苦你啦！辛苦了！”赵谦一上来就在宁韵然的肩膀上拍了拍，完全没有去接她手中公文包的意思。

就在他要揽上宁韵然的肩膀时，宁韵然直接将公文包塞进了赵谦的手中。

“哦，这个啊！小宁一路拎着，累不累啊！来！喝点东西！坐一下！”

赵谦要来拉宁韵然的手，宁韵然不着痕迹地侧过身，假意望向里面：“赵老板，我听我们赵总说，技术部的高锦高总也在这里。您看要不要让高总来检查一下公文包里的东西？和您当面交接一下？”

“哦！东西都已经到了！我现在就找高锦交接！省得你都没心思玩！”

宁韵然这才看见高锦走到了赵谦的身边，和他一起打开了公文包，除了文件之外，还有一个U盘。按道理应该插入电脑里检查一下里面的东西，但没想到高锦只是点了点头就交还给了赵谦。

“没事儿了，小宁！东西我都拿到了！来，坐下，歇一歇，别那么紧张，喝杯汽水!”

赵谦的秘书立刻倒了一杯可乐给她，还加入了冰块。

“赵老板，东西没问题就好。我们赵总还在等我，我得回去了。这里还有高总在，我就不打扰大家了。”

宁韵然正要离开，没想到赵谦竟然一把拽住了她。

“小宁啊，你来了连杯水、连个可乐都不肯喝，是不是看不起我啊?”赵谦露出不太高兴的表情。

“赵老板，您真的别误会，我是真的着急回去！我们赵总都进医院了，我得去看一眼啊!”

这时候高锦开口了:“那个小宁，既然来了，人家赵老板也很尊重你，没让你喝酒什么的，不就是一杯可乐吗？你喝两口，这是礼貌，懂吗?”

宁韵然有些骑虎难下。

她不过就是一个普通的秘书助理而已，用得着这么多人来劝她喝一杯可乐吗?

宁韵然忽然觉得也许赵婳栩的试探并不仅仅是看她能不能把公文包送交赵谦，搞不好赵谦也是赵婳栩计划中的一部分。

“赵老板，我今天不太方便喝凉的，所以您见谅。”宁韵然不好意思地笑了笑，然后拿过了旁边没开封的矿泉水，“我喝这个常温的，可以吗?”

“哦！原来是身体不舒服啊，怎么不早说呢！喝吧，喝吧!”

宁韵然拧开瓶盖喝了一大口:“那个赵老板，我就先去看我们赵总了。改日再向您学习，讨教经验!”

宁韵然十分诚恳的样子，赵谦也不好挽留，只得说了声“下次再一起玩”之类的，让他的秘书送她出酒店。

虽然宁韵然觉得没必要让秘书送她出去，但是她怕再说下去赵谦又搞出个什么理由要她留下，于是便答应了。

当她走出赵谦的房门，踩在通往电梯的走廊上的时候，忽然有一种漫步云端的起伏感。

每走一步，脑袋就越来越重。

宁韵然发现自己拎着矿泉水瓶的手上不知道怎么会有那么多水。

她拎起矿泉水瓶一看，发现有个地方有缝隙，水就从瓶身的缝隙里流出来了。

糟糕!

再加上自己现在头重脚轻，一定是赵谦那个混蛋将什么见不得人的东西从瓶身注射进去了！自己以为瓶盖没被开封，瓶子里的水应该没问题，没想到还是棋差一着！

这个赵谦，好歹也是一个正规企业的老总，做出来的事怎么这么不入流！

怪不得还让秘书跟着她，明摆着就是等她不行了，再把她带回去。

宁韵然拼了命地保持头脑清醒，但是一切都好沉，她都不确定自己走出来的是不是直线了。

她来到电梯口，按下按钮，笑着对赵谦的秘书说："您送我到这里就可以了。"

"我们老板说了，要看着宁小姐上车。"对方皮笑肉不笑地回答。

宁韵然是真想一巴掌扇对方脸上去。

# 第十五章
# 我的女朋友

你等着！你跟着！等我到了酒店门口，你是不是还要说送我回公司啊！

宁韵然强装若无其事的样子朝对方笑了笑。

进入了电梯，赵谦的秘书找各种话题和宁韵然说话，但是宁韵然一个字都不想搭理他。

而且她的大脑逐渐无法思考，所有的神经都变得慵懒起来。

她克制不住想要闭上眼睛就这样睡过去。

每一秒都是煎熬。

“唉，宁小姐你怎么不说话了啊？你好像走不动了，不如我扶你回去休息吧？”

眼见着电梯门打开，宁韵然还强撑着没有倒下，赵谦的秘书也着急了。

听着对方的声音就好像从另一个世界传来，宁韵然心惊胆战，她用最后的力气以最快的速度走了出去。

一旦到达大厅，有那么多人看着，她不相信赵谦的秘书还能把她拽回去。

她的胳膊被拽住了。

“宁小姐，你就别强撑着了，给我们赵老板一个面子，再回去坐一会儿吧！”

宁韵然试图将胳膊收回来，但是却使不上力气，反而被对方拽过去了。

谁都好，快点发现她……快点来阻止……

她望向大厅的那个瞬间，看见了端坐在沙发上的莫云舟，他架着腿，看着的就是电梯的方向。

莫云舟……莫云舟……

看着他的身影，哪怕模糊得只剩下轮廓，宁韵然的心中都异常欣喜，仿佛已经熄灭的火种忽然燃烧了起来。

她像是全力挣脱束缚的飞蛾，此刻只想要撞进他的怀里，哪怕只是靠近他的领域……

赵谦的秘书扣住了她的肩膀，要将她带回电梯里面。

就在电梯门合上的那一刻，一只手猛地扣住了门，整个电梯厢都跟着颤动。

赵谦的秘书抬起头来，对上一双寒霜满布的眼睛，整个电梯厢沉冷得就像要坠入地狱。

“你要把她带到哪里去?”莫云舟的眉梢一挑，如利刃的尖端仿佛要刺破对方的眼球。

“先生，我只是带我们老板的朋友回去休息，您就歇一歇，别多管闲事了。”赵谦的秘书心里暗自冒着冷汗。

眼前这个男人明显不是普通的多管闲事的人，他的衣着、他的气质都不一般，而且看起来很眼熟，只是赵谦的秘书一时半会儿记不起来在哪里见过。

这时候，宁韵然用最后的力气向莫云舟伸出了手，在指尖划过莫云舟胸前的那一刻，他一把扣住了她的手腕，以绝对的气势将她拽了过去。

当宁韵然的下巴靠在对方的肩头时，鼻间是令她安心的气味，还有将她支撑起来的力度感……她知道自己终于可以睡了。

“我还是第一次听说不让别人带走自己的女朋友是多管闲事。”

莫云舟感觉怀里的宁韵然已经没有知觉了，脸上的怒意更加明显。

“这位先生……您误会了，我们也是看宁小姐……”

“你是赵谦的秘书吧?赵谦是老毛病又发作了?都把手伸到我这里来了?”莫云舟从牙槽里挤出这几个字，“我们走着瞧。”

说完，莫云舟一把将宁韵然抱出了电梯厢，快步走出了酒店，开着车即刻前往医院。

赵谦的秘书愣在那里，完全怔住了，脑海里一片空白。他想了许久，才骤然醒悟过来：“那……那不是云晟集团的莫云舟吗!”

此时的赵婳栩正在医院里包扎额头，一旁的司机万分歉疚。

“赵总……真对不起，是我刹车刹晚了，不然也不会让您受这么重的伤。”

赵婳栩摇了摇头，微微一笑：“不，你做得很好。就是对你的技术放心才会让你陪我演这一出。我不受伤，谁能相信是真的?”

这时候她的手机响了，屏幕显示的名字是“周暖”。

“喂，小暖，情况怎么样?”

“婳栩姐，我一直定位她的手机，显示她到达了香格里拉酒店。她现在已经离开酒店了，我设置在U盘里的病毒也没有被触发，她没有看过里面的东西，无任何可疑。”周暖的声音传来。

赵婳栩的眉心蹙了起来：“你说她离开酒店了?”

“是啊，待了一会儿。你让她交接的东西她交接完了，离开酒店有什么问题吗?”周暖忽然警觉起来，压低声音说，“婳栩姐，是你说怕顾大哥太过信任宁韵然，可能会被她欺骗，所以我才答应帮你设计了病毒存进U盘里，如果她打开U盘我就会知道，包括她在哪里打开U盘，有没有把里面的文件给其他人都会被我追踪到。但现在U盘已经到赵谦手上了，我怎么觉得你不仅仅是想试试她值不值得信任。顾大哥不喜欢玩这些乱七八糟的东西。我劝你，试清楚了就不要再给这个女孩子找麻烦了，这只会让顾大哥心里不痛快。”

“小暖，你在胡说什么啊！本来我这个计划就不是很严谨，也只能考验她一时的反应而已。我只是在想，她东西送到了，好歹应该给我来个电话而已。”赵婳栩柔着声音安慰周暖。

周暖的态度也缓和下来了：“婳栩姐，我觉得像你这样成天怀疑这个、怀疑那个也挺累的。我还有杀毒系统要升级，就先不跟你聊了。”

“行，你忙去吧。”

赵婳栩挂了手机之后，闭着眼睛呼出一口气来。

“这个赵谦还真够没用……我都把人送到他手上了，他也能就这样放跑了!”

还不到两秒钟，赵婳栩的手机又响了，一看是赵谦的名字，赵婳栩冷哼一声根本没打算接听。

几分钟后，赵婳栩司机的手机响了，他说：“赵总，是赵老板的秘书打来的。”

“你接听吧，就说我受伤了，不方便接电话。”赵婳栩闭上眼睛躺回床上。

几分钟之后，司机凑到赵婳栩耳边说：“赵总，赵老板那边很生气。”

“生气？他生什么气？他喜欢谁，我就把谁送到他的身边，他还不满意了？”赵婳栩冷哼一声。

“赵老板是说您……故意害他……”

“我害他什么了？”赵婳栩坐起身来，狐疑地问。

“他说您明知道宁韵然和云晟集团的莫云舟在一起，还把她塞过去，是故意要让莫云舟对付他。莫云舟已经放话说要‘走着瞧’。”

“什么？这怎么扯上莫云舟了？”赵婳栩想了想，“难道是莫云舟把她带走的？这丫头看来还挺有心眼儿……把莫云舟都叫去了。”

“现在怎么办？”

赵婳栩扯了扯嘴角，拨通了莫云舟的手机。

此时的莫云舟坐在病床前，看着睡着的宁韵然。

他伸出手，轻轻地摸了摸她的额头。

这时候，他口袋里的手机响了，他瞥了一眼号码，唇角勾起一抹冷笑，走到了病房外。

“喂，赵总，请问有什么事吗？”

“我听说我们公司的宁韵然给赵谦赵老板送完东西之后，有些不太舒服，是被莫总您给带走了，所以特地打个电话过来问问情况。”

“她不舒服，我当然是送她来医院了。不过我很好奇，有什么东西需要宁韵然这样一个秘书助理送给赵谦的？”

“我本来是带着她去和赵谦赵老板谈生意的，因为晚上赵老板那边可能会有外资合作方来，宁韵然英语好，我就想带她去。谁知道路上出了车祸，所以我就想让小宁把这些重要的材料先送过去，没想到她会不舒服。不知道她现在怎么样了？”赵婳栩的声音里满是关切。

“其实赵总，你不用跟我解释为什么会带宁韵然出来，为什么会让她一个人去送重要的资料。这些，你只要去向你的老板顾长铭解释就好。”莫云舟的声音顿了顿，又说，“不过赵总，你知不知道什么是G水？”

“啊？”赵婳栩顿了顿。

“GHB（全称Gamma-Hydroxybutyrate，γ-羟基丁酸）俗称G水，是一种无色、无味、无臭的液体。它属于中枢神经抑制剂，放入饮料之中，会让喝下去的人不记得自己曾经被攻击和侵害。我已经报警了。正好她去过的酒店很大，从电梯到走廊都有监控。”

说完，莫云舟就将手机挂了。

赵婳栩直接将手机一把扔了出去。

“这个赵谦他是疯掉了吗？竟然用这样下三烂的手段！”

“赵总！您还有伤……别太激动了！”司机赶紧去把赵婳栩的手机捡回来。

“真是不怕神一般的对手，就怕猪一般的队友！”

宁韵然睡了很久，当她发出一声轻哼的时候，就有人握住了她的手。

很温暖，很有力，也很安心。

她睁开眼睛，第一眼看见的就是一双深切的眼眸，像是沉浸在最温暖的海水里，一直都不想清醒过来。

“小宁，你怎么样？头晕不晕？”

宁韵然的视线里一切都是白色的，只有眼前的男人是唯一的色彩。

她觉得一切都那么不真实，伸出手来本想触碰对方，但距离不对，手从他的耳边滑了下来。

对方就像是完全读懂她一般，轻轻地扣着她的手，覆在了自己的脸上。

很温暖，很真实。

“你还记不记得自己叫什么？”

“……宁韵然。”

眼前的男人笑了。

宁韵然第一次明白了曾经听说过的那句“春风十里不如你”是什么意思。

“那么我呢？我是谁？”

“……莫云舟。”

男人的笑容更加明显，他的额头抵在她的额上，就好像要将他的一切都给她一样。

“太好了，你还记得自己是谁，也认得出我，应该没变傻。我去叫医生！”

莫云舟刚要离开，宁韵然就扣住了他的手。

我不想要医生，我只想要你在这里。

莫云舟顿了顿，坐了回来，摸了摸她的头顶。

“那我先不叫医生，在这里陪你。”莫云舟轻声说。

“嗯……”宁韵然将莫云舟的手抓进被子里，蜷缩起来继续睡。

莫云舟只能侧着半边身子，陪着她。

几分钟之后，从广州乘坐航班回到T市的顾长铭刚一出机场，就看到黄秘书一脸紧绷地在等待着他。

“怎么了?”顾长铭坐进车里。

“有几件事要告知顾总。第一，赵总出了车祸，进了医院。伤势不算严重，额头有出血，轻微脑震荡。”

“第二呢?”顾长铭的脸上没有太多的表情。

“赵总让宁韵然把一些文件材料送去给赵谦，但是没想到赵谦给她喝了G水……”

“什么!”顾长铭侧过脸来，黄秘书能在他的目光里看见极有压迫感的怒意。

“宁韵然暂时没事，她从赵谦那里走出来正好撞上了莫云舟，莫总送她去了医院，还报了警。”

“去医院。”顾长铭冷然道。

“哪家医院?是看赵总吗?”黄秘书小心翼翼地问。

“看宁韵然。”

车子立刻转向。

“你刚才说莫云舟报了警，赵谦那个混账进去了吗?”

黄秘书微微一怔，这还是他第一次听到顾长铭称呼某人为混账。

“没有。酒店里监控拍到的都是赵谦的秘书在拉扯宁韵然，这个锅，赵谦甩给他的秘书了。”

顾长铭的脸上没有表情，但是黄秘书却知道他的怒意。

“顾总，这些都是意外，赵总也没想到赵谦竟然敢给我们的人用这种见不得人的手段。”

“意外?你仔细想想，如果赵婳栩要送什么重要的东西，重要到哪怕出了车祸也要送到，为什么会让宁韵然去送?双人上门送达，双人签收是常识。她就是想要借赵谦的手来修理宁韵然。”

“可是……赵总为什么要对宁韵然这样呢?就因为当初她本来应该进财务部

跟着赵总，却被顾总您要过来了吗？”

“大概是因为她总想要制造各种敌人和对手来实现她的存在感。”

顾长铭没有再说话，但是他一直蹙着的眉头显示他一直都在担心。

当他赶到医院的时候，从病房门上的玻璃望过去，看见的就是宁韵然蜷缩成一团窝在病床上，紧紧地抱着莫云舟的胳膊。

顾长铭闭上眼睛，发出了一声叹息。

病床边的莫云舟与顾长铭对视，轻缓地从宁韵然的怀里收回了自己的手，起身走出了病房。

莫云舟和顾长铭来到了走廊尽头的窗台边，两人都望向远方。

“顾总，你们纵合万象集团真是让我刮目相看。为了对付一个员工，使出的手段都是我连想都没有想过的。”莫云舟很少抽烟，这一次，却意外地点燃了一根烟。

他的声音很冷，带着一丝决绝。

顾长铭沉默了很久，缓缓开口：“我会和婳栩好好聊一下。”

“如果聊一下没有用呢？顾总，如果可以，我希望你放手，让宁韵然跟着我。如果你在你的纵合万象没有绝对的话语权，至少我在云晟集团有。”莫云舟说。

“我明白。”顾长铭转过身去，“我去看一眼她。”

宁韵然依旧睡得很沉。

顾长铭的指尖触上她的额头，轻轻地捋了捋她的碎发，宁韵然抿了抿嘴唇。

然后，顾长铭转身离开了。

这天晚上，赵婳栩听说顾长铭回来了，而且还去看望了宁韵然，她立刻前去顾长铭那里。

赵婳栩来到顾长铭的别墅，却发现他并不在，于是她赶去了公司。

整栋大楼已经没有员工了，但顾长铭的办公室灯仍旧亮着。

赵婳栩推开门，发现顾长铭一个人坐在偌大的办公室里，靠着椅背仰着头，似乎在思考着什么。

“把灯关上吧。”

他的声音很轻，也很冷。

“为什么要关灯？”赵婳栩问，随即扯起一抹冷笑，“是不想再看到我了？因为你的宁韵然？”

“不开灯，是我觉得也许不看着我的脸，你对我说真话的时候能够自在一些。”

赵婳栩发出一声自嘲的轻笑：“好，我们是时候该好好聊一聊了。”

她将灯关了，整个办公室陷入黑暗。

顾长铭身后的落地窗也被帘子挡住。

仿佛，他们忽然与世隔绝了。

“我不认为我对宁韵然的试探，是没有必要的。这并不仅仅是因为你在乎她，而我嫉妒她。”赵婳栩的声音也跟着冷了下来。

“理由呢？”

“因为宁韵然在高峻的画廊待过。你和我都知道高峻的画廊最后会暴露，高峻连离境的时间都没有，凌睿的行动能够那么快，那个画廊里必然有他的人。就算不是卧底的警员，也是非常可靠的线人。”

“那么你将怀疑对象锁定宁韵然的原因是什么？”顾长铭又问。

“第一，我派人去画廊那里打听过，梁玉宁是当着宁韵然和莫云舟的面跳楼的。跳楼之前还袭击过他们。大部分人都猜测是因为布里斯是被莫云舟带入画廊的，他们猜测就是莫云舟将他们引入了警方的圈套，可是谁知道梁玉宁当时要杀的是不是宁韵然呢？”

“有第一，就有第二。”

“第二就是，很明显，莫云舟很在意宁韵然，有莫云舟这个靠山，宁韵然还有必要进入我们这里吗？”

“你说的第一点，宁韵然在画廊不过是一个普通员工，职位是策划，她能接触到真正购买内容的机会还不如莫云舟。梁玉宁当时要报复的对象应该是莫云舟，因为根据我们的消息，特警击中梁玉宁的时候，她正用花瓶的碎片攻击莫云舟。至于你说的第二点，宁韵然是个自尊心很强的女孩，她不会依靠男人上位，特别是如果她还没有真正喜欢上莫云舟，她是不会轻易接受莫云舟的恩惠的。”

“你说的有道理，但是，既然她已经进入了我们这里，就不能有一点怀疑。”赵婳栩的声音很平静，仿佛所有的不甘和妒忌都沉淹在了她的平静之下。

“那我补充第三点。你做这些的目的，并不仅仅是测试宁韵然，而是借刀杀人。你想凭借赵谦对她的不轨用心毁掉她。她好歹是我的秘书，赵谦没得到你的默许，还没到敢动我身边职员的地步。”

顾长铭的声音骤降。

黑暗之中，赵婳栩握紧了拳头。

接着缓慢地松开。

“对。但是有一点，我没有想到赵谦会对她用G水这样下三烂的东西。我仅仅是给予赵谦机会单独接触宁韵然而已。赵谦出手一向豪爽，你一向不屑于给宁韵然任何物质上的东西，那么如果有人愿意给呢？她不会动摇吗？不会失去那些吸引人的东西吗？而且就算赵谦要做什么，我以为顶多灌醉她，把生米煮成熟饭，那个时候我也想看看宁韵然的表情是怎么样的。”

“其实这样的问题，你心里早就有答案了。”

“那么我也问你一个问题，想要听到真的答案。”

“你问吧。”

“你是不是喜欢她？”

赵婳栩以为顾长铭会犹豫，但是他立刻就给出了答案。

“是的，我喜欢，而且很喜欢。”

赵婳栩的眼眶湿了。

她忽然很感激顾长铭让她把灯关掉了。

这样他就看不到她的眼泪掉下来。

“每次看到她，我就想起楚君。所有我没有来得及为楚君做的事情，都可以做了。”

赵婳栩原本沉下去的心又亮了起来。

“你是想说你把她当成妹妹吗？你不觉得这是在自欺欺人吗？你对她，其实是男人对女人的喜欢。”

“婳栩，以前我不会爱上哪个女人，现在不会，将来也不会。你知道我的原则，我不会再把任何一个无关的人，拉进我的生活里。”

“但是你把她当成精神鸦片，这才是我最不能容忍的！”

“那么你是想要我戒掉吗？”

赵婳栩停顿了几秒之后，笑了。

“你戒不掉。”

“如果你要继续针对她，我也可以把她送去莫云舟的身边。”

此时的赵婳栩真的很想看清楚顾长铭的表情。

到底是一如既往的漠然，还是会有不舍。

但是她也很清楚，一旦宁韵然离开顾长铭的身边，自己和顾长铭之间的裂痕就不可修复了。

就算顾长铭像是男人爱女人一样对待宁韵然，他也不可能说出来，更不会去碰她。

他越爱的，越不会碰。

“我们必须把她留在这里，留在我们的掌控范围内。”

“为什么?”

“因为梅沙仓的股权问题，我们与莫云舟必然会有一战。如果是这样，我们必要的时候要拿宁韵然当筹码，让莫云舟投鼠忌器。”

“你想怎么做?”

黑暗中，赵婳栩的那一声冷笑尤为清晰。

“一切看秦耀先生的意思。”

“你现在不只是打算拿宁韵然来制约莫云舟，你还打算拿她来制约我了。”

“一切都只是为了保全我们而已。”

“婳栩，你有没有想过，你嫉妒的并不是我对宁韵然的另眼相待。”

“那么我嫉妒什么?”

“你嫉妒她活得比你坦荡。”

这短短的一句话，在这个封闭而空旷的空间里回荡。

“那我大方地承认我的嫉妒，也请你记住你的立场。我们就算回头也看不到岸了。”

“那么婳栩，你知道一艘在海上永远不肯靠岸的船，结局是什么吗?”

“我知道。结局是沉没。”

宁韵然醒来的时候已经是第二天的中午了，头昏脑涨，没有胃口，一直想吐。

她摁了摁自己的脑袋，嗅到的是消毒水的味道，周围是白色的墙壁和深蓝色的窗帘，还有仪器有规律的声响。

她怎么会在这里?

宁韵然抱着脑袋仔细地回想，但脑子里就像是有一段记忆被抽走，怎么也想不起来了。

有脚步声传来，宁韵然抬起眼，对上了莫云舟的脸。他的西装搭在胳膊上，领带也微微松开，看起来像是一宿没睡。

他很憔悴，但仍旧是宁韵然见过的最好看的男人。

“我……我怎么会在这里?”宁韵然用不解的目光看着莫云舟。

“你不记得了?”莫云舟的声音很轻，好像她成了什么脆弱的瓷器。

明明不习惯他这样温和而柔软的语气，宁韵然却想要一直听下去。

他拉开病床边的椅子，坐了下来。

宁韵然皱着眉头想了半天，摇了摇头。

“你还记得你去香格里拉大酒店了吗?”

莫云舟这么一提醒，宁韵然原本像被抽走的记忆瞬间涌回，一点一点衔接了起来。

“我去那里交东西给赵谦!”宁韵然说。

莫云舟点了点头，眉头蹙着：“那你还记得你在赵谦那里喝了什么吗?”

宁韵然歪着头想了半天：“他给我喝可乐，我觉得他态度很奇怪，于是我只喝了一瓶没开盖子的矿泉水……”

“那瓶矿泉水也有问题。你还能坚持走出来，已经不容易了。”莫云舟回答。

宁韵然想了两秒之后又问：“那我怎么会在这里……你又怎么会在这里?”

莫云舟撑着下巴，眼底却没有笑意：“你在电梯厢里扑入我的怀里，我看你很虚弱，就把你送到医院里来了。”

宁韵然忽然觉得事情很严重，如果不是莫云舟，自己很可能已经玩完了。

“谢谢。”她发自真心地说。

“你不用谢我，你该问问你自己知不知道赵谦给你吃的是什么。”莫云舟的声音凉凉的。

宁韵然咽了下口水，想到自己不省人事被送到这里来，她开口问：“蒙汗药?”

莫云舟的手指在她的额头上用力弹了一下，疼得她灵魂都要飞起来：“哎哟!”

“蒙汗药?你以为自己在演《水浒传》吗?”

“那是什么?”

“吐真剂。”

这三个字把宁韵然狠狠击中，某种恐惧感一直从脚底延伸到头顶。

赵谦为什么给她吃吐真剂？

难道她被怀疑了？

自己的身份暴露了吗？

赵谦有没有问她什么问题？她都回答了什么？

宁韵然从背脊到脚尖都一片冰凉。

“你很幸运，倒在我的怀里。”

听到这里，宁韵然暗自呼出一口气来。

莫云舟侧过脸，细细地看着宁韵然的表情。

“你看起来好像松了一口气，我这么让你安心吗？”

莫云舟的声音里带着一丝调侃。

宁韵然反应过来，不满地说：“你骗我！”

“我没有骗你。你怎么不问问我有没有问你什么问题？”

莫云舟的表情很严肃，一点都不像是开玩笑。

宁韵然原本回落的心再度悬起。

莫云舟到底是在一本正经地调侃她，还是真的问了她什么不得了的问题？

“你……问了我什么？”

莫云舟倾向宁韵然，他令她忍不住欣赏的眉眼越来越近，就像是某种无法阻止的力量，要将她覆没。

“我问你，宁韵然你喜不喜欢我？”

宁韵然的心脏绷了起来。

明明知道这个男人有五成的可能性在胡说，可心跳还是无法克制地加快。

“骗人。”

莫云舟的唇角微微勾起，只是那么一丁点的弧度都让她心痒。

“你说，我喜欢你，我当然喜欢你。”他微微垂着眼帘，声音很清晰。

那么认真。

“骗人。”宁韵然不希望他再靠近了，抬起手去推他的肩膀。

可是这个男人却更加用力地靠近，仿佛要将所有的空间都压缩，他的手就撑在宁韵然的身边，他的气息不可抵抗地侵入她的空间。

她转过头去，他也跟着靠近，他的鼻尖很好看，好看到让她呼吸快要停滞。

“我问，宁韵然你有多喜欢我?”

他的声音很轻，像是捉摸不透的烟雾缭绕，缱绻中带着一丝诱惑性。

“你别骗人了!”

宁韵然大声道，心虚一般。

“你说，从来没有这么喜欢一个人。”

“我才不会那么说!”

她干脆朝着另一侧转去，挣扎着下床。

没想到莫云舟直接一把将她翻了回来，她直接撞入他的怀里，全身骨架子都在颤动，他却稳稳地摁住她，用看透一切的目光从容地看着她。

“好啊，那你觉得你会怎么说?”

“我不喜欢你。”宁韵然用力挣扎起来。

“你吃了药的时候，可不是这么说的。”

任凭宁韵然挣扎，莫云舟的怀抱就似一座大山，丝毫没有动摇。

这个男人执着起来也会很可怕，他的力度像是要将她捏碎。

“吃了药说的话都不算!”

“怎么不算？人在清醒的时候最喜欢说谎，糊涂的时候反而比较可爱。而且……你撒谎的技术一直很糟糕。”

莫云舟的声音就在她的耳边，她总觉得对方是要亲上来，可莫云舟却偏偏只是说话而已。

“宁韵然，喜欢一个人是掩饰不住的真心话，为什么诚实一点说出来却成了你的大冒险?”

宁韵然干脆躲也不躲了。

莫云舟，喜欢你是真心话，说出来却可能害了你。

你会像面对梁玉宁一样保护我，你会竭尽所能带我离开危险的地方，但是我会很害怕。

因为我的记忆力太好了，如果你受伤了，如果你要离开，如果失去你，那样的画面……我会永远都忘不掉。

就在这个时候，有人在外面轻轻地敲了敲门。

“你们腻歪够了没有啊！吃不吃饭!”

陆毓生的声音传来。

宁韵然瞬间松了一口气，莫云舟当着陆毓生的面，不可能还这么抱着她吧？

就在他的胳膊离开的时候，宁韵然的唇上猛地被碰了一下。

明明是温暖的触感，却让她觉得心尖上被烫了一下。

“你……你……”宁韵然瞪圆了眼睛看着莫云舟云淡风轻的脸。

“我怎么了？”他淡淡地问。

“你这是耍流氓！”宁韵然组织了很久的语言才说出来。

“如果只对你一个人这样，就不算耍流氓。”莫云舟看向门口，说了声，“进来吧。”

陆毓生一脸不爽地将一个保温桶拎到莫云舟的面前：“给你——青菜粥！”

“谢谢。”莫云舟打开了盖子，热腾腾的水蒸气溢了出来。

陆毓生看着宁韵然，歪了歪脑袋：“你发烧了吗？脸怎么那么烫？”

宁韵然现在只想掀被而起，再打掉这个家伙的门牙。

“吃吧。”

“警察说下午过来给她做笔录。赵谦的秘书邓杰已经承认是他下药的。真晦气，做了缺德事还要别人来顶包。”陆毓生一脸不屑。

宁韵然隐隐地记得自己离开那个房间的时候，是赵谦的秘书一直跟着她。

但后面发生了什么，她就完全不记得了。

“你运气真好，碰上我小舅舅！你知道G水会让你就算被赵谦糟蹋了还是什么都记不起来吗？”陆毓生挑着眉毛问。他的眼睛里是心有余悸的意味。

正在吹着勺子里的粥的宁韵然猛地抬起头来：“你说什么？G水！”

不是莫云舟说的吐真剂！

“吓坏了吧！那可是厉害玩意儿！下三烂的东西！照我说，就该把赵谦抓进去，把他咔嚓掉！”陆毓生比了个手势。

宁韵然气死了，恶狠狠地瞪着莫云舟。

这家伙果然骗她！

莫云舟只是无所谓地反问了她一句：“你喜欢吐真剂还是喜欢G水？”

宁韵然咬着勺子不回答。

“那你喜欢说真话还是喜欢被赵谦糟蹋？”

莫云舟的话说完，旁边的陆毓生呆住了。他完全不相信这是他的小舅舅说出来的话。

“都不喜欢。还有，这个粥挺烫的。”宁韵然咬牙切齿地说。

潜台词是，你再胡说八道，我就把这碗粥扣到你的头上！

这时候，走廊上隐隐地响起了高跟鞋的声音，宁韵然一听就知道是赵婳栩来了。

一想到这个女人对自己的试探，宁韵然心里就发寒。

她不傻，到这一步她心里也能想到，赵谦和顾长铭抬头不见低头见，要乱来也不会对顾长铭身边的人乱来，肯定是赵婳栩暗示了赵谦什么，否则赵谦哪里会做得这么过分。

整件事就是赵婳栩策划的双保险。

第一场试探就是看宁韵然会不会如实地将东西送去赵谦那里，如果她去了，第二重保险就是赵谦会对她下手。

如果没有莫云舟，无论宁韵然做出怎样的选择，赵婳栩都会是赢家。

宁韵然真的一点都不想看见赵婳栩的脸。

“不想见她，就躺下睡觉。”

莫云舟的话刚说完，宁韵然十分迅速地将粥放在床头桌上，迅速缩进被子里背对着门，蜷成了一个虾米。

速度之快，连旁边的陆毓生也看呆了。

赵婳栩一进来，看见的就是莫云舟坐在病床边，陆毓生傻站在旁边的样子。

她刚要说什么，莫云舟就将手指放在了唇边，暗示赵婳栩不要说话，然后起身跟着赵婳栩来到了病房外。

“没想到莫总现在竟然还在陪着小宁，真的是有心了。”赵婳栩笑着说。

“没有办法。昨天刚送她进医院的时候，明明脑子都不清醒了，还要一直抱着我的胳膊。”

窝在被子里的宁韵然竖起耳朵仔细听着他们在说什么，心里万分不爽。

她才没有抱他的胳膊呢！纯粹造谣！

“我也没想到赵老板会做出这样的事情来……小宁再怎么说，也是顾总身边的人啊，哪次出来不是亲自带在身边护着……”赵婳栩一脸没想到的样子。

“她体内的G水已经代谢掉了，就是一直想睡觉。这一次运气好，我正好也在香格里拉大酒店，不然后果不堪设想。昨天晚上顾总也来看过她了。”

宁韵然没想到，顾大哥竟然来看过她了？他不是出差在外吗？

“长铭说了，让小宁这一周好好休息。至于赵谦，他会亲自找他算账。”

莫云舟扯起唇角，用半开玩笑的语气说：“赵总，其实我倒是觉得与其迁怒赵谦那个人品本来就低劣的家伙，不如请顾总管好自己的人吧。”

“莫总……什么意思？”

“小宁好像是去赵谦那里交东西的吧，可是顾总来看小宁的时候却跟我说，你们早就终止和赵谦的合作了。赵谦虽然还有部分纵合万象的股份，但顾总已经打算亲自收购过来。他觉得纵合万象不适合再与赵谦有任何利益联系。所以我很好奇……赵总你那天车祸之后，到底是要交什么东西给赵谦呢？顾总知不知道呢？”

莫云舟还是以一派轻松的表情看着窗外。

赵婳栩的脸色却越来越难看了。

“就算要撇清关系，之前一些未尽的合同还是要完成的。不过这些都是我们纵合万象的事情，让顾总去思考就好了。”

莫云舟手揣在口袋里，低眉轻笑了一声：“也对。”

“既然小宁还在睡，那我就不打扰她了。”赵婳栩转身离开了。

听着她的脚步声，窝在被子里的宁韵然这才呼出一口气来。

刚才莫云舟和赵婳栩的对话，让她意识到，莫云舟才是那种在气势上和实力上能与赵婳栩较量的人，而自己只能见招拆招，像个孩子一样。

一直在玩手机的陆毓生用胳膊肘顶了宁韵然一下：“搞了半天，真正算计你的人是赵婳栩啊！”

“这没头没尾的，你能听明白？”

“啧……我打拳不如你，但不代表我像你一样智障。”陆毓生没好气地白了宁韵然一眼。

莫云舟走了进来，抱着胳膊看着她，只问了一句话：“宁韵然，你喜不喜欢我？”

陆毓生呆了……这么直接？

“不喜欢！”宁韵然又想蜷回被子里了。

“是现在不喜欢，还是做完了你想做的事情，就可以喜欢我了？”莫云舟凉凉地问。

宁韵然傻眼了，难道自己不清醒的时候真的对莫云舟说了什么？

见她没有回话的意思，莫云舟对陆毓生扬了扬下巴：“走吧。把保温桶也带走。”

“啊？她还没吃两口呢……”

“她又不喜欢我，你还给她吃？”

莫云舟扬了扬下巴，陆毓生立刻要笑成一朵菊花的样子，迅速将保温桶给收拾了。

他早就看宁韵然极度不顺眼了。从小到大都是他跟在小舅舅的身后，可是最近很明显他这个血浓于水的外甥地位岌岌可危。

一想到如果宁韵然做了他的小舅妈，他宁愿买块板砖把自己拍死！

宁韵然看着陆毓生真的将保温桶拎出门口，而莫云舟也拿过自己的西装穿上身，忽然很想说什么留住他，但脱口而出的却是：“这个病房怎么只有我一个人？医保能不能报销？”

陆毓生站在门口，用看怪物的目光看着宁韵然。

莫云舟还是那样不紧不慢地转身。

“VIP病房四千元一个晚上，你已经睡了一晚了。”

“我要出院！我现在就要出院！”

“随便你。”

莫云舟这一次真的和陆毓生走了。

宁韵然伸长了脖子，看着他们的车开出医院大门，忽然有点懊恼。

她怀念起自己坐在莫云舟的车上，替他吹口哨的晚上了。

他们那么轻松，仿佛什么都可以谈、可以聊。

而就在刚才，他距离她那么近，她多想假装一不小心撞进他的怀里，但是这个怀抱却隔着那么多的秘密。

宁韵然将脸贴在自己的膝盖上。

其实她一直没有忘记过。

她呼出一口气来，扯了扯嘴角。

我喜欢你。

我当然喜欢你。

可就是因为喜欢你，所以才要忍住。

“你干什么要掉眼泪?”

莫云舟的声音陡然响起，宁韵然肩膀一颤，抬起头来，就看见这个男人单手揣在口袋里，另一只手正把保温桶放在床头桌上。

宁韵然立刻抬手摸了一把脸颊，发现真的有一道湿润的痕迹。

“你……你怎么会在这里？我明明看见你的车开出医院的门……”

莫云舟倾下身来，看着宁韵然。

他看似温润的气质之下，目光却很有力度。

“是我先问你，为什么掉眼泪。”

宁韵然的眉头蹙了起来。

他的背影会让她莫名其妙地想念。

可是当他站在她的面前时，却像是一场又一场的拷问。

“我差一点就出事了，在医院里。要是别的女孩，父母早就心急火燎地跑来，围绕在身边。可是我不一样……我的父母永远不会来。”

明明是应付莫云舟的谎话，可是越说，宁韵然就越难过。

她这才意识到，那不是谎话，是事实。

莫云舟的手伸过来，将她揽在自己的怀里。

那一刻，宁韵然的眼泪就更加止不住了。

“你不是还有我吗？在香格里拉大酒店里，不是拼尽全力也要等到我才肯闭上眼睛睡过去吗?”

“但是，你也会转身的。”

当你知道我面对的是谁时，我知道你不会袖手旁观。

我不想我对你的喜欢变成一种契约，让你陪我以身涉险。

“转身，并不是因为喜欢你喜欢得不够执着，而是为了下一次再见到你。”

宁韵然抬起头来，对上莫云舟明显带着笑意的眼睛，顿时明白这家伙刚才就是假装离开的。

“你喜不喜欢我?”莫云舟侧着脸问。

他早就知道答案，也明明知道宁韵然会给出什么答案，可还是那么乐在其中问她同一个问题。

“你可以转身了，我们下次再见吧。”

宁韵然很认真地回答。

这一次，莫云舟真的走了。

宁韵然还是一个人，但是她却觉得自己的心里面很踏实。

她起身，在病房里走了走路。现在自己头也不昏，只是觉得嘴巴里很苦，不是特别有精神而已。

她在医院的走廊里走了几步，关门转身的时候，似乎看到了什么在自己的床角下面微微地反射亮光。

她来到床边，从口袋里取出纸巾，半蹲下来擦了擦自己的鞋子的鞋尖。

那一刻，她的心中一阵惊寒。

因为那很有可能是一个微型窃听器，正好被安装在床的最下面，自己也是因为角度特别才会看到它。

装在这个位置，是拍不到什么的，它应该没有录像功能。

杜若向宁韵然普及过市面上经常能见到的微型窃听设备，一次充电可以运作超过三十个小时，一旦有录音，就会自动地将窃听内容发送到窃听者的手机上。

宁韵然不动声色地站起身来，将擦了鞋子的纸巾扔到了垃圾桶里，然后躺回床上。

这个医院，包括这个病房都是莫云舟在她出事之后，临时将她送来的，除了莫云舟，没有谁能在她来之前就在这里装上这种东西。

而且会装这种东西的，最有可能的就是一直在试探自己的赵婳栩。她能制造出一个车祸来试探自己，甚至将自己推给赵谦，想要借赵谦之手来伤害她，装个小小的窃听器并没有什么好奇怪的。

第二个有可能的就是顾长铭。无论如何，他都是纵合万象集团明面上的控制者，他也不可能希望有任何人让这座大厦倾塌。他越是想要信任她，就越需要确定她值得信任。

赵婳栩和顾长铭都来看过她，但是莫云舟一直都在，他们两个应该没有这样的机会。

还有陆毓生……但是他从进门开始，就在自己的视线里。

莫云舟一直陪在她的身边，有充分的时间和条件……不，莫云舟不可能。

他不会监控她。

对于这一点，宁韵然万分肯定。

如果这些她所知道的人都没有机会的话，那就很有可能是她睡着而莫云舟也没注意到的时候，有人进来装的。

莫云舟还在这里守着她的时候，警察就打电话过来确认了时间，要向她询问当天到底发生了什么。宁韵然听见了走廊上的脚步声，看来是警察来了。

这样子，自己对警察说的话，就会在窃听者的监听之下了。

宁韵然吸了一口气，向警方详细描述了自己为什么会去找赵谦，以及赵谦的秘书给自己倒可乐，自己没喝，选了一瓶矿泉水。但是喝完一口之后，握着矿泉水走到门外，才发现瓶身似乎被注射器扎穿了，所以水漏到了自己的手上，她才警觉矿泉水也许也被动了手脚。

“是赵谦先生让他的秘书送我出来的。”

“宁小姐，你肯定?”

“我很肯定。后来赵谦的秘书一直想要把我带回去，之后的事情……我只隐隐记得好像见到了莫云舟莫先生，很希望他能带我走……除此之外，我不知道发生了什么。”

警察很自然地点了点头，又询问了她几个问题之后离开了。

宁韵然躺回床上，假装玩手机，心里面却百转千回。

照这样看，那个窃听器还有可能是赵谦安装的，想要知道警察来调查的时候，自己都说了些什么，他好应对。

她安静地待了半个多小时，又听见走廊上再度响起了脚步声，有人敲了敲她病房的门。

“宁小姐，您好。我们是长州市红河区刑侦大队的警员，因为办案需要，我们临时从长州市赶来，有重要的问题需要询问宁小姐。”

宁韵然坐直了身子，神经骤然绷起，心里一阵狐疑。

长州市红河区刑侦大队的为什么会来?

而且刚才T市的警察来向她问案情，为什么不告诉她还有其他的警察会来找她?

“请进。”宁韵然回答。

走进来的是两名女性警员，她们先是向宁韵然出示了证件，然后取出了笔记本和录音笔。

“两位同志，我不知道有什么能帮到你们。”

“我们也很抱歉忽然来打扰您，只是我们听说了您和梦幻星空乐园老板赵谦之间发生的事情，就立刻决定来找您，希望不会太唐突。”

原来又是来调查赵谦的。

“如果你们问的问题是我知道的，我一定知无不言。”

如果是长州市的刑侦大队，确实有可能不知道她是卧底，但是各地市之间的警局也会经常互通消息，凌睿难道不知道长州市什么红河区的刑侦大队派人来找她？

但现在自己和凌睿之间所有的消息传递都要靠杜若，而自己还没有回去见到杜若。杜若也就没来得及告诉自己有其他市的同事会来问她问题了。

“因为赵谦在我们长州市也涉嫌用G水迷昏年轻女子的案件，只是那些女孩子没有宁小姐您这么幸运。”

宁韵然呼出一口气来，看来赵谦没栽在洗钱案上，却要栽在其他案子上了。

“我想请问一下，那一日您进入赵谦在香格里拉大酒店的房间，都见到了哪些人？”其中一名警员取出了许多张照片放在了宁韵然面前的床单上。

足足有八张。

宁韵然的记忆能力并不是建立在数据记忆的基础上，而是图片式记忆。

她几乎一眼就认出来，其中的三个，就是陪着赵谦一起唱歌的女孩。

“她们都是受害者吗？”宁韵然狐疑地问对方。

“不，简单地说，她们都和赵谦有过男女关系。有时候赵谦带着她们其中的一到两人去酒吧，如果看中了谁，就会让这些女孩去请对方喝有问题的饮料。女人对女人的戒心通常很低。”

宁韵然恍然大悟，心里把这个赵谦骂了个底朝天。果真是缺德的禽兽，祝你早日升天！

她很认真地拿起这些照片，一张一张极为认真地看过去，然后呼出一口气来，摇了摇头，还给对方。

“我当时在那个房间里待了可能就五到十分钟……真的没有什么印象了。”

“您再仔细想一想？这对案件很重要，您也一定很希望赵谦得到惩罚，对吗？”

宁韵然又看了一遍，指着其中一张照片说：“我只觉得这个女孩子像是见过，但我不肯定，其他的真的……我记不起来了。”

“好的，宁小姐，如果您还记起了什么，请一定要记得给我们打电话。”

“好的，我一定会。”宁韵然点头说。

当那两名警员离开之后，宁韵然继续躺回床上，打了个电话给甄晴，控诉着她作为自己最好的朋友竟然至今都不知道她进了医院，而且还绘声绘色地讲述了自己被两拨警察调查的经历。

嘴上和甄晴打着哈哈，宁韵然心里却越来越清醒。

她闭上眼睛，眼前浮现出来的是那两名警员所出示的证件，她从包里赶紧取出本子，将她们的证件号码和上面的名字抄了下来。

这周五，宁韵然正好出院。

甄晴良心发现，请了半天假来陪她。

当她们把东西都收拾好的时候，宁韵然发现顾长铭就站在门口，不知道多久了。

“顾……顾大哥……你怎么来了？”

“你住院的时候，我就看了你一眼。你出院了，我当然要来接你。”顾长铭看向甄晴的方向，微微点了点头。

甄晴的脸立刻就红了。

宁韵然摸了摸鼻尖，顾长铭确实“奇货可居”，长得堪比影视明星，又有那些肚子肥得流油的秃顶商人所没有的高冷气质，一看就是有钱也不乱来的优质男人。

“是先送你们回公寓，还是先请你们吃饭？”

顾长铭将宁韵然的包从甄晴的手中拿了过来，很自然又刷了一波好感度。

“先吃饭。”宁韵然笑了笑。

顾长铭的唇角轻微地凹陷，就是这样笑都笑得自制的样子，最符合甄晴对成熟男人的倾慕标准了。

当顾长铭走出去时，宁韵然靠向甄晴的方向，小声说：“你不可以喜欢顾长铭啊！”

甄晴的脸一下子就红了。

“朋友妻不可戏，你喜欢他，我当然不会对他怎么样……顶多想想而已！”

“想想也不行！”宁韵然做了一个“一刀两断”的手势，看得甄晴想揍她。

“不想！满意了吧！”

这时候走出门的顾长铭又回过头来。

“怎么了？什么满意？”

“没什么，顾大哥你特别让人满意！”

宁韵然瞥了一眼甄晴不高兴的样子，叹了一口气。

她很清楚顾长铭身处旋涡的中央，要么奋力爬出来，要么被卷入深处。

在这样的情况下，她怎么能让甄晴对顾长铭太过留恋。

包括自己。

顾长铭给了她那么多的温暖，他一直挡在她和赵婳栩之间，在她不知道的时候也许做了很多。

她唯一能为他做的，就是在山穷水尽的时候拉他一把，帮他回头是岸。

宁韵然刚要坐上顾长铭车的时候，忽然想起了什么：“啊呀，我把家里的钥匙落在床头柜的抽屉里，忘记拿出来了！等等我，我马上就回来！”

“我去帮你拿。”

顾长铭正要下车，宁韵然却转身跑了。

“我动作比你快！”

顾长铭的腿才刚迈出车门，宁韵然已经跑远了。

“以前读大学的时候，她是我们运动会百米冠军。”甄晴补充说。

“怪不得。”

宁韵然以最快的速度奔回住院部，看见电梯门正好打开，如同利箭一般冲了进去。

她握紧了拳头，在心里说着“快一点”，电梯门一打开，她便冲了出去。

她来到病房门口，看见房门开着，心里紧张了起来。

可别自己跑回来跑晚了！

她可不是跑回来找什么钥匙的，而是要看看等她走了，那个装窃听器的人有没有可能会来拆？

她将脑袋伸到门口，果然看见一个穿着护士服的人正蹲在她的床边！

宁韵然扯起嘴角，忽然一下跑了进去，吓得那个小护士立刻站起身来，而她的右手握着拳头，不知道正握着什么。

宁韵然拉开抽屉，将钥匙拿了出来，不好意思地笑了笑：“钥匙忘记拿了，哈哈哈……”

“没关系。还有什么其他的东西落下了吗？可得检查清楚了。”小护士露出松了一口气的表情。

宁韵然摇了摇头：“应该没了，谢谢你！”

她拿着钥匙走了出去，脑海中浮现的是小护士别在胸前的名牌“赵淑梅”。

她回到了车上，发现顾长铭坐在驾驶席，而甄晴则坐在后排玩手机，车子里很安静。

“你们都不聊天的吗？”宁韵然好奇地将安全带扣上。

“我们聊了两句。”顾长铭回答。

宁韵然看向甄晴，甄晴对她伸出两根手指，说：“对，我们聊了两句。”

甄晴的意思应该是从头到尾，只有两句。

憋着笑，宁韵然忽然不再担心甄晴会对顾长铭继续心存幻想了，毕竟甄晴一直以来交往的男朋友都挺能说话的。

顾长铭带着她们去了一个很卫生但是不那么气派的地方，这也让甄晴吃得很自然。

吃完饭，顾长铭先将甄晴送回了家。

当车上只剩下宁韵然和他的时候，宁韵然忽然紧张了起来。

忽然，顾长铭的手机响了起来，他瞥了一眼，并没有接通。

而那个电话则不死心地一直呼入。

宁韵然瞥了一眼，上面显示的名字是“赵谦”。

“你不接吗？”宁韵然伸着脖子，其实她很好奇赵谦会说些什么。

顾长铭只是冷冷地回了一句：“为什么要接？”

“他好像很着急？一直不停地打。我很想听听他是不是要求你……”宁韵然挤了挤眼睛。

提起这个老东西，宁韵然就想把他的肺都踹出来。

顾长铭仿佛看出了宁韵然的小心思，不但接听了电话，还开了免提。

“赵老板，有什么事情吗？我正在开车。”

顾长铭的声音很好，很冷淡，宁韵然表示很满意。

“唉……顾总，甭管你是开飞机还是开飞船了，你都得救救我！”

“我有什么能救你的？”顾长铭的声音凉凉的。

“我知道，你的那个小秘书被我的秘书给放倒了……”

"哦？是你的秘书放倒了我的秘书？"顾长铭的尾音微微上扬，不怒自威。

"别……老弟，我们也打交道这么多年了，我手上好歹也有纵合万象的股份，你是真的要看着我死吗？"

"有谁能让你死吗？"顾长铭还是不冷不热地反问。

"就是莫云舟啊——莫云舟真的要逼死我了！"赵谦提起这个名字就咬牙切齿。

而宁韵然在听到这个名字的一刻，心脏跟着颤了颤。

"莫云舟有什么本事能逼死你啊？"

"我投资什么，他就跟我对着来！这一周在股市里我都快被他怼死了！他喷了几个亿进去，赚了钱就跑，反而把我钉死在里面！我绿得肠子都要出来了！你帮我跟你的秘书小宁解释解释！那一天我真的没有碰她的意思，完全是邓杰那个不长眼睛的家伙胡来！"

宁韵然听着赵谦这火急火燎的声音，不知道有多爽啊！

她很清楚赵谦拿来投资的钱是哪里来的，那就是秦耀的黑钱。他如果真的把秦耀的钱亏掉了，秦耀会把他的皮都扒掉。

"那么莫云舟他挣钱了吗，还是亏了？"顾长铭又问。

"那小子当然挣钱了！"赵谦的血都要喷出来。

"那么他就是为了挣钱，股海沉浮，赵老板早日出来就好。"顾长铭还是淡淡的。

"为了挣钱！别提了！我今天在一个金融高峰论坛上和他碰了面。我说莫总能挣钱，你知道他说什么吗？他说——跟着赵总有钱挣！你还不明白什么意思？他在跟我杠啊！他这是冲冠一怒为红颜啊！"

宁韵然的心头一紧，血液从四肢百骸一直蹿到了头顶。

"我和云晟集团正在为了梅沙仓竞争。我不方便打这个电话。我开车不方便继续聊，或者明天你和婳栩再商量一下，说不定只是赵老板你投资时机不太对。"

顾长铭将电话挂断了。

宁韵然在知道赵谦股市吃瘪之后爽得想要跳舞，可是沉静下来之后，她也不得不问自己——莫云舟真的会做那样的事吗？

骤然来的安静让人觉得尴尬。

"赵谦的事情对不起。"顾长铭说。

宁韵然立刻摇头："不关你的事情，你也没想到赵谦脑子像被门夹了一样，会对我出手。"

顾长铭忽然将车停在了路边，这让宁韵然更加紧张了起来。

他似乎思考了很久之后才开口说："小宁，这不仅仅是赵谦脑袋被门夹，而是赵婳栩。"

"赵总……她怎么了？"宁韵然没想到顾长铭竟然会当着她的面告诉她，自己会出事是因为赵婳栩。

"有的人，失去了单纯的生活，就想把其他人的生活也毁掉。这也是为什么我一直不愿意你跟着她的原因。"

顾长铭的话，让宁韵然不知道该说什么。

"云晟集团的莫云舟一直很希望你到他那边去。你跟着他，他一定会尽全力培养你。"

顾长铭所说的话完全超出了宁韵然的预料。

她万万没有想到顾长铭会直接说出希望她去莫云舟那里的话。

因为梅沙仓的股权收购问题，宁韵然知道顾长铭和莫云舟现在是对头，他叫她去自己的对头那里，到底是什么意思？

他怀疑她了？窃听器难道真的是顾长铭装的？所以现在他想要把她这个麻烦送走？

这个时候一定要稳住，宁韵然。

如果真的走了，之前所有的努力就全部白费了。

"我做错什么了吗？还是因为赵总不喜欢我，所以让顾大哥你很为难？"宁韵然用很认真的表情问。

"不是的，你什么都没有做错……"

口水偶像剧宁韵然不是没有看过。现实生活中没有给她提供处理这种事情的经验，但是偶像剧里有。

那些折腾来折腾去，闹分手又分不成的找抽的情侣，在男主角为了一些没啥大不了的理由不坚定的时候，女主角必须要像连珠炮一样堵住男主角的话！

"如果我没做错，那么赵总为什么讨厌我？我有什么生活是值得她嫉妒的？我没有百万年薪，没有百万名车，没有帅气男友，没有显赫家世，她到底不喜欢我哪里？"宁韵然一口气说了出来。

顾长铭微微张了张嘴，想要说什么，宁韵然不给他机会，继续说下去。

“还是因为你们知道莫云舟对我有好感，赵谦说什么‘冲冠一怒为红颜’……所以要送我去刺探军情？你所谓的莫云舟会培养我，是怎样培养？”

宁韵然很着急啊。

顾长铭，拜托你别再说了！

“对不起。你是那种希望靠自己的努力在事业上有所收获的女孩，让你去莫云舟那里会伤害你的自尊心，好像靠他才能得到什么的感觉肯定不好受。对不起。”

宁韵然在心底呼出一口气来。

她着急得肩膀都在颤抖，生怕顾长铭说出一个让她无法反驳的理由来，可就是因为她这么颤抖着，反而让顾长铭很内疚地伸手在她的肩膀上摁了一下。

“好了，到家了，好好休息。明天就要回来上班了，记得要开开心心的。”

“嗯。”宁韵然点了点头，下了车，“顾大哥再见！”

宁韵然回到自己的公寓之后，就去找了杜若。

杜若开门看到她的那一刻，很明显露出了放松的神情，甚至还微微呼出一口气来。

“杜师兄，你是不是担心我来着？”宁韵然有些小得意地问。

“是啊，我还以为你已经阵亡，被处理掉了呢。”杜若哼了一声，忽然伸手捏住了宁韵然的耳朵，“滚进来吧！”

“别捏我耳朵啊！你又不是我妈！”

两人面对面，宁韵然这才将赵婳栩是如何试探自己，自己将公文包送到赵谦那里之后出事，以及在病房里遇到的所有的人和事都对杜若说了一遍。

杜若越听眸子越凉。

“照你这样说，赵婳栩很有可能是在怀疑你。但是你到目前为止向我们传递的最有用也是最重要的信息就是赵谦的梦幻星空乐园的入账流水。”

“她明明知道我接触这个流水唯一的机会就是那次在射击俱乐部的时候。但那一天，我一次都没有坐在那个电脑前啊！”

“你看到赵谦电脑屏幕的时候，赵婳栩看到你了吗？”

“看到了，她确实暗示了赵谦把电脑关上。但是我保证我看着屏幕的时间不会超过两秒。”

“也许就是这两秒……让赵婳栩在赵谦出事之后，回忆起这一幕，心里面就有了警觉。像赵婳栩这样的女人，一旦开始怀疑你的记忆力，她就会一而再、再而三地试探你，而这样的试探永远不会停止，直到她的猜测被验证是对的。所以，你一定要小心。”

“什么？这样的试探不会停下？她心理有问题吧！”

“这是赵婳栩的生存法则。怀疑一个人，远比相信一个人让她更有安全感。”

宁韵然叹了一口气。

好像越走越困难了。

“对了，杜师兄，你帮我查一下这两个证件号。她们说自己是长州市红河区刑侦大队的，来问我关于赵谦的事情。因为当时我就留意到了房间里有窃听器，所以没有回答她们的问题。”

宁韵然将字条递给杜若。

“这个查起来很快。你很有进步，知道留心眼了。”杜若的手指在键盘上迅速敲击了起来。

“怎么样？”

“她们的证件是伪造的。长州市公安局下属的警察里面，没有这两个人。”杜若回答。

宁韵然拍了一下自己的大腿说：“怪不得！我看着她们的行事作风，就像演电视剧一样，一点都不像现实生活中的警察！”

“哟，你还有这样的观察力了。那你知道这两个假警察是谁派来套你的话的？赵谦吗？”

宁韵然思考了片刻，摇了摇头：“不是赵谦，是赵婳栩。你不是说她会一直怀疑我、不断地试探我吗？这也是赵婳栩的一次试探！因为那两个假警察给我看了好几张照片，要我辨认当天在赵谦的房间里的女孩。这是在考验我的图片记忆能力，而不是考验我对信息的记忆能力。”

“你是说，她很可能猜到你的记忆模式了？”

“我不知道。但是，如果她去搜索记忆方式的话，网上会有很多关于图像式记忆方式的信息。所以，她换了另一个方式来考验我？”

“这些都有可能发生。”

“另外，你帮我查一下医院里那个名叫赵淑梅的护士，就是她把窃听器安装在了我的病床下面。我很想知道她是受到了谁的指使。”

杜若点了点头：“得知道是谁安装的窃听器！假如安装窃听器的和派假警察来的人是同一个，我们也就知道了这些假警察到底是来试探你什么了。”

“如果是赵谦，他就是想要知道我有没有什么证据或者线索能让他因为 G 水的事情而翻到阴沟里去。如果是赵婳栩，很有可能就是试探我的记忆力，还有她想知道我住院的时候会跟哪些人联络，有没有泄露他们的秘密。”

“最近这段时间你要多注意。赵婳栩要怀疑你的话，那就不仅仅是安装窃听器这么简单了。”

“我明白。等师兄你查那个小护士的结果。”

宁韵然回到自己的房间里，看片子看得无聊，正好甄晴上线，两人玩起了《王者荣耀》。枉费宁韵然觉得自己手脚灵便思维敏捷，却没想到把甄晴都气到叫她找个地方抠脚休息，不要再臭脚连累队友了。

宁韵然被气得直哼哼，这时候手机上却收到一条短信。

抖 M：回家了？

宁韵然的手指莫名一颤，又把队友给害惨了。

她深深地吸了一口气，其实今天当她看见顾长铭来接自己的时候，她有一种得救了的感觉。

因为就在出院的前一天晚上，她还在病床上翻来覆去，她怕如果走的时候碰上莫云舟来接她出院，她该怎么办？

他是不是又会靠近她？

又会那样若有深意地对她笑？

然后问她：“你到底喜不喜欢我？”

对于别人来说，谎话说一千遍就会相信是真的。但是对于她宁韵然来说……谎话说的次数越多，就越会忍不住要说出真话来。

她不知道自己到底喜不喜欢莫云舟。

但她想象过如果自己是刘雨，她希望自己和莫云舟是陌生人。

这样，当莫云舟看见她出车祸而死的消息时，也能漠然地掠过，不会受伤。

宁韵然沉默了几秒之后，用她一贯没心没肺的语气回复那条短信：早就出院了，难不成还等你来送肯德基？

不知道莫云舟是不是一直就在等着她的短信，回复迅速到超出她的预料：顾长铭没有给你买肯德基吗？

宁韵然愣了愣。莫云舟知道是顾长铭来接她的？

她回复一句：关你什么事？

抖 M：我在医院门口看见你坐着他的车走了。

那一刻，宁韵然的心脏像是被针扎了一下，莫名其妙地疼了起来。

她开始无法克制地想象莫云舟到底是在哪里看见他们的，他是用怎样的目光看着他们的。

他为什么不叫住她？

宁韵然不知道怎么回复对方，一整个晚上不断地拿出手机来看那条短信。

她期盼着莫云舟会再发一条短信来，可是什么都没有了。

心绪被莫云舟拽了起来。

她真的很想时光倒流，看到莫云舟在医院门口等她的样子。

“这家伙……是故意让我内疚的吗？”宁韵然将手机一扔，拽上被子。

满脑子都是那一句“冲冠一怒为红颜”。

宁韵然……你疯了吧！

此时，在本市一家静吧里，蓝调音乐缓慢地流淌着。

赵婳栩的手端着一个玻璃杯，轻轻摇晃着，里面的浅蓝色液体也跟着荡漾。

一个男人坐在了她的身边，笑了笑说：“赵总额头上的伤还没好，又喝冷的，还是酒，不太好吧？”

赵婳栩抬了抬眼帘：“有什么不太好的。顾长铭说不定都盼着我早点死呢。”

“以他的性格，哪里可能盼着你死。他谨小慎微，不还是希望你能好好活着？”

对面的男人穿着西装，戴着黑框眼镜，一脸书卷气。

“黄秘书，看不出来你做了长铭的秘书之后，比我还要了解他了啊。”赵婳栩轻哼了一声。

“秦先生派我来，本来就不是要我来看住你们两个，更不是怕你们两个联手来欺骗他或者搞什么小动作，而是帮你们。可是现在看来，你和顾长铭之间的矛盾可是越来越大了。我们现在一直在和云晟集团竞争梅沙仓，你和顾长铭不团结，损害的是秦先生的利益。”黄秘书伸手将赵婳栩的杯子拿了过来。

“记得上一次我跟你说，我觉得宁韵然很可能记忆力超群。然后你跟我说，你一直不明白为什么有些工作，比如会议安排还有各种文件里的数据整理，她显得比别人都快都准确，如果是因为记忆力很强的话，这些就能得到解释了。”赵婳栩冷冷地看着黄秘书，“所以我才会一而再、再而三地试探她。”

“可是根据我们监听她病房的结果来看，除了验证云晟集团的莫云舟确实喜欢她之外，其他的就没有了。她出了这么大的事情，你也听到了来询问她的警察问的问题很正常，他们之间的对话也很正常。她也没有打电话或者发短信给任何可疑人物，除了她那个朋友甄晴。这个甄晴我也调查过了，就是一个普通的女孩。”

黄秘书说完，赵婳栩的手指捋了捋自己的头发：“也许她也很谨慎。”

“对，你怀疑她有什么问题，你别让她参与到非常重要的项目里就行了。你现在疑神疑鬼的，还跑去咨询什么资深记忆培训师，对方告诉你宁韵然如果记忆力真的超强很可能是什么图片记忆，你就像终于知道她怎么看那么一两秒就记下一长串流水的秘密一样，让我帮你找了两个假警察去试探，结果她连人脸都记不清楚，更何况复杂的数据？”

“她被赵谦下了 G 水，很可能那一段的记忆已经受到了影响。”赵婳栩仍旧执着。

“好，好，就当你的怀疑都是对的，我也希望你尽快修复和顾长铭之间的关系。一个是策略运筹，一个是资金的调配，你们两个如果不是一条心，梅沙仓是拿不下来的。”黄秘书叹了一口气，很认真地说，“宁韵然我会亲自盯着她。秦先生需要的是梅沙仓。”

“如果云晟集团气势强劲呢？”赵婳栩也同样认真地看向黄秘书。

“该出手的时候，秦先生会出手。但是，赵总不要凡事都依赖秦先生，否则秦先生要你们何用。”黄秘书一字一句，沉沉落下。

# 第十六章 在永恒之外等你

周六，宁韵然一觉睡到了快中午。

她一头乱发，爬起来将窗帘拉开，一边打开电脑开始缓冲《绝命毒师》，一边刷着牙，心里想着一会儿去买点什么吃呢。

哦，别忘记对面的宅男师兄也是靠她养的。

就在她要转身进洗手间吐牙膏泡沫的时候，宁韵然看见了对面的楼层有什么亮光闪了一下。

宁韵然心里顿了顿。

联想到杜若对自己的警告，宁韵然很想把口杯从窗口砸过去！

因为那很有可能是有人架着望远镜在监视她呢！

这是让她在自己的房间里抠脚都不自在啊！

自己只能装作什么都不知道的样子，回到洗手间里去吐牙膏沫子。

意识到也许有人在跟踪自己，一向会买双份午餐的她忍痛只买了单份。

到了杜若那里，杜若开口问她："你怀疑对面有人在监视你，你知道是哪栋建筑物，哪个窗子吗?"

杜若从电脑里调出了对面那个小区的布局图。

宁韵然指了指说："这栋，朝西面的单元。我悄悄数了数楼层，应该是十八层。"

"我会想办法调查。你假装不知道。"

“没问题。假装什么都不知道，是我的专长啊。”

宁韵然正要拎着卤肉面回去，杜若的眉头皱了起来：“我的呢?”

“都有人在对面架着望远镜看我了，说不定还有人跟踪呢！万一被人发现我一个人总是买两人份的饭，怀疑我养着谁，跑来调查你，怎么办?”宁韵然一脸严肃地说。

“我看你是故意想找机会饿我吧?”

“哪有！杜师兄你胡乱说什么!”

胡乱说什么大实话呢!

“还有，你说的那个小护士，叫赵淑梅的，凌睿那边替你调查到了一些线索。”

“这么快?”

“她是从农村来的，读的卫校。在这家医院里也属于没有正式编制的护士。凌睿查了一下她近期的账户流水，发现忽然存入了五千块现金。根据ATM机录像，是她本人存入的。”

“所以……是有人收买她的?”

“嗯，因为是现金，不好查。”杜若看着宁韵然说。

“好，我明白了。”

这对于她来说也是预料之中的结果。

宁韵然回到了自己的房间，看着美剧，开着窗子，让对面监视她的人大方地看着她吃卤肉面。

周一的早晨，当宁韵然回到自己的办公桌前的时候，看到桌面上放着一大束花。

宁韵然左看看右看看，发现黄秘书站在他的办公室门口对她笑了笑，口型是“欢迎你回来”。

宁韵然也对对方回报以微笑。

这一天的工作还算顺利，让宁韵然特别警惕的赵婳栩并没有来。

宁韵然跟着同事们一起下班，统计部仍旧在加班。两名打算出去透口气的统计部员工在电梯厢里叹着气。

来到大厅的时候，宁韵然就不远不近地走在他们的身后，正好能听到他们的对话。

“华洋银行给我们的贷款额度，只有我们申请的三分之一。这对我们控股梅沙仓的计划很不利啊。”

“那还用说吗？莫云舟也是华洋银行的股东之一，虽然股份并不多，但是有话语权。华洋银行的江行长怎么样也要给莫云舟面子，能放那么多钱给我们，让我们去跟莫云舟竞争？”

“而且云晟集团已经拿到梅沙仓三十二个点的股份了，比我们又高了四个点了。这样继续下去，我们必输。”

“我就是不明白，我们是做IT起家的，多投点钱去做企业软件或者房地产开发都算正常的，为什么忽然要涉足航运业啊……”

“顾总的战略是不会错的，不然我们纵合万象也做不到这么大。只是这一次碰上了莫云舟，有点既生瑜何生亮的感觉。”

宁韵然呼出一口气来，如果莫云舟继续步步紧逼，一直想要拿下梅沙仓的秦耀也许会迫不及待地注资纵合万象来帮助顾长铭。

之前的资金交易，赵婳栩都会使用培养流水和业务经营很久的空壳公司，在账务和税务上都让相关部门找不到漏洞。她培养的空壳公司甚至有经营地址和员工，包括员工的现金记录。

但是，如果是短时间内大额资金流动，赵婳栩哪里来得及准备，很有可能会出漏洞。

会议结束之后，赵婳栩和黄秘书一起走在地下停车场里。

“你有什么想法，黄秘书？”

“我看是赵总有想法吧？”

“莫云舟出手太快了，这才几天，他竟然又增加了四个点的控股。我只希望你能想点什么办法，拖住他。”

“我知道了。不过秦先生出手都非常狠，几乎不留余地。希望你到时候能够把握住机会，动作要快。”

说完，两人就各自上了自己的车。

周二的早晨，宁韵然来上班的时候，就收到了一份快递，寄快递的人是之前自己在画廊的老同事江婕。

宁韵然打开一看，里面竟然是江淮的画展！

看到这里，她忍不住抿着嘴唇笑了。

毫无疑问，这是莫云舟为江淮举办的画展。

他说过的，就会实现。

宁韵然带着兴奋的心情将画展的宣传画册打开，画展的主题映入眼帘的那一刻，她的眼眶仿佛被烫了一下。

——“燃烧”。

这是宁韵然离开画廊之前发送到莫云舟邮箱里的画展策划案，以“燃烧”为主题，从江淮的画到他的一生，都在现实的冰冷中燃烧着。

而宣传册第二页上的那首诗，也是宁韵然写进策划案里面的。

永恒　刹那

刹那　永恒

等你　在时间之外

在时间之内　等你

在刹那　在永恒

——余光中《等你，在雨中》

莫云舟连这个都保留在画展里了，宁韵然的眉心跟着轻轻颤动。

她本来想要表达的是江淮对艺术追求的每一个瞬间都是永恒，都是超越时间的存在。

可这个画展，她却忽然很自恋地觉得就像是莫云舟的表白。

仿佛在说，虽然那一次你拒绝了我，离开了我，但我还会等待着你。

在刹那，在永恒，在时间之外。

宁韵然立刻将这个想法赶出了脑海之外。

“再这样下去，你真的会疯掉！”

“什么疯掉？”

宁韵然一抬头，就看见了黄秘书好笑地看着自己。

“这个……这个画展……在周末，如果去的话，就没有懒觉睡了，所以会疯掉……哈哈哈……”

黄秘书的手伸过来，拿着画展邀请函看了看，说："这是云深画廊，它现在属于云晟集团。"

想到现在他们正在和云晟竞争，宁韵然立刻表忠心说："那我就不去了!"

"去啊，当然要去。"黄秘书笑了笑说，"记得穿得正式一点，不要给我们丢脸。还有，如果听到云晟那边的人说了什么八卦，也要回来跟我说一声。"

"……好的，黄秘书……不过我从来都不是做间谍的料。"

"哈哈。每个人都有超出自己预料的天赋。"黄秘书眨了眨眼睛。

日子过得真快，因为每天都很忙，开不完的会，做不完的安排，下不完的通知。

好不容易熬到周五的晚上，宁韵然很绝望地瘫倒在沙发上。

虽然真的很想一觉不醒，而且也不想见到莫云舟，但是江淮的画展，她是真的很想去看。

"明天穿什么啊!"

宁韵然起身，打开自己的衣柜，然后悲哀地发现自己的衣柜里只有两条裙子。

一条是当初顾长铭送给她的，她很喜欢，但是一想到自己穿着它掉拉链的尴尬事还被莫云舟看见过，宁韵然就觉得明天还是不要穿它了。

另外一条，是莫云舟送给她的。

杜若说过，男人送女人衣服就是为了把它脱下来，这句话让宁韵然全身起鸡皮疙瘩。

万一自己穿着这裙子见到莫云舟，那个抖M先生也说了同样的话来调侃自己怎么办?

等等……谁说一定要穿裙子啊，还有这个啊!

宁韵然拎出了那条背带款式的西装裤。这是顾长铭当初送给楚君的，上一次宁韵然穿给顾长铭看过，顾长铭说很好看，就送给她了。

这条背带西裤上身有马甲效果，自己只要配一件挺一点的衬衫就会很不错了。

想好之后，宁韵然就美滋滋地睡觉了。

第二天早晨，闹钟一响，她就起身刷牙洗脸，打了BB霜，扫了扫眉毛，抹了点唇彩。

等等，唇彩好久没用了。

宁韵然翻到底部看了一眼……还差三天过期，用着！

上午十点，宁韵然就带着邀请函来到了画廊的门口。

当她抬起头来看见“蕴思臻语”四个字已经被换成“云深”二字的时候，有点感慨。

“不知道江婕现在混得怎么样了？”

还会记得寄画展邀请函给她，应该混得很好。

“你知道为什么画廊的名字会叫‘云深’吗？”

带着磁性的声音在她的耳边响起，带着几分调侃的语气。

宁韵然一侧过脸，就发现莫云舟不知道什么时候来到了她的身边。

强压下倒抽气的冲动，宁韵然平静地说：“因为是云晟集团买下了它……所以叫‘云深’？”

这家伙是猫吗？

走路都没有声音！

而且就在画廊的门口，靠我那么近干什么！

会被误会的，好吧？

……不过莫云舟应该很喜欢别人“误会”他们很亲近吧。

“‘云中行舟，莫问深处。’不记得了？你说的。”

话音刚落，莫云舟就从宁韵然的身侧走了过去。

宁韵然还没来得及在大脑中分辨出他说的那句话，莫云舟的背影就消失在了画展的宾客之中。

其实现在的她何尝不是“云中行舟”呢？

但愿没有山穷水尽时。

她调整好自己的心情，也走了进去。

大概是被云晟集团收购了，虽然还是那个画廊，但画展的规格完全不能和从前相比。

每一幅画的展出位置都被精心设计过，不仅仅是在视觉转移的中心，排布上也更加顺应心情的起伏。

和高峻举办的画展上受邀宾客一半以上都是商界名流不同，这场画展邀请更多的是书画界著名的收藏家、知名的媒体、评论家以及全国各地美院的教授。

这是一场纯粹的艺术交流。

宁韵然很清楚，这样的画展，能为江淮赢得最为纯粹的口碑，也能让他的画作成为经典。

宁韵然站在那幅由高布伦先生借给画廊展出的《褪色》前，心中百感交集。

这时候，一辆轮椅被推到了她的身边，轮椅上坐着一个面色苍白，穿着西装，头上戴着黑色毛线帽子的年轻男人。他凝视着宁韵然的背影很久。

以一种平和却又虔诚的姿态。

“我听说你一直很喜欢这一幅《褪色》，而且也是你将它卖给了十分欣赏它的高布伦先生。”

宁韵然愣在那里，她看着对方平静而透彻的眼睛，立刻就明白了对方是谁。

“我很高兴能够见到你，江淮老师。”

“我也很高兴见到你，为我策划了这场画展的宁韵然小姐。你是我的伯乐。”

有时候不需要太多的言语，从眼神就能看出来彼此之间的尊重和理解。

“江淮老师，我和你之间应该不能算是伯乐与千里马。”

“那算什么?”

江淮比宁韵然想象的要更加豁达。

“高山流水遇知音。”

“对！高山流水遇知音！我真的很庆幸在我的时间用完之前，能见到你。这也是莫先生许诺为我办画展的时候，最吸引我的原因。”

“莫云舟?”

“是的，莫先生。”

江淮见到宁韵然似乎有了很多的倾吐欲。他说了许多从莫云舟那里听来的关于宁韵然的事情。

包括所有宁韵然在画廊的糗事，还有她画的莫云舟的素描。

“他还把我的素描给你看了?”

宁韵然真想把自己的脸捂起来，简直是关公面前耍大刀啊!

“嗯。你画得很美。当时我不知道替莫先生画画的人是谁，我只是觉得画他的人心里面一定很在乎他。”

宁韵然的心脏一紧，仿佛有什么秘密要被发现一般竭力遮掩了起来。

“哈哈哈，我当然在乎他了。那个时候他是我的老板，我的薪水还要靠他给呢!”

"你的线条很柔和，就像你看着他的心境一样。"

"什么心境啊？"宁韵然觉得这样一本正经的江淮真的很可爱。

"浅喜似苍狗，深爱如长风。"

宁韵然愣在那里。

江淮了然地笑着，看着她。

"才……才没有呢！我那个时候画他就是为了挣一张五十块钱的零花钱！还没喜欢上他呢！"宁韵然急着辩驳。

"那个时候'还没喜欢上他'，那么现在呢？"江淮又笑了。

就在宁韵然不知道该说什么的时候，好几位国外知名的鉴赏家和美院教授知道坐在轮椅上的就是江淮，都纷纷上前来交流。

一直养病的江淮从没有见过这么多的人，原本平静的脸上也流露出几分腼腆。

但是他身旁的宁韵然却极为流畅地用英语介绍他，并且将其他人的话翻译给江淮听。

一开始江淮还很拘谨，但每一次宁韵然翻译他说的话，其他人就会微笑或者点头。

这种认同感和充满善意的好感让江淮逐渐放开，说的话也越来越长，甚至当场有几位艺术学院的教授邀请江淮前去交流。

当宁韵然从这几位教授的缝隙之间不经意瞥见莫云舟的时候，他正望向她的方向，不知道多久了。

这是他最让宁韵然欣赏的样子。

站在明亮之中，却又在喧嚣之外，像一个超然的旁观者。他的眼睛里哪怕是经历风浪，却还平静得像是只是被雨水沾湿了衣袖的样子。

他的目光总像是从很远的地方来到她的面前，从容不迫，温和柔软，不慌不忙。

是啊，如果之前的一切都是白驹过隙，现在却那么盼望时间能长一点，长到没有尽头。

足够让一切风平浪静，尘埃落定，她在心底悄悄地盼望着，他也能在时间、在永恒之外等着她。

直到这一天的画展结束，宁韵然一直陪伴在江淮的身边。

莫云舟没有上前对她说过一句话，除了她因为说了太多的话而咳嗽的时候，他走过来递给她一瓶矿泉水。

江淮因为身体比较虚弱，下午三四点的时候就被送回了疗养院。

宁韵然走到画廊门口的时候，一辆车停在了她的面前。

“我送你回去。”莫云舟浅笑着看向她。

宁韵然本来就想趁着他不注意的时候离开，走的时候还看见他被好几个宾客围着，为什么这么快就把车都开出来了？

“谢谢莫总，我可以自己回去。”

宁韵然笑了一下，正要继续向前走，莫云舟开着车缓慢地跟在她的身边。

“这不是我第一次送你回家，你却不肯上来，是不是因为心虚？”

他的声音不大不小，却很清楚。

“我心虚什么？”

“因为和我在一起的时候，你就要不断地撒谎。”莫云舟说。

“撒什么谎？”

当宁韵然问出这个问题的时候，才意识到自己又被莫云舟给绕进去了。

“如果我问你‘喜不喜欢我’，你又要撒谎说‘不喜欢’。你本来就是直性子的人，一直撒谎会很累。”

宁韵然目不斜视，继续向前走。

反正进了地铁站，莫云舟还能把车开进地铁站不成？

“如果你以为这样进了地铁站就能甩掉我的话，我会下车，然后进地铁，继续问你那个问题。”莫云舟的手指捏着什么东西晃了晃。

宁韵然差一点没骂出声来——天要下雨，娘要嫁人，就连莫云舟都有地铁卡了！

这不科学！

“莫总，以前你不是这样的！”宁韵然停下脚步，皱着眉头说。

“我以前太克制了，所以你才能肆无忌惮地说你不喜欢我。”莫云舟将副驾驶座的车门推开，“上来吧。我请你来看画展，其实就是为了在画展结束的时候，能送你回家。”

“我不上。”

“又不是让你上我，你为什么态度那么坚决？”莫云舟的唇角还是勾着笑。

那句“又不是让你上我”简直就像点了火，宁韵然的思考能力被一把烧上了天。

What（什么）?

莫云舟刚才说了什么?

“你上来。在我的车上，我保证不问你‘喜不喜欢我’。但是在地铁里，我就不那么肯定了。”

宁韵然瞪圆了眼睛看着对方，她觉得自己以前见到的一定是假的莫云舟。

“或者我下车陪你去地铁?”

莫云舟一副真的要迈出车门的样子，把宁韵然吓怂了。

她完全有理由相信，莫云舟真的会在地铁里问她那个问题，而且人越多声音越大!

宁韵然立刻拉开车门，坐了进去，“啪嗒”一声扣下了安全带。

“多谢莫总，我家住在南山公寓。”

“我知道啊。”

车子开了出去。

宁韵然望向窗外，决定闭上嘴巴，无论对方扯什么话题，自己都要忍住了不能回答。不然掉进了莫云舟的套里，就爬不出来了。

“为什么今天没有穿我送给你的那条裙子?”莫云舟用很随意的语气问。

宁韵然假装侧着脸睡着了。

但没想到莫云舟竟然腾出一只手来，捏着她的耳垂拽了拽。

“我在睡觉呢!”宁韵然不满地说。

“我问你，为什么没穿我送你的那条裙子?”

他对宁韵然的情绪一点反应都没有，还是那样平和的语气。

“我吃胖了，穿不下。”

说完，宁韵然继续歪着脑袋准备睡觉。

但是莫云舟就是不给她机会，手又伸了过来，捏着她的耳朵拽过来。

“是不是有什么人对你说了歪理?”

“啊?什么歪理?”

“比如……”莫云舟拉长了声音，连带着宁韵然的心绪也跟着被拉长，“男人送女人衣服，就是为了把它脱下来之类?”

宁韵然的心头一颤，好像什么都被莫云舟知道了。

“你……你不会那么想的！”宁韵然摆出“我很相信你的人品”的表情来。

莫云舟却发出轻轻的笑声。

“不会啊，我就是那么想的。”莫云舟回答。

宁韵然一口鲜血差一点喷出来。

“我要下车。”

“现在停不了车了，我们要上跨江大桥了。”

宁韵然气哼哼地侧过脸去，看着远处的江水。

“是江景好看，还是我好看？”莫云舟问。

“江景。”

“嗯，”莫云舟点了点头，“现在你撒起谎来，越来越自然了。再接再厉。”

“什么？你自恋不自恋啊，哪有人会觉得自己比江景好看的啊！”

“我自恋不自恋不要紧。你觉得我比江景好看就行。”莫云舟还是那样优哉游哉的语气。

宁韵然很想用脑袋去撞玻璃。

这时候，他们已经开过跨江大桥的三分之一了。

而莫云舟大概是因为要和宁韵然说话，所以车速不快。

桥面很宽，但是有一辆卡车一直跟在他们的身后，也不鸣喇叭催莫云舟开快一点，明明卡车可以从他们旁边超车过去，但却没有反应。

就在那辆卡车距离他们越来越近的时候，莫云舟蹙起眉头，忽然加速向前。

宁韵然的后脑勺儿贴在了椅背上，她本来以为莫云舟是故意的，但是却看见他脸上的表情很严肃。

宁韵然也意识到跟在他们后面的那辆卡车也在加速，仍旧没有超车的打算。

莫云舟的车速越来越快，后面的卡车也越来越快，他们都要超过限速了，宁韵然赶紧拽住了扶手，眼看着那辆卡车打了灯似乎想要超车的样子，宁韵然松了一口气。

“坐稳。”

莫云舟的声音很冷。

不好的预感顿时涌上她的心头。

那辆卡车从他们的身边经过，车身很高。莫云舟本来就没有关窗，热腾腾的空气涌进来，宁韵然的心绪也跟着紧绷起来。

莫云舟扣紧了方向盘，试图降低速度，让这辆卡车从他们身边过去，但没想到，它竟然越来越靠近他们，甚至于用车的侧身去撞莫云舟。

莫云舟立刻调整方向盘，贴向大桥侧面的人行道。

但是车轮都抵在了人行道的边缘了，卡车仍旧不断地撞击过来。

莫云舟索性刹车。

而那辆卡车竟然丝毫不在乎交通规则，迅速倒车，再度狠狠地撞了过来。

还好人行道上没有行人。

后面跟上来的车辆都发出尖锐的刹车声，还以为这是交通事故，纷纷绕过去，但是让人意想不到的一幕发生了，它竟然不顾一切地再度撞了上来。

只听见“哗啦”一声巨响，宁韵然甚至感觉这辆车腾空了一般，被这股力量撞上了人行道，车头狠狠地与护栏相撞！

那一瞬，巨大的冲击力仿佛要让她从车前窗玻璃飞出去，但是却被安全带给扯住了。

看见这一幕的司机们都吓坏了，终于有人拿出手机来报警。

车子已经完全变形，宁韵然以为已经有这么多人在看，那辆卡车的司机应该要赶紧逃跑了，但是他竟然不顾一切再度撞了上来，而且还是莫云舟的驾驶位！

“莫云舟——”

宁韵然的神经就像要撕裂一般，下意识地伸手扣住莫云舟拽向自己的方向，车子再度腾空，他们的脑袋都在车顶上撞了一下，接着又落地，趁着那一瞬，莫云舟骤然发动车子，踩下油门，试图从卡车后退时候留下的缝隙间冲出去。

宁韵然这辈子总算明白了买豪车的必要，至少莫云舟这辆车底盘稳，壳子硬，如果他们坐在什么其他便宜的车子里，车子早就散架了！

但还没冲出去多远，那辆卡车又撞了上来。

这第三次撞击，让莫云舟的车直接翻了过来。

宁韵然连呼喊都来不及，就感到坠地的震荡。

耳鸣声嗡嗡地在脑海中回荡。

天地倒转，一切猝不及防。

她用力睁开眼，四下摸索，只有玻璃碎片扎破她手指的痛感。

“莫云舟……莫云舟你在哪里……”

她被这个空间挤压到无法转过头来。

意识一点一点地剥离，她听见远处传来警笛的声音，而那辆卡车也迅速驶离，宁韵然的手垂了下来。

莫云舟……你怎么样了？为什么不说话？

她急切地想要触碰他，思维深处最后的印象就是她发疯一般希望听见莫云舟的声音。

等到她有意识的时候，又听见了“嘀——嘀——”的声音。

她的眼睛很沉，刚睁开一条缝隙，觉得刺目得厉害。

意识回归的那一刻，脑海中涌现的就是车子最后被撞翻过来的画面。

“莫云舟！莫云舟！”

宁韵然不顾一切地坐起身来，发现这是医院的那一刻，立刻连鞋都没有穿，就冲了出去。

刚冲出门，就撞到了一个护士，她一把扣住那个护士的肩膀，大声问：“你有没有看见莫云舟！就是那个……和我一起被卡车撞了的男人！你有没有看见他！他怎么样了？他有没有事！”

就在这时候，有人冲了过来，摁着她的肩膀，将她往病房里面带。

是陆毓生。

“宁韵然！你脑震荡哦！赶紧回去病床上躺下！”陆毓生想要将宁韵然摁回病房，但力气却不如宁韵然。

“你小舅舅呢？你小舅舅人呢？他人在哪里？他是不是也被送到医院来了？”

这种着急而绝望的感觉，她以为已经被自己封存在心底，不会有机会拿出来回顾了。

但事实并不是。

她想起了接到父母离世消息的电话，想起了接到养父自杀消息的电话，那一幕幕，那种“这怎么可能是真的”的感觉……又来了。

她无数次想象坠落碎裂开来的声音，如今一遍又一遍在她脑海中回顾着。

“我问你！莫云舟在哪里！”宁韵然用力推了他一把。

陆毓生直接被推了个大踉跄。

他没想到一个女孩子的力气竟然这么大。

当他看清楚宁韵然的表情时，他愣住了。

她的脸上泪水纵横交错，她很惶然无助，她转过身去问每一个医生护士，知不知道莫云舟怎么样了。

陆毓生赶紧冲了上去，再次把她拽了回来。

“宁韵然！你别这样！我小舅舅还活着！莫云舟还活着！你赶紧回病床上躺着！”

“真的吗？那他在哪里？”

宁韵然看着陆毓生，她的目光里有一种折断世间一切的决绝。

“他没事儿！就是左臂骨折了，现在在上石膏而已！”

“怎么可能没事？”宁韵然的脑海中还是那样颠覆性的一幕，“整辆车都翻过来了！”

陆毓生赶紧说：“是翻过来了，还是我小舅舅先敲碎了玻璃，把你给抱出来的呢！”

“你不是说他骨折了吗？他怎么抱得动我！”宁韵然完全不相信陆毓生所说的。

陆毓生愣了愣，伸出两根手指说：“那只有两种可能了。”

“什么两种可能？”

“第一种，他就算胳膊断了，也要咬着牙把你弄出来。第二种，你太重了，把他胳膊压断了。”

宁韵然立刻怒了，直接拽起枕头砸向陆毓生。

陆毓生到处闪躲：“你看啊，我都能给你开这样的玩笑了，我小舅舅肯定活着的啊！”

宁韵然这才停下来。

心脏狂跳着从高处落下，冰凉的指尖终于感到血液的回温。

陆毓生左看右看，见宁韵然冷静下来了，这才拿了餐巾纸塞给宁韵然。

“刚才你睡着的时候，还一遍又一遍地念着‘莫云舟！莫云舟’，你说你是不是喜欢我小舅舅嘛！”

这个臭小子还故意将脸凑到她的面前来。

宁韵然没有回答他，而是拉起被子把自己罩了起来。

天翻地覆的画面，碎裂开的玻璃，倒过来的桥面，宁韵然记得很清楚。

她隐约记得，当他们完全翻过来之后，莫云舟在她的耳边高喊：“双手撑住车顶！我们要赶紧出去！”

她很疼。

而记忆深处莫云舟的声音，遥远得就像幻觉。

一切都那么混乱，因为她的思绪完全追随着莫云舟的声音而去了。

那时候，她的心里只有一个念想——莫云舟，求你不要像其他人那样留给我支离破碎的记忆。

这个男人如果出了事，她知道自己不可能像梁玉宁坠楼时候一样忍住不看。

她会睁大了眼睛去看，然后让那种恐惧和痛苦烙在她的大脑里，她剩余的所有时间里。

这世上不会再有第二个莫云舟，为她遮住眼睛了。

“喂，宁韵然！你干什么呢！”

陆毓生要把被子拉开，偏偏宁韵然力气大得很。

“你这是鸵鸟心态啊。你把自己罩起来，也不代表你喜欢我小舅舅这件事不存在了好吧！”

宁韵然还是没吭声。

她在心里回想着那一幕，那辆卡车的车牌号，司机的脸，以及他连续好几次的撞击。

如果不是围观群众报警了，宁韵然甚至怀疑那辆卡车会直接把他们撞下桥。

这是谋杀。

而谋杀的目标，是莫云舟。

宁韵然想到了那天她听见统计部的两个同事所说的，云晟集团对梅沙仓的控股高出了纵合万象好几个点，再加上华洋银行削减纵合万象的贷款金额，在这场竞争里，纵合万象集团明显处于劣势。

难道是顾长铭出手了？

不……这么狠辣的手段，比起刘雨那场车祸有过之而无不及。

那么，到底是针对莫云舟的还是她的？

虽然她到目前为止得到的所有信息都不足以威胁到纵合万象集团收购梅沙仓，但是却因为赵谦那件事很可能引起了赵婳栩的怀疑，难道是赵婳栩决定宁可错杀一万也不放过一个？

宁韵然伸出一只手来："我的手机！"

"裂掉了。"陆毓生凉凉地说。

"那给我你的手机！"

"不给！"

"你不给可以，等我好了出院了，我绝对把你打成大小眼。"

"你哪里有点女人样啊！"陆毓生不情不愿地将自己的手机塞进宁韵然伸出来的手里，"我看你能在被子里憋多久。"

宁韵然拿了手机就掀开被子，靠着床头，搜索关于这场车祸的所有消息。

微博上到处是什么马来西亚云晟集团中国分部CEO疑似被谋杀，车毁人亡之类的消息。

宁韵然的眉头蹙了起来。

那些图片都很夸张，撞裂的玻璃碎片上还有血迹，车子也完全变形……

这么多的血……

宁韵然抬起自己的胳膊，她的身上有一些割裂的伤处，但不至于出那么多的血……那些血是谁的？是莫云舟的吗？

宁韵然的肩膀颤抖了起来。

"喂……你别看那些胡说八道的……我小舅舅还没死哈！"陆毓生看她的眼睛又红了，立刻着急安慰。

现在冷静下来，宁韵然知道莫云舟一定没有死。如果他真的出了什么严重的事，陆毓生早就在这里哭得稀里哗啦，哪里还有心情守在她的病房里。

现在到处都在疯传莫云舟死了。

而且云晟集团的股价下跌得厉害，光是要稳定股价就着实需要费一番功夫了。

云晟集团作为大型跨国集团，他们的公关部门应该是拥有强大的执行力的，像这样的消息，按道理应该早就被封锁了，怎么可能还在网上漫天传播，除非有幕后推手。

这样一想，她顿时明白是怎么一回事了。

这场以车祸为形式的谋杀，目的就是打击云晟集团的股价，挫伤它对梅沙仓的竞争力。

而且卡车司机明摆着是如果条件允许，真的会撞死他们……假如莫云舟死了，云晟集团就要更换中国分部的CEO，经历这样的人事变动，是无力再去争夺梅沙仓了。

想到这里，宁韵然再度冒出一身冷汗，心脏就像灌了铅一样沉重。

那么谋划者是谁？

是顾长铭和赵婳栩吗？

还是他们背后的秦耀？

这一次没有成功，他们会不会还要动手？

莫云舟……莫云舟……

一念起这个名字，宁韵然的惶恐便成倍地递增。

她已经失去了父母，失去了养父母，她早就习惯了一个人……但从那一次在画廊里莫云舟对她表白之后，她每一次看着他的背影，都有一种感觉——这个男人会等她。

等一切过去，等尘埃落定，给她一个风平浪静。

可是今天，她忽然觉得她会失去这种被等待的希望了。

熟悉的脚步声响起，由远及近，将宁韵然的心脏高高托起。

她看向门口，只见一个熟悉的身影背着走廊的光，走了进来。

只是一道轮廓而已，宁韵然的眼眶模糊了起来。

当他走近时，宁韵然看见他骨折的手臂，他肩膀上、颈上的绷带，还有他脸颊上被划伤的伤口，每一处都让宁韵然跟着发疼，眼泪控制不住地掉落下来。

站在一旁的陆毓生默默地走到了病房门口，将门带上了。

当莫云舟侧过身，在她的床边坐下时，宁韵然很想问他去哪里了，痛不痛，可是嘴唇动了动，一句话都说不出来。

莫云舟伸出右手，抹去她脸颊上的眼泪，还是用他一贯平和而温润的声音说：“毓生对我说，你以为我死了，要从这里跳下去为我殉情。”

宁韵然侧过脸，避开莫云舟的手。

“神经病。”

好想把你推出去，推离这场没有硝烟的战争，推到我看不见却知道你可以很安全的地方去。

“我也觉得他有神经病，这才二楼，你跳下去也死不了。”莫云舟的声音里带着明显的笑意。

难道说他就丝毫没有为死亡的来临而惶恐不安过？

"宁韵然，你喜不喜欢我？"他再度问出口这个问题，声音很轻，像是对着她的心脏哈出一口气息。

全部的思考都被那句话带走，宁韵然的嘴唇才微微张开，莫云舟便倾向她，眼看着他就要吻上来，宁韵然立刻抬起手来挡住自己。

莫云舟顿在那里，看着她。

她所有的情绪，他都了如指掌。

宁韵然不敢继续去看他的眼睛，莫云舟却勾着唇角，直接吻在她的手上。

轻轻地一下，宁韵然的世界也跟着颤动。

接着又是第二下，他闭上眼睛，停留了很久，宁韵然有一种错觉，他吻到的不是她的手，而是她的嘴唇。

他又吻了她第三下。

坏心眼地直接在她的手上咬了一下。

她第一次看到他露出那样的眼神，勾着她的心尖，让她坐立难安。

"好吧，你好好休息。"

莫云舟直起了背脊。她感到他的气息退离了她的世界。

刚才还满溢到快要裂开一般的心脏，此刻却骤然空落下来。

就在宁韵然放下手的那一瞬，莫云舟骤然低下身来，一切快到让她反应不过来。

就像一颗小小的石子猝不及防落入水面，却掀起滔天骇浪，将她淹没。

在她试图闪避的那一刻，他强势地吻了上来，没有所谓的教养，没有外人看到的风度，带着不可逆转的力度，掠夺了她的一切。

他的舌尖放肆地挤进来，带着占领一切的气势，嚣张跋扈到让她气愤，却在她反抗的那一刻将她卷起，吮吸的力度令她不得不仰起脸来承受。

她下意识地向后，背脊已经抵在了床头，莫云舟没有受伤的手伸过来，托着她的后脑勺儿，将她压向自己。

宁韵然第一次感到了缺氧的晕眩。

莫云舟放开了她，她才发现自己是被对方搂在怀里的。

"你喜不喜欢我？"他又问。

只是这个问题不需要她的回答，他早就肯定了一切。

"不喜欢。"宁韵然咬着牙关回答。

她越来越担心莫云舟关注她越多，就会发现得越多，然后陷得越深。

但心脏却像是要炸裂一般疯狂地跳动着。

眼前的男人明显没有将她的挣扎当成一回事，开口说：“你的鼻子长得都快戳到天上的太阳了，匹诺曹。”

她的心又被戳了一下。

疯狂而剧烈地跃动着，叫嚣着，想要狠狠地抱紧眼前的男人。

宁韵然正要开口说什么，莫云舟就在她的病床上躺了下来，伸过手来一把将她揽住。

“你干什么！这是我的病床！”宁韵然用力要把对方推出去。

“你再推，我那只胳膊就要断了。我只想在你的身边睡一会儿，再过十分钟就会有人来接我去处理集团里的事情。”

他闭上眼睛，有一点疲惫的样子。

宁韵然僵在那里，一动不动。

莫云舟侧过脸来，低声说：“你紧张得就像木乃伊。这么短的时间，也不够我对你做什么。”

宁韵然忽然觉得自己就是不该忍，抬起腿就要踹他下去。莫云舟却照旧预料到她要干什么一般，手掌一把扣住了她的膝盖，将她压了回去。

“你不乖的话，就算时间短，我也可能会做点什么。”

莫云舟一说话，他的气息就在她的耳畔，她更加紧张了起来。

莫云舟却忽然在她的鼻尖上咬了一下。

很快，她除了感到微微的疼痛之外，还有他的舌尖在她的鼻尖上轻轻一顶的触觉，轻柔得像是试探，又像是捉弄。

宁韵然本来以为他会闭上眼睛，但没想到他却侧着脸睁着眼睛看着她。

这是她第一次这么近距离地接触他的视线，与他对视得越久，她的心跳得越快。

宁韵然索性转过身去，不理睬对方。

即便这样，她的心跳还是无法平静。

没过多久，病房的门被敲响，陆毓生的声音传来：“小舅舅！小舅舅？”

莫云舟坐起身来，应了一句。

当他离开的时候，扰乱她的属于他的气息就这样散开了，宁韵然并没有觉得放松，相反觉得更加失落了。

这时候，忽然感觉到后颈上一热，宁韵然立刻伸手捂住，耳边传来莫云舟轻轻的笑声。

“宁韵然，你藏又藏不住，不如不要藏。坦荡一点又不会死。”

“你说什么?”

“我抱着你的时候，你的心都快跳到我身上了。”

他还是那样笑着，用看孩子的表情看着她。

她一切的心思，在他面前都无所遁形。

听见莫云舟走出病房门的声音，宁韵然的呼吸和心跳终于恢复了平静。

她侧过身来，还能感到莫云舟留下的体温。

随着心绪的平静，她逐渐理清楚自己要做什么。

她的手机裂掉了，所以没有接到任何电话，也没有打电话给任何人，还无法知晓顾长铭和赵婳栩到底是怎样的反应。

她拿过了扔在一边的陆毓生的手机，拨通了顾长铭的电话。

通了没两声，就听见顾长铭低沉的声音响起：“你好，我是顾长铭。”

“顾大哥，我是……”

“小宁！你怎么现在才打电话过来？我们刚收到莫云舟出车祸的消息，说他的车上还坐着一位女性！我就立刻想到是不是你！我把你电话打爆了都不通!”

宁韵然还是第一次听见顾长铭有这么明显的情绪表露出来。

“我的手机碎了，对不起……”

那边的顾长铭忽然沉默了，连他的呼吸声都听不到。

“顾大哥……你怎么了？为什么不说话了……”

“因为我看着车祸现场的照片，你又不接电话……我以为……我以为我再也见不到你了。”

每一个字，他都说得很用力。

宁韵然几乎可以想象顾长铭一个人坐在桌前，手指摁着眼角低着头的样子。

很孤独，很疲倦。

“我没事，真的。”

“嗯……你现在在哪里?”

“在医院里。不过你别担心，我只是有点轻微的脑震荡……”

“我现在就过去看你。”

宁韵然挂了手机，她一抬眼就看见陆毓生抱着胳膊不爽地看着她。

“宁韵然，你行啊！拿我的手机，给别的男人打电话！”

宁韵然直接拿起他的手机砸过去，陆毓生慌忙接住：“喂！你到底是想摔裂我的手机还是想砸裂我的脑袋！”

“都想。”宁韵然回答。

陆毓生气哼哼地说：“还想给你买点东西吃呢！我看根本没必要！”

“拜拜了，小少爷。”

宁韵然摇了摇手，把陆毓生给气走了。

她完全没有想到，顾长铭会来得这么快。

他的眉心一直紧紧地蹙着，直到来到病床边坐下，确定宁韵然真的没什么大碍，才略微放松下来。

但是宁韵然还是想要知道，有人要杀莫云舟这件事，顾长铭到底是知道还是不知道。

“顾大哥，你不知道那有多可怕，那辆大卡车一直跟着我们！好像不把我们撞下桥就不甘心！那个卡车司机是不是要杀莫云舟啊？”宁韵然问。

顾长铭的手伸过来，摸了摸宁韵然的脸颊。

“这里面的事情很难说。有可能是莫家或者莫云舟的姐姐和姐夫得罪了什么人。也有可能是因为商业竞争，有的人不惜一切代价下狠手。但不管是哪个原因，在水落石出之前，你要和莫云舟保持一定的距离。我不希望你再因为他出事了。”

顾长铭的态度是坦荡的，而且他对她的担心也是真的。

宁韵然苦笑了下：“等我出院之后，就去庙里拜拜吧。感觉今年太倒霉了，一直不停地进医院。”

“鬼神之事你也信。”顾长铭无奈地摇了摇头。

“宁可信其有，不可信其无啊。”

顾长铭本来就不是什么健谈的人，但是他很会照顾人。比如宁韵然想喝水的时候，他会去帮她打水。她上洗手间的时候，他会扶着她起来，怕她头晕就守在门外。

晚上，宁韵然饿了，也是顾长铭出去给她买的夜宵。

宁韵然一边吹着热粥，一边感慨地说：“到底是什么样的利益，让人到了光天化日之下杀人的地步？”

“对于某些人来说，只有他们想不到的，没有他们不敢做的。把命挂在利益的刀尖上，早就做好下地狱的准备，道德与法律对这些人是没有约束力的。”

顾长铭的话，让她想起了梁玉宁。

心中一片冰凉。

“你呢？顾大哥……你会把命挂在利益的刀尖上吗？”

顾长铭微微扯起唇角，他的笑很浅，也很耐看。

“笨蛋。”

宁韵然也跟着笑了笑：“对啊，我就是个笨蛋啊。”

这场事故，让宁韵然得到了一周的带薪休假。

而关于这场莫云舟遭受的过分刻意的车祸，市局已经立案调查。

他们派了人来向宁韵然进行相关案件的问讯。

宁韵然说出了卡车的车牌号。但是这个消息并没有什么价值，因为这辆车已经在市郊被找到了。而交通录像也拍摄了卡车司机的样子，只能先发出通缉令了。

第二天早晨，她就收到了一个快递，那俊逸却又不失庄重的手写字体让她立刻想到了莫云舟。

拆开一看，竟然是一个新的手机。

宁韵然心里咯噔一下，心想自己到底是接受，还是不接受呢？

算了，在病房里无聊，先用着吧。

大不了下次见到抖 M 先生再把钱还给他？

想到这里，她的唇上就微微发烫，就连舌尖也还留着被莫云舟紧紧缠绕的力度。

心脏又开始不受控制地跃动起来。

就连整个空间也跟着起伏，随时要裂开似的。

宁韵然抬起拳头用力砸了自己两下。

她将手机卡插进去，然后搜索新闻，看到的就是关于莫云舟虽然遭遇车祸但并没有生命危险的消息。

随手点开一个采访视频，画面上就是莫云舟明明胳膊还有伤，却若无其事，淡然地回答记者问的每一个问题。

他的眉宇之间有一种神采，平和稳重，具有说服力。

三天不到的时间里，云晟集团的股价再度趋于稳定。

但这三天，对于梅沙仓的争夺来说却是至关重要的。而莫云舟已经错过了。

赵婳栩大手笔狂揽，手握的梅沙仓股权已经高出莫云舟两个点了。

当赵婳栩和黄秘书在顾长铭的办公室里汇报这件事的时候，都露出松了一口气的表情。

顾长铭点了点头，说了一句："你们做得很好。我可以放心地把这个位置交出来了。"

赵婳栩顿住了，抬头睁大了眼睛看着顾长铭："长铭……你说什么？"

黄秘书只是看着顾长铭，顿了两秒之后，笑了："顾总，您是要把什么位置交出来？"

"就是这个位置。"顾长铭轻轻地拍了拍自己的桌子，不疾不徐地说，"反正有我，或者没有我，你们都可以做决定。无论是要把莫云舟撞下桥，还是用空壳交易来补充贷款不足的压力，充盈资金拿下梅沙仓的那些股权，都不需要我的意见。其实这个位置，谁坐都可以。"

"长铭，你怎么能这么想？一切决定都必须要快，机不可失时不再来！我们也只是想要拿下梅沙仓而已！"

"是啊，顾总。现在结果是好的，您又何必在意过程呢？退一万步说，秦先生对顾总一直是相当满意的。婳栩虽然行事果断，但是有时候也会偏激，还是需要顾总把关的。"

"我也想要把关，但是你们并不给我把关的机会。本来我已经想好了，与其他持有梅沙仓股权的老板联手，逼迫莫云舟退让，你们倒好，来一招釜底抽薪，想要直接解决他，让我怀疑自己保守得就像个老年人。但是，莫云舟是你们想动就能动的？"顾长铭侧过脸来看着赵婳栩和黄秘书。

"顾总……您是在担心他背后的云晟集团？"

"我担心云晟？我还担心莫家。云晟集团的陆家和海帆集团的莫家是东南亚两大航运世家。现在只是云晟要拿下梅沙仓，如果被莫家知道他们家莫云舟是因为这个梅沙仓差点丢了性命，只怕要不蒸馒头争口气。如果莫家为了给莫云舟出气，直接与云晟集团联手，不惜一切代价都要把梅沙仓拿下，和我们拼个鱼死网破呢？以我们的实力，想要和两大巨鳄对抗，是不是疯了？”

顾长铭的话音刚落下，赵婳栩张了张嘴，却什么也没能说出来。而黄秘书也低下头来沉思。

“掌控梅沙仓只是方便秦先生的某些生意往来而已，但如果我们纵合万象被两大巨鳄一头一尾咬死，秦先生想要第二个纵合万象几乎不可能了。”

“但是，秦先生是受不了任何人挡在他的路上的。”赵婳栩冷然开口。

“问题是这尊大佛，还没有到搬不开的地步。而且婳栩，你这么快就把你培养了那么多交易和流水的空壳公司用上了，等到真刀真枪需要用这些空壳公司引入资金的时候，你还有吗？”顾长铭再一次发问。

“我当然还有。”赵婳栩虽然这么回答，但是眉心却紧紧蹙起。

黄秘书微微叹了一口气：“我明白了，顾总。以后再有任何决定，我一定提前向您请示，不会再破坏您的大局，是我的眼界太狭窄了。”

“黄秘书，您帮我向秦先生带一句话吧，我真的很想放下这里的一切，好好休息一下了。您在我这里这么多年，也知道我的性格并不适合商场的波谲云诡。我从前一直都很想留学，去国外看看，完成自己的心愿。现在厉害的年轻人多了，也到了我急流勇退的时候了。”

顾长铭的声音淡然中带着一抹凉意。

“顾长铭！你为什么要说这样的话！如果传到秦先生的耳朵里，万一被他误会了怎么办？”赵婳栩直接站起身来。

“是吗？你也会担心我被人撞下桥还是被人扔下楼呢？”

“顾长铭！”

赵婳栩的眼睛红了，黄秘书一把将她拽回到位置上。

“好了，顾总还有事要忙。而且小宁也还在医院里休息。出了这么大的事，我这个首席秘书应该去看看她。”

“不用了。让她好好睡吧。”顾长铭说完，就将旁边的文件夹打开来，没有再继续与他们说下去的意思了。

赵婳栩与黄秘书一起走进了电梯厢里。刚摁下地下停车场的按钮，赵婳栩的眼泪就掉落下来了。

“他是故意的。他在威胁我。”赵婳栩说，“你会把他说要放下董事长位置的事，告诉秦先生吗？”

“这个话，我当然会如实告知秦先生。但是顾总为什么会说这样的话，我也会告诉秦先生。其实我们动了莫云舟，只是破坏了顾总原本计划好的大局，他有生气的理由，但是他也能圆回来。”

“他气的不是我们动了莫云舟，而是我们动了宁韵然。他知道，我们就是故意等到宁韵然和莫云舟坐在同一辆车上的时候动手的。但那又怎么样呢？秦先生的风格一向是宁可错杀一千，也不放过一个。”

“不过赵总，我派的人架着望远镜就在她的对面盯着她，还有周末跟着她晨练，买东西，和她的朋友去看电影什么的，她真的就像一个普通的女孩。而且周暖也一直监控着她的手机和邮箱。如果我们再继续针对宁韵然，只会破坏你和顾总之间的感情，让他和你越走越远。”

“所以，黄秘书，你是相信宁韵然是无辜的了？”赵婳栩用讽刺的目光看向黄秘书。

“如果不相信，就找到确切的证据再行动。况且，赵总……宁韵然是你带进来的，你当初是想要把她拉进来帮秦先生做事的。但现在，你对她所有的怀疑在我看来是真的有点捕风捉影，只是源于你对她得到顾总青睐的嫉妒而已。”

“捕风捉影？”

“你怀疑她看了一两眼赵谦的电脑屏幕就能把流水号给记下来，甚至就能想到那是梦幻星空乐园的售票流水号，你不觉得这是电影里才有的剧情吗？”

黄秘书拎着钥匙，走出了电梯厢，留下赵婳栩一个人长长地呼出一口气来。

宁韵然在病房里几乎是吃了睡，睡了吃，而且给她送好吃的人还挺多，比如说陆毓生、甄晴、顾长铭，还有莫云舟。

甚至连黄秘书都亲自来看她了。

宁韵然以一脸惊魂未定的样子向黄秘书描述了车祸当时的场景。

“我还以为我会掉到桥下面去！在脑子里都想了无数遍怎样踹破玻璃窗，怎样从车子里游出来，万一安全带把我卡住了怎么办！万一水太深，我来不及游到水面上，直接呛死了呢？”

“你能像现在这样没什么大事儿，真的太好了。你们都被追过了桥中央，就算掉下去也不是江水深的地方了，你绝对来得及游出来的。”黄秘书笑着说。

“哈哈，是哦！大难不死，必有后福！对哦，我要好好享福，哈哈哈！”

“那么你多休息。我就不打搅你了！”

当黄秘书离开之后，宁韵然的笑容收了起来。

她立刻拿出手机，开始搜索有关他们车祸的新闻，然后她的眼睛眯了起来。

她躺下来，看着病房的天花板，长长地呼出一口气来。

在她出院的那天早晨，她还在病床上睡得天昏地暗，却感觉鼻尖上一疼，好似被人咬了一下。宁韵然猛地睁开眼睛，发现莫云舟的脸就在自己面前。

那双眼睛离得太近，仿佛眼底有潮水倾泻而出，涌入她的眼中。

宁韵然猛地抬起头来，莫云舟立刻直起背，避开了宁韵然的额头攻击。

“你咬我！”宁韵然捂住自己的鼻尖说。

“对，我咬了你。”莫云舟看着她，单手撑在她的身边，又要靠近。

宁韵然生怕这家伙又要亲自己，立刻捂住嘴，但手才抬到一半，就被这家伙给扣住了。

他侧过脸，越来越接近，似乎就是要看宁韵然闪避的样子。

宁韵然火了，直接凑上去，在莫云舟的鼻尖上也狠狠地来了一下。

刚咬上去，宁韵然就松了嘴。

她虽然有点想要看他疼痛的样子，但却又舍不得他疼。

“怎么了？”莫云舟轻声问她。

他的气息就在她的唇间。

“没什么。你离我远点。”

还好……还好我没有看见你鲜血淋漓的样子。

如果看见你被撞伤，被玻璃割伤甚至更加支离破碎的画面……我这一生恐怕都忘不掉。

就在这个时候，一个修长的身影来到病房门口，微凉的声音响起：“莫总，你在干什么？”

莫云舟和宁韵然不约而同地侧过脸看向门口，顾长铭就站在那里，冷冷地看着他们。

“顾大哥！”宁韵然喊出声来。

莫云舟脸上的笑意却在瞬间收起。他直接起身，来到了宁韵然病床的外侧，与顾长铭对视。

“顾总怎么有空来这里？不是应该忙着梅沙仓的股权收购吗？”莫云舟的声音听起来平静，但却带着彻骨的凉意。

“今天小宁出院，我来送她回家。”顾长铭说。

“不用了，我送就好了。”莫云舟说。

只是送她回家而已，宁韵然莫名地感觉到电光火石。

“那个……谢谢你们……”

宁韵然发现虽然他们都在说是来送她回家的，但没有一个人看她一眼。

怎么感觉她成了那个多余的？

“还是我来送吧。我听说远程宏大也出手了，他们持有的梅沙仓的股权只比我们纵合万象少一个点而已。远程宏大是本土最有实力的航运集团，我还在猜想他们怎么可能放弃梅沙仓这块大肥肉，现在看来，不是没放弃，而是一直在暗地里动手，让子公司分散买入，低调得很。不像我和你明面上斗得人尽皆知。”

顾长铭走过来，拉开了宁韵然的床头柜抽屉，拎起了一串钥匙，还有一些小东西，笑着说：“小宁，你看，又像上次一样，落了东西忘记收起来。”

“啊……哦。”宁韵然点了点头。

只是现在，到底是谁要送她回家？

“我是腹背受敌。前有你们纵合万象，后有远程宏大，不过如果我们云晟集团退出了，你们和远程宏大这样在业内实力和口碑都一流的对手正面杠上，实在太辛苦了。所以小宁还是我来送吧，顾总不如赶紧回去开会，想清楚应对策略。”

莫云舟勾起唇角，高深莫测地一笑，直接从顾长铭的手中将宁韵然的包拎走了。

宁韵然看来看去，有一种自己仿佛是那个包，被人拎来拎去的感觉。

这是击鼓传花吗？

她忽然一把从莫云舟的手里把自己的包拽了回来。

“你们两个，该忙什么就去忙什么吧。我现在腰好腿好身体好，我自己回家！”

说完这句话，宁韵然觉得自己太帅气了。

其实她心里很忐忑。她怕如果莫云舟真的送她回家，他在路上说的每一句话都会让她倍感压力，要将她心底的秘密全部诈出来。

既然不让莫云舟送自己回去，自然也不能上顾长铭的车，不然就是点燃战火。

虽然这场由她引发的“战争”来得实在莫名其妙。

“顾大哥，你别担心我了。我都这么大了，自己回去吧。刚才听莫云舟说的，情况好像很复杂，你还是赶紧回去和赵总商量商量吧。”宁韵然以一脸很懂事的样子看着顾长铭。

这家医院，离南山公寓确实也不远。

顾长铭是一个不愿意给别人压力的人，他见宁韵然坚持，就点了点头。

“好。如果还是不舒服，就在家里多休息两天也没关系。到了家，给我打个电话。”

“嗯，谢谢顾大哥！”

当她侧过脸，对上莫云舟的视线时，才发现他的目光冷得厉害。

宁韵然心里一个哆嗦，说了声“再见”，赶紧拎着包，逃命一样地离开了医院。

当她走出医院大门后，终于呼出一口气。医院门口停着不少出租车，她随便上一辆就可以了。

当她刚打开一辆出租车的车门，腿还没伸进去时，就被人摁住了肩膀，一个向后，后背就抵住了某个人的胸膛。

那种清淡的让她熟悉的味道，顿时令她心跳加快。

一回头，果然看见了莫云舟的脸。

“你……你怎么会在这里！”

“我一直就跟在你身后。”莫云舟回答。

她怎么给忘了，这个男人腿长，自己跑三步，他迈两步就够了！

“我……我坐出租车回家就好了！”

“我送你回去，正好也有事要问清楚。”

宁韵然心想“我才不想回答你的问题呢”。

她正要挣脱莫云舟，却正好撞上了他受伤的左臂。

“唔……”

莫云舟低头一个闷哼，宁韵然傻眼了，赶紧问：“你没事吧？我撞疼你了，哪里疼？”

她看不到他的眼睛，却看见了他勾起唇角的笑意。

“你骗我！你自己玩！我回家了！”

宁韵然又被他给拽住了。

“要不然这样，你拉着我的手，上我的车。或者我扛着你走过这条街，走到停车场去。”莫云舟的微笑很淡然。

而这样的淡然里有一分势在必得的意味。

“我才不信你呢！”

宁韵然懒得理这个骗子。

只是这一回她真的低估了莫云舟。这个家伙真的低下身来，一把将宁韵然扛上了右肩。

“你要干什么——放我下来！莫云舟，信不信我揍你！”宁韵然不敢捶他，因为他身上还有哪里受伤了她不知道。

但是这不代表自己不挣扎了，她两只手拽着莫云舟的头发，胡乱拉扯。

“放我下来！放我下来！”

这个莫云舟不知道是不是真的成了抖 M 了，宁韵然把他的脑袋都揪成了草窝，这家伙竟然还在那儿笑。

她的包掉在地上了，莫云舟用脚尖钩住包带，潇洒地用脚背向上一提，受伤的左手就抓住了包，顺势挂在了肩膀上。

宁韵然看着却急了眼：“你左肩有伤啊！我的包沉！你快放我下来！我自己提！”

“不放。”

莫云舟扔下这两个字，转身就离开了出租车。

坐在驾驶座上的司机一愣一愣的。

“哟，现在谈恋爱的小年轻，还能这么玩儿？”

宁韵然真想把自己的脸遮起来，来来回回有多少人看见她了。

好不容易到了车门边，莫云舟直接将宁韵然的包给扔到后车座上，然后打开前车门，放她下来，扬了扬下巴，请她进去。

宁韵然愣了两秒，说了声：“你换新车了？”

“不然呢？”

明明是很稳重端庄的黑色，宁韵然还是忍不住说了句：“真骚。”

莫云舟勾了勾唇角，坐进了驾驶座。